# Inacreditáveis
PRETTY LITTLE LIARS

# Pretty Little Liars

Maldosas
Impecáveis
Perfeitas
Inacreditáveis
Perversas
Destruidoras

SARA SHEPARD

# Inacreditáveis
PRETTY LITTLE LIARS

Tradução
FAL AZEVEDO

**ROCCO**
JOVENS LEITORES

Para Lanie, Les, Josh e Sara

Título original
UNBELIEVABLE
A PRETTY LITTLE LIARS NOVEL

Copyright © 2008 by Alloy Entertainment and Sara Shepard
Todos os direitos reservados.

Nenhuma parte desta obra pode ser reproduzida,
ou transmitida por qualquer forma ou meio eletrônico ou mecânico,
inclusive fotocópia, gravação ou sistema de armazenagem e
recuperação de informação, sem a permissão escrita do editor.

Direitos para a língua portuguesa reservados
com exclusividade para o Brasil à
EDITORA ROCCO LTDA.
Av. Presidente Wilson 231 – 8º – andar
20030-021 – Centro – Rio de Janeiro – RJ
Tel.: (21) 3525-2000 – Fax: (21) 3525-2001
rocco@rocco.com.br
www.rocco.com.br

*Printed in Brazil*/Impresso no Brasil

preparação de originais
KARINA DE PINO

CIP-Brasil. Catalogação na fonte
Sindicato Nacional dos Editores de Livros, RJ

S553i  Shepard, Sara, 1977-
Inacreditáveis / Sara Shepard; tradução de Fal Azevedo. - Rio de Janeiro:
Rocco Jovens Leitores, 2011. (Pretty Little Liars; v.4)
Tradução de: Unbelievable: a pretty little liars novel
ISBN 978-85-7980-074-0
1. Amizade - Literatura infantojuvenil. 2. Ficção policial americana.
3. Literatura infantojuvenil americana. I. Azevedo, Fal, 1971-. II. Título. III. Série.
11-2049      CDD: 028.5      CDU: 087.5

O texto deste livro obedece às normas do
Acordo Ortográfico da Língua Portuguesa.

*Ninguém pode usar uma máscara por muito tempo.*

– LUCIUS ANNAEUS SENECA

## COMO SALVAR UMA VIDA

Você já desejou poder voltar no tempo e desfazer seus erros? Se você não tivesse desenhado aquela cara de palhaço na bonequinha *Bratz* que a sua melhor amiga ganhou no aniversário de oito anos, ela não teria trocado você pela garota nova de Boston. E no nono ano, você jamais teria matado a aula de futebol para ir à praia se soubesse que o treinador iria colocá-la no banco de reservas pelo resto da temporada. Se você não tivesse feito algumas péssimas escolhas, talvez a sua ex-melhor-amiga-para-sempre tivesse lhe dado aquele ingresso extra para a primeira fileira do desfile de Marc Jacobs. Ou talvez você fosse goleira da seleção nacional feminina de futebol, com um contrato para trabalhar como modelo para a Nike e uma casa de praia em Nice. Você poderia estar circulando em um jatinho pelo Mediterrâneo, em vez de estar sentada assistindo à aula de Geografia, tentando encontrá-lo no mapa.

Em Rosewood, fantasias sobre voltar no tempo e mudar o destino são tão comuns quanto garotas que ganham pingentes de coração da *Tiffany* no aniversário de treze anos. E quatro ex-melhores amigas fariam qualquer coisa para voltar no tempo e consertar as coisas. Mas e se elas realmente pudessem voltar? Será que elas seriam capazes de manter a quinta melhor amiga viva... ou a tragédia dela é parte do destino das outras?

Às vezes, o passado guarda mais perguntas que respostas. E em Rosewood, nada *jamais* é o que parece ser.

— Ela vai ficar besta quando eu contar! — disse Spencer Hastings para suas melhores amigas, Hanna Marin, Emily Fields e Aria Montgomery. Ela endireitou sua camiseta verde-musgo de ilhós e apertou a campainha da casa de Alison DiLaurentis.

— Por que é *você* quem vai contar para ela? — perguntou Hanna, saltando do degrau de entrada para a calçada, e de volta para o degrau. Desde que Alison, a quinta melhor amiga, dissera a Hanna que apenas garotas agitadas permanecem magras, Hanna vivia se movimentando.

— Talvez todas nós devêssemos contar juntas ao mesmo tempo — sugeriu Aria, coçando a libélula de Hanna que havia feito no pescoço.

— Isso seria divertido. — Emily colocou o cabelo louro-avermelhado e muito curto atrás das orelhas. — A gente podia fazer uma coreografiazinha e dizer "tan-tan-tan-taaaaan" no final.

— De jeito nenhum — disse Spencer, endireitando os ombros. — É o meu celeiro, *eu* conto pra ela. — E apertou a campainha da casa dos DiLaurentis de novo.

Enquanto esperavam, as meninas ouviam o barulho dos cortadores de grama aparando as cercas vivas da casa de Spencer, ao lado, e o *tchoc-tchoc* das gêmeas Fairfield jogando tênis na quadra do quintal, a duas casas de distância. O ar cheirava a lilases, grama cortada, e bloqueador solar da Neutrogena. Era um típico e idílico momento Rosewood — tudo na cidade era bonito, e isto incluía sons, cheiros *e* habitantes. As meninas haviam vivido em Rosewood por quase toda a vida, e se sentiam sortudas por fazer parte de um lugar tão especial.

Elas amavam os verões de Rosewood acima de tudo. Na manhã seguinte, depois de acabarem a última prova do sétimo ano de Rosewood Day, a escola na qual todas estudavam, elas iriam participar da cerimônia anual de formatura. O Diretor Appleton chamaria cada aluno pelo nome, desde o jardim de infância até o último ano do ensino médio, e cada um receberia um broche de ouro de vinte e quatro quilates — o das meninas era uma gardênia, e o dos meninos, uma ferradura. Depois disso, todos estariam liberados para dez gloriosas semanas de bronzeado, piqueniques, passeios de barco e viagens para Filadélfia e Nova York onde poderiam comprar o que quisessem. *Elas mal podiam esperar.*

Mas a cerimônia de formatura não seria o verdadeiro ritual de passagem para Ali, Aria, Spencer, Emily e Hanna. O verão não começaria de verdade para elas antes da noite seguinte, na festa do pijama em que comemorariam o final do sétimo ano. E as meninas tinham uma surpresa para Ali, que faria aquele início de verão extraespecial.

Quando a porta da casa dos DiLaurentis finalmente se abriu, a sra. DiLaurentis apareceu na frente delas, usando um vestido rosa pálido curto, que deixava à mostra suas pernas longas, musculosas e bronzeadas.

— Olá, meninas — disse ela, friamente.

— A Ali está? — perguntou Spencer.

— Eu acho que ela está lá em cima. — A sra. DiLaurentis abriu a passagem para elas. — Podem subir.

Spencer liderou o grupo pelo hall de entrada, sua saia branca plissada do uniforme de hóquei balançando, a trança loura escura batendo contra suas costas. As meninas adoravam a casa de Ali — ela cheirava a baunilha e amaciante de roupas, igualzinho à Ali. Fotografias glamorosas de viagens dos DiLaurentis a Lisboa, Praga e Lago Como enchiam as paredes. Havia muitas fotos de Ali e de seu irmão, Jason, desde que haviam entrado na escola. As meninas gostavam especialmente da foto de Ali no segundo ano. O suéter rosa-schocking de Ali fazia seu rosto inteiro brilhar. Naquela época, a família dela morava em Connecticut e a antiga escola particular de Ali não exigia que ela vestisse paletós azuis abafados para as fotos do livro do ano, como em Rosewood Day. Mesmo aos oito anos de idade, Ali era irresistivelmente linda — tinha olhos azuis muito claros, o rosto em formato de coração, covinhas adoráveis e uma expressão maliciosa, mas charmosa, que tornava impossível ficar com raiva dela.

Spencer tocou no canto inferior direito de sua foto preferida, a que mostrava as cinco meninas acampando em Poconos no último mês de julho. Elas estavam de pé ao lado de uma canoa enorme, ensopadas da água lamacenta do lago, sorrindo de orelha a orelha, felizes como só cinco melhores amigas de doze anos de idade podem ser. Aria colocou a mão sobre a de Spencer, Emily colocou a sua sobre a de Aria, e a mão de Hanna ficou por último. Elas fecharam os olhos por uma fração de segundo, cantarolaram, e se separaram. As meninas haviam criado o hábito de tocar na foto logo que ela foi colocada na parede, uma lembrança de seu primeiro verão como melhores amigas. Elas mal podiam acreditar que Ali, *a* garota de Rosewood Day, tivesse escolhido as quatro para compor seu círculo particular de amigas. Era algo parecido com estar inseparavelmente ligadas a uma supercelebridade.

Mas admitir isso seria... bem, ridículo. Especialmente agora.

Quando elas passaram pela sala de estar, perceberam duas becas de formatura penduradas na maçaneta de uma das portas francesas. A branca era de Ali, e a azul-marinho, mais formal, era de Jason, que iria para Yale no outono. As meninas apertaram as mãos, animadas com a ideia de vestirem suas próprias becas e capelos, que os formandos do Rosewood Day usavam desde que a escola havia sido fundada, em 1897. Só então elas perceberam um movimento na sala de estar. Jason estava sentado no sofazinho de couro, o olhar fixo na CNN.

— Eeeeeeei, Jason — chamou Spencer, acenando —, você está animado pra amanhã?

Jason olhou rapidamente para elas. Ele era a versão masculina-irresistível de Ali, com cabelos loiros dourados, e olhos azuis impressionantes. Ele deu um sorrisinho e voltou a olhar para a TV, sem dizer uma palavra.

— Tuuuudo bem — as meninas todas murmuraram em coro. Jason tinha um lado hilariante. Ele e os amigos haviam inventado o jogo do "isso não". As meninas tinham tomado emprestado e reinventado a brincadeira para uso próprio, o que na maior parte do tempo significava zombar das garotas mais estudiosas na frente delas. Mas Jason definitivamente também tinha seus momentos de depressão. Ali chamava essas ocasiões de momentos Elliott Smith, por causa do cantor e compositor depressivo do qual Jason gostava. Só que Jason certamente não tinha nenhum motivo para estar chateado agora — no dia seguinte, a essa hora, ele estaria em um avião para a Costa Rica, para dar aulas de caiaque durante o verão. Buá.

— Que seja — disse Aria, dando de ombros. As quatro meninas se viraram e subiram as escadas aos pulos até o quarto de Ali. Quando chegaram no corredor, perceberam que a porta do quarto estava fechada. Spencer franziu a testa. Emily inclinou a cabeça. Dentro do quarto, Ali deu uma risadinha.

Hanna abriu a porta suavemente. Ali estava de costas para elas. O cabelo dela estava preso em um rabo de cavalo alto, e ela havia amarrado o top de seda listrado com um laço perfeito no pescoço. Ela estava olhando para um caderno aberto em seu colo, completamente concentrada.

Spencer pigarreou, e Ali se virou, assustada.

— Oi meninas! — gritou ela. — O que é que está rolando?

— Nada de mais. — Hanna apontou para o caderno no colo de Ali. — O que é isso?

Ali fechou o caderno rapidamente.

— Ah, não é nada.

As meninas sentiram uma presença atrás delas. A sra. DiLaurentis passou por elas, entrando no quarto de Ali.

— Nós precisamos conversar — disse ela a Ali, sua voz cortante e tensa.

— Mas mãe... — protestou Ali.

— *Agora*.

As meninas se entreolharam. Aquele era o tom "você-está-encrencada" da sra. DiLaurentis. Elas não o ouviam com muita frequência.

A mãe de Ali se virou para as garotas.

— Por que vocês não esperam lá no deque, meninas?

— Só vai levar um segundo — disse Ali rapidamente, dando a elas um sorriso de desculpas. — Eu já vou descer.

Hanna parou, confusa. Spencer apertou os olhos, tentando ver qual era o caderno que Ali estava segurando. A sra. DiLaurentis levantou uma sobrancelha.

— Vamos, meninas. Andem.

As quatro engoliram em seco e desceram os degraus em fila. Quando chegaram ao deque, elas se acomodaram em suas posições habituais em volta da enorme mesa da família — Spencer em uma ponta, e Aria, Emily e Hanna nas laterais. Ali se sentava à cabeceira, junto da banheira de pedra para pássaros que pertencia a seu pai. Por um momento, as quatro garotas observaram um casal de cardeais brincando na água fria e clara da banheira. Quando um corvo azul tentou se juntar a eles, os cardeais piaram e rapidamente o espantaram. Pássaros, ao que parecia, gostavam de exclusividade tanto quanto garotas.

— Foi estranho o que aconteceu lá em cima — cochichou Aria.

— Vocês acham que a Ali está encrencada? — cochichou Hanna de volta. — E se ela ficar de castigo e não puder ir à festa do pijama?

— Por que ela estaria encrencada? Ela não fez nada de errado — sussurrou Emily, que sempre defendia Ali. As meninas a chamavam de Delegada, como se ela fosse o pitbull pessoal de Ali.

— Não que *a gente* saiba — resmungou Spencer entre os dentes.

Naquele momento, a sra. DiLaurentis saiu correndo pelas portas francesas do deque e foi até o gramado.

— Eu quero ter certeza de que vocês estão trabalhando com o tamanho certo — gritou ela para os trabalhadores que estavam encostados preguiçosamente em uma escavadeira enorme, no quintal da propriedade. Os DiLaurentis estavam construindo um gazebo para vinte pessoas para as férias de verão, e Ali tinha mencionado que sua mãe estava sendo bastante exigente com o processo todo, embora eles ainda estivessem na etapa de escavação. A sra. DiLaurentis marchou até onde estavam os trabalhadores e começou a reclamar deles. Seu anel de casamento, feito de diamantes, brilhava ao sol, enquanto ela agitava os braços no ar freneticamente. As meninas trocaram olhares; parecia que a bronca que Ali tinha levado não fora muito longa.

– Meninas?

Ali estava parada na beirada do deque. Ela havia trocado o top listrado por uma camiseta azul desbotada da Abercrombie. Havia uma expressão confusa em seu rosto.

– Hum... oi?

Spencer se levantou.

– Por que foi que ela brigou com você?

Ali piscou. Seus olhos se moviam para um lado e para o outro.

– Você estava se metendo em encrenca *sem* a gente? – gritou Aria, tentando fazer parecer que estava brincando. – E por que você trocou de roupa? Aquele top que você estava usando era tão bonito.

Ali ainda parecia perturbada... e meio chateada. Emily fez um movimento para se levantar.

– Você quer que a gente... vá embora? – a voz dela estava cheia de incerteza. Todas as outras olharam para Ali, nervosas: era *isso* que ela queria?

Ali girou a pulseira de cordão azul em seu braço três vezes. Ela desceu para o deque e se sentou em seu lugar de direito.

– Claro que eu não quero que vocês vão embora. Minha mãe estava zangada comigo porque eu... eu joguei meu uniforme de hóquei na máquina de lavar junto com a lingerie dela, de novo. – Ela deu de ombros de um jeito envergonhado, e revirou os olhos.

Emily fez beicinho e deu um muxoxo.

– Ela ficou zangada com você por causa *disso*?

Ali ergueu as sobrancelhas.

– Você conhece a minha mãe, Em. Ela é mais fresca que a Spencer! – Ela deu uma risadinha.

Spencer lançou um falso olhar raivoso para Ali, enquanto Emily passava o polegar por um dos sulcos na mesa de teca do deque.

– Mas não se preocupem, meninas. Eu não estou de castigo nem nada. – Ali bateu palmas. – Nossa festa do pijama pode seguir como planejada!

As outras quatro suspiraram de alívio, e o clima estranho e tenso começou a evaporar. Só que cada uma delas tinha a sensação esquisita de que Ali não estava lhes contando tudo – e certamente não seria a primeira vez. Num minuto, Ali era a melhor amiga delas; no outro, ela se afastava, dando telefonemas escondida e enviando mensagens secretas. Elas não deveriam dividir tudo? As outras meninas certamente haviam compartilhado mais do que o suficiente sobre si próprias – elas tinham contado para Ali segredos que ninguém, absolutamente *ninguém* mais, sabia. E, obviamente, havia o grande segredo que todas elas dividiam sobre Jenna Cavanaugh – aquele que elas haviam jurado levar para a sepultura.

– Por falar na nossa festa do pijama, eu tenho grandes notícias – disse Spencer, despertando-as de seus pensamentos. – Adivinhe onde ela será?

– Onde? – Ali se inclinou para a frente, apoiada nos cotovelos, lentamente voltando a ser a velha Ali.

— No celeiro da Melissa! — gritou Spencer. Melissa era a irmã mais velha de Spencer, e o sr. e a sra. Hastings haviam reformado o celeiro nos fundos da propriedade e deixado Melissa usá-lo como seu apartamento particular durante o segundo e o terceiro ano do ensino médio. Spencer teria o mesmo privilégio quando tivesse idade suficiente.

— Beleza! — comemorou Ali. — Mas como?

— Ela vai viajar para Praga amanhã à noite, depois da formatura — respondeu Spencer. — Meus pais disseram que nós podemos usá-lo, desde que a gente limpe tudo antes dela voltar.

— Muito bom — Ali se recostou e entrelaçou os dedos das mãos. De repente, seus olhos focaram em alguma coisa à esquerda dos trabalhadores. A própria Melissa estava atravessando o quintal vizinho dos Hastings, sua postura rígida e composta. A beca de formatura branca balançava no cabide em sua mão, e ela usava o manto azul royal de oradora sobre os ombros.

Spencer deixou escapar um grunhido.

— Ela está tão metida por causa dessa história de oradora — sussurrou. — Ela chegou a dizer que eu deveria me sentir agradecida porque Andrew Campbell provavelmente será o orador, e não eu, quando estivermos no último ano, já que "a honra é uma responsabilidade *tão* grande". — Spencer e a irmã se detestavam, e quase todos os dias Spencer tinha uma história nova para contar sobre como Melissa era insuportável.

Ali se levantou.

— Ei! Melissa! — Ela começou a acenar.

Melissa parou e se virou.

— Oh. Oi, meninas. — Ela sorriu cautelosamente.

— Animada para ir a Praga? — cantarolou Ali, dando a Melissa seu sorriso mais brilhante.

Melissa inclinou levemente a cabeça.

— Claro.

— O *Ian* vai? — Ian era o namorado lindo de Melissa. As meninas quase desmaiavam só de pensar nele.

Spencer cravou as unhas no braço de Ali.

— *Ali!* — Mas a outra se desvencilhou dela.

Melissa cobriu os olhos para protegê-los da luz forte do sol. O manto azul royal farfalhava com o vento.

— Não. Ele não vai.

— Oh! — Ali deu um sorrisinho afetado. — Você tem certeza de que é uma boa ideia deixá-lo sozinho por duas semanas? Ele pode arrumar outra namorada!

— *Alison!* — disse Spencer entre os dentes. — Pare com isso. *Agora.*

— Spencer? — sussurrou Emily. — O que está acontecendo?

— Nada — disse Spencer rapidamente. Aria, Emily e Hanna se entreolharam novamente. Aquilo andava acontecendo muito ultimamente: Ali dizia alguma coisa, uma delas dava um ataque, e as outras não faziam ideia do que estava acontecendo.

Mas aquilo, claramente, não era "nada". Melissa ajeitou o manto ao redor do pescoço, endireitou os ombros e se virou. Ela olhou por muito tempo para o buraco enorme no quintal dos DiLaurentis e saiu andando em direção ao celeiro, batendo a porta às suas costas com tanta força que a guirlanda que a enfeitava quicou contra a madeira.

— Alguma coisa a está incomodando, obviamente — disse Ali. — Afinal de contas, eu só estava brincando. — Spencer gemeu e Ali começou a rir. Ela tinha um sorrisinho amarelo no rosto. Era o mesmo sorriso que Ali dava a elas todas as vezes em que provocava as amigas com um segredo, dizendo que contaria para as outras se quisesse.

— Quem se importa, afinal? — Ali olhou para cada uma delas, seus olhos brilhando. — Sabem de uma coisa, meninas? — ela tamborilou os dedos na mesa de forma animada. — Eu acho que esse vai ser o Verão da Ali. O Verão de *Todas* Nós. Posso sentir isso. Vocês não sentem?

Um momento de espanto se passou. Parecia que uma nuvem negra pairava sobre elas, sombreando seus pensamentos. Mas, lentamente, as nuvens se desvaneceram e uma ideia se formou na mente de cada uma delas. Talvez Ali estivesse certa. Aquele *poderia* ser o melhor verão de suas vidas. Elas ainda podiam mudar a amizade que as unia, tornando-a tão forte quanto havia sido no verão anterior. Elas podiam esquecer todas as coisas assustadoras e escandalosas que haviam acontecido e começar de novo.

— Eu posso sentir isso, também — Hanna falou alto.

— Definitivamente — disseram Aria e Emily ao mesmo tempo.

— Claro — disse Spencer, suavemente.

Todas deram as mãos e as apertaram com força.

Choveu naquela noite, uma chuva forte e barulhenta, que fez poças nas ruas, inundou os jardins e criou minipiscinas sobre a cobertura da piscina dos Hastings. Quando a chuva parou, no meio da noite, Aria, Emily, Spencer e Hanna acordaram e sentaram-se em suas camas quase no mesmo instante. Um mau pressentimento tomou conta de cada uma delas. Elas não sabiam se vinha de algo que haviam sonhado ou se era por causa da animação pelo dia seguinte. Ou talvez fosse por causa de algo totalmente diferente... algo muito mais profundo.

Cada uma delas olhou pela própria janela, para as ruas tranquilas e vazias de Rosewood. As nuvens tinham desaparecido e as estrelas haviam surgido no céu. A calçada brilhava com a chuva. Hanna olhou para a garagem em frente a sua casa – apenas o carro de sua mãe estava ali agora. Seu pai havia se mudado. Emily olhou para seu quintal e a floresta além dele. Ela jamais tinha se aventurado naquelas matas – ela tinha ouvido falar que havia fantasmas ali. Aria escutou os sons que vinham do quarto de seus pais, imaginando se eles também haviam acordado – ou talvez eles estivessem brigando de novo, e ainda não tivessem ido dormir. Spencer olhou para a varanda dos DiLaurentis, e depois para o enorme buraco que os trabalhadores haviam cavado para os alicerces do gazebo. A chuva havia transformado parte da terra escavada em lama. Spencer pensou em todas as coisas que a deixavam com raiva em sua vida. Então, pensou em todas as coisas que queria ter – e em todas as coisas que queria mudar.

Spencer esticou a mão para debaixo da cama, encontrou sua lanterna vermelha e a acendeu, fazendo-a brilhar na janela de Ali. Um *flash*, dois *flashes*, três *flashes*. Aquele era o código secreto entre ela e Ali, para quando ela queria escapar de casa e conversar pessoalmente. Ela pensou ter visto a cabeça loira de Ali se levantar da cama, também, mas Ali não enviou um *flash* de volta.

Todas as quatro voltaram para seus travesseiros, dizendo a si mesmas que o mau pressentimento não era nada, e que precisavam dormir. Em vinte e quatro horas, elas estariam chegando ao fim de sua festa do pijama do sétimo ano, a primeira noite do verão. O verão que mudaria tudo.

Como elas estavam certas.

# 1

## SER ZEN É MELHOR QUE SER FORTE

Aria Montgomery acordou no meio de um ronco. Era domingo de manhã, e ela estava encolhida em uma cadeira de vinil azul, na sala de espera do Rosewood Memorial Hospital. Todo mundo – os pais de Hanna Marin, o Oficial Wilden, a melhor amiga de Hanna, Mona Vanderwaal, e Lucas Beattie, um garoto da sala dela em Rosewood Day, que parecia ter acabado de chegar – estava olhando para ela.

– Perdi alguma coisa? – grunhiu Aria. Parecia que sua cabeça estava cheia de *marshmallows* Peeps. Quando ela checou o relógio com a logomarca do remédio antidepressivo Zoloft na parede sobre a porta da sala de espera, viu que eram apenas oito e meia. Ela tinha cochilado por cerca de quinze minutos.

Lucas sentou-se ao lado dela e apanhou uma cópia da revista *Suprimentos Médicos Hoje*. De acordo com a capa, a edição destacava todos os modelos recentes de bolsas de colostomia. Quem coloca uma revista de suprimentos médicos em uma *sala de espera* de hospital?

— Eu acabei de chegar — respondeu ele. — Soube do acidente pelo noticiário da manhã. Você já viu a Hanna?

Aria sacudiu a cabeça.

— Eles não deixaram ninguém entrar ainda.

Os dois caíram em um silêncio profundo. Aria observou os outros. A sra. Marin estava vestindo um suéter de *cashmere* amarrotado e uma calça jeans de caimento perfeito. Ela estava berrando no seu pequeno Motorola, embora as enfermeiras tivessem avisado que era proibido usar celulares ali. Wilden, o policial, sentou-se junto dela, sua jaqueta do departamento de polícia de Rosewood desabotoada até a metade do peito, deixando uma camiseta branca gasta à mostra. O pai de Hanna estava jogado na cadeira mais próxima das enormes portas duplas que levavam à unidade de terapia intensiva, balançando o pé esquerdo. Vestindo um conjunto de moletom rosa claro da Juicy e chinelos, Mona Vanderwaal parecia estranhamente desleixada, o rosto inchado de tanto chorar. Quando Mona viu Lucas, lançou um olhar irritado para ele, como se quisesse dizer *Este lugar é só para os amigos mais próximos e para a família. O que é que você está fazendo aqui?*. Aria não podia culpar ninguém pela irritação de Mona. Ela estava ali desde as três horas da manhã, logo depois que a ambulância saiu do estacionamento da Escola Primária Rosewood Day levando Hanna para o hospital. Mona e os outros tinham chegado em diferentes momentos ao longo da manhã, quando a notícia começara a circular. A última coisa que os médicos tinham dito fora que Hanna havia sido transferida para a unidade de terapia intensiva. Mas isso tinha sido três horas antes.

Aria relembrou os detalhes horrorosos da noite anterior. Hanna havia telefonado para dizer que sabia a identidade de A, o mensageiro diabólico que andava chantageando Hanna, Aria, Emily e Spencer durante o último mês. Hanna não quis revelar nenhum detalhe por telefone, e pediu a Aria e Emily que a encontrassem nos balanços do Rosewood Day, o antigo lugar especial delas. Emily e Aria tinham chegado justamente a tempo de ver uma van preta surgir do nada, atirar Hanna longe e desaparecer. Enquanto os paramédicos corriam para o local do acidente, colocavam um colar cervical no pescoço dela e a deitavam cuidadosamente na maca da ambulância, Aria tinha ficado entorpecida. Quando ela se beliscou com força, nem doeu.

Hanna ainda estava viva... mas por um triz.

Ela tinha ferimentos internos, um braço quebrado, e hematomas por todo o corpo. O acidente havia causado um trauma na cabeça, e agora ela estava em coma.

Aria fechou os olhos com força, pronta para se desmanchar em lágrimas de novo. A coisa mais inacreditável de tudo aquilo era o texto que Aria e Emily haviam recebido depois do acidente de Hanna. *Ela sabia demais.* Era de A. O que significava que... A *sabia* o que Hanna sabia. Assim como A sabia de todo o resto — todos os segredos delas, inclusive que a culpa por Jenna Cavanaugh ter ficado cega era de Ali, Aria, Spencer, Emily e Hanna, e não de seu irmão, Toby.

Provavelmente A sabia quem havia matado Ali.

Lucas deu um tapinha no braço de Aria.

— Você estava lá quando aquele carro atropelou a Hanna, não estava? Você conseguiu ver quem fez isso?

Aria não conhecia Lucas muito bem. Ele era um daqueles garotos que *adoravam* as atividades e clubes da escola, enquanto Aria era do tipo que ficava muito, muito longe de qualquer coisa que envolvesse seus colegas de Rosewood Day. Ela não sabia qual era a ligação que ele tinha com Hanna, mas parecia delicado da parte dele estar ali.

— Estava muito escuro — murmurou ela.

— E você não tem nenhuma ideia de quem possa ter sido?

Aria mordeu o lábio inferior com força. Wilden e outros dois policiais de Rosewood tinham aparecido na noite anterior pouco depois de as meninas terem recebido a mensagem de A. Quando Wilden perguntara a elas o que havia acontecido, todas insistiram que não tinham visto o rosto do motorista e nem se lembravam direito do carro. E elas juraram várias vezes que parecia ter sido apenas um acidente – que não imaginavam por que alguém iria querer fazer aquilo de propósito. Talvez fosse um erro esconder aquela informação da polícia, mas elas estavam todas aterrorizadas com o que A poderia fazer com o restante delas, se falassem a verdade.

A havia ameaçado as garotas antes, caso elas abrissem a boca, e tanto Aria como Emily já tinham sido punidas uma vez por ignorar as ameaças. A havia enviado uma carta para Ella, mãe de Aria, dizendo que seu marido estava tendo um caso com uma das alunas da universidade e revelando que Aria sabia sobre o segredo do pai. Depois, A contou para a escola inteira que Emily estava saindo com Maya, a garota que havia se mudado para a antiga casa de Ali. Aria olhou para Lucas e sacudiu a cabeça silenciosamente.

A porta da unidade de terapia intensiva foi aberta bruscamente, e o dr. Geist entrou na sala de espera. Com seus penetrantes olhos cinzentos, nariz adunco e cabelos grisalhos, ele se parecia um pouco com Helmut, o senhorio alemão da velha casa que a família de Aria tinha alugado em Reykjavík, na Islândia. O dr. Geist dirigia a todos o mesmo olhar reprovador que Helmut havia lançado ao irmão de Aria, Mike, quando descobrira que o garoto estava escondendo Diddy, sua aranha de estimação, em um vaso de terracota vazio, que Helmut costumava usar para plantar tulipas.

Os pais de Hanna levantaram-se, nervosos, e se aproximaram do médico.

— Sua filha ainda está inconsciente — disse o Dr. Geist em voz baixa. — Não houve muita mudança. Nós colocamos o braço dela no lugar e estamos verificando a extensão dos ferimentos internos.

— Quando vamos poder vê-la? — perguntou o sr. Marin.

— Logo — disse o dr. Geist —, mas o estado dela ainda é muito grave.

Ele se virou para sair, mas o sr. Marin segurou-lhe o braço.

— Quando ela vai acordar?

O dr. Geist mexeu com nervosismo na prancheta.

— Ela ainda tem alguns edemas no cérebro, e é difícil prever a extensão dos danos a esta altura. Ela pode acordar perfeitamente bem, ou pode haver complicações.

— Complicações? — O sr. Marin ficou pálido. — Ouvi falar que as pessoas que ficam em coma têm menos chances de se recuperar depois de um certo tempo — disse o sr. Marin, nervoso. — Isso é verdade?

O dr. Geist esfregou as mãos no jaleco azul.

— Sim, é verdade, mas não vamos tirar conclusões precipitadas, certo?

Um murmúrio percorreu a sala. Mona desabou em prantos de novo.

Aria queria poder ligar para Emily, mas Emily estava em um avião para Des Moines, Iowa, por motivos que ela não tinha explicado. Ela apenas dissera que A havia feito alguma coisa para mandá-la para lá. E também havia Spencer. Antes de Hanna telefonar para contar a novidade, Aria deduzira algo aterrador sobre Spencer... e quando Aria a viu escondida no mato, tremendo como um animal selvagem pouco depois de a van atropelar Hanna, ela confirmou suas piores suspeitas.

A sra. Marin apanhou sua enorme bolsa de couro marrom do chão, tirando Aria de seus pensamentos.

– Eu vou buscar um café – disse a mãe de Hanna suavemente para o ex-marido. Depois deu um beijo no rosto do Oficial Wilden. Até aquela noite, Aria não suspeitava que houvesse algo entre eles. E então, desapareceu na direção dos elevadores.

O Oficial Wilden se recostou de volta na cadeira. Na semana anterior, Wilden havia visitado Aria, Hanna e as outras para fazer perguntas sobre os detalhes que envolviam o desaparecimento e a morte de Ali. No meio da entrevista, A enviara uma mensagem a cada uma delas, dizendo que se elas *ousassem* falar sobre os recados que estavam recebendo, iriam se arrepender. Mas só porque Aria não podia contar a Wilden o que A provavelmente tinha feito com Hanna, não significava que ela não pudesse falar sobre a coisa horrível que ela havia percebido a respeito de Spencer.

*Posso falar com você?* – sinalizou ela para Wilden, do outro lado da sala. Wilden assentiu e levantou-se.

Eles saíram da sala de espera e entraram em um pequeno cubículo com uma indicação: LANCHES. Lá dentro, havia seis máquinas de venda automática, que ofereciam uma variedade de produtos, de refrigerantes a refeições completas, sanduíches impossíveis de identificar e tortas salgadas, que lembravam a

Aria a gororoba que seu pai, Byron, costumava fazer para o jantar quando sua mãe, Ella, trabalhava até tarde.

— Escute aqui, se isso é sobre o seu amigo professor, nós já o liberamos. — Wilden sentou-se no banco perto do micro-ondas e deu a Aria um sorrisinho dissimulado. — Nós não pudemos retê-lo. E só para você saber, fomos discretos. Não vamos puni-lo, a não ser que você preste queixa. O certo seria eu contar aos seus pais.

O sangue desapareceu do rosto de Aria. Obviamente Wilden sabia o que havia acontecido na noite anterior entre ela e Ezra Fitz, seu professor de inglês e amor da sua vida. Provavelmente, o fato de que um professor de inglês de vinte e dois anos andava de casinho com uma aluna menor de idade, e que tinha sido o *namorado* dessa aluna quem os delatara, era a fofoca do dia no Departamento de Polícia de Rosewood. Os policiais provavelmente andavam comentando sobre o caso no restaurante Hooters que ficava ao lado da delegacia, entre asinhas de frango, batatas fritas com queijo e garotas peitudas.

— Eu não quero prestar queixa — balbuciou Aria. — E, por favor, *por favor*, não conte para os meus pais. — A última coisa de que ela precisava era algum tipo de discussão familiar grande e sem propósito.

Aria inclinou-se para a frente.

— Mas na verdade, não foi por isso que eu pedi pra falar com você. Eu... eu acho que talvez eu saiba quem matou Alison.

Wilden ergueu uma sobrancelha.

— Estou escutando.

Aria respirou fundo.

— Em primeiro lugar, Ali estava saindo com Ian Thomas.

— Ian Thomas — repetiu Wilden, com os olhos arregalados. — O namorado de Melissa Hastings?

Aria assentiu.

— Eu percebi uma coisa no filme que vazou para a imprensa na semana passada. Se você assistir com atenção, pode ver Ian e Ali de mãos dadas... — Ela limpou a garganta. — Spencer Hastings também estava a fim do Ian. Ali e Spencer eram competitivas, e elas tiveram uma briga horrorosa na noite em que Ali desapareceu. Spencer saiu correndo do celeiro atrás de Ali, e demorou uns dez minutos para voltar.

Wilden parecia incrédulo.

Aria respirou fundo de novo. A havia enviado diversas pistas para Aria sobre o assassino de Ali: que era alguém próximo dela, alguém que desejava algo que pertencia a Ali e alguém que conhecia cada centímetro de seu quintal. Com aquelas pistas no devido lugar, e depois que Aria tinha percebido que Ian e Ali estavam juntos, Spencer era a suspeita lógica.

— Depois de algum tempo, fui procurar por elas — disse ela. — E elas não estavam em lugar nenhum... e eu tive essa sensação terrível, de que Spencer...

Wilden sentou-se novamente.

— Spencer e Alison tinham mais ou menos o mesmo peso, certo?

Aria assentiu.

— É, eu acho que sim.

— *Você* seria capaz de arrastar uma pessoa do seu tamanho até um buraco, e empurrá-la para dentro dele?

— Eu... eu não sei — gaguejou Aria. — Talvez? Se eu estivesse com muita raiva?

Wilden sacudiu a cabeça. Os olhos de Aria se encheram de lágrimas. Ela se lembrou de como aquela noite tinha sido estranhamente silenciosa. Ali havia estado a apenas poucas centenas de metros delas, e elas não tinham ouvido um barulho sequer.

– Spencer também teria que ter se acalmado o suficiente para não parecer suspeita quando voltasse para perto de vocês – completou Wilden. – É preciso ser uma atriz muito boa para fazer isso, não é coisa para uma garota do sétimo ano. Eu acho que quem quer que tenha feito isso obviamente estava por perto, mas a coisa toda levou mais tempo. – Ele ergueu as sobrancelhas. – É isso que vocês, meninas do Rosewood Day, andam fazendo hoje em dia? Culpando as amigas por assassinato?

O queixo de Aria caiu de surpresa com o tom de censura de Wilden.

– É que...

– Spencer Hastings é uma menina competitiva e que vive no limite, mas ela não me parece uma assassina – interrompeu Wilden, e sorriu tristemente para Aria. – Eu entendo. Isso deve ser difícil para você. Tudo o que você quer é entender o que aconteceu com sua amiga. Entretanto, eu não sabia que Alison andava saindo escondida com o namorado de Melissa Hastings. *Isso* é interessante.

Wilden olhou para Aria, dando o assunto por encerrado, levantou-se e voltou para o corredor.

Aria continuou perto das máquinas de venda automática, os olhos fixos no assoalho de linóleo verde. Ela se sentia sufocada e desorientada, como se tivesse passado tempo demais numa sauna. Talvez devesse sentir vergonha de si mesma, colocando a culpa em uma velha amiga. E os furos que Wilden tinha visto em sua teoria faziam muito sentido. Talvez ela tivesse sido tola em acreditar nas pistas de A.

Um arrepio percorreu sua espinha. Talvez A tivesse mandado aquelas pistas deliberadamente, para que ela tirasse conclusões erradas e desviasse sua atenção do verdadeiro assassino. E talvez, só talvez... o verdadeiro assassino fosse A.

Aria estava perdida em pensamentos quando de repente sentiu uma mão em seu ombro. Ela se assustou e se virou, o coração acelerado. De pé atrás dela, vestindo um moletom velho da faculdade Hollis e calças jeans com um buraco no bolso esquerdo da frente, estava seu pai, Byron. Ela cruzou os braços sobre o peito, sentindo-se estranha. Ela não falava direito com o pai havia várias semanas.

– Jesus, Aria. Você está bem? – perguntou Byron. – Eu vi você no noticiário.

– Eu estou bem – respondeu ela secamente. – Foi a Hanna quem se machucou, não eu.

Quando seu pai a puxou contra si para abraçá-la, Aria não sabia se o apertava com força ou se relaxava os braços. Ela vinha sentindo saudades dele, desde que ele saíra de casa havia um mês. Mas Aria também estava furiosa porque tinha sido preciso um acidente grave e uma aparição na TV para fazer Byron sair de perto de Meredith e procurar sua única filha.

– Eu telefonei para a sua mãe de manhã, para perguntar como você estava, mas ela disse que você não estava mais morando com ela – a voz de Byron tremia com a preocupação. Ele passou a mão pela cabeça, arrepiando o cabelo ainda mais. – *Onde* você está morando?

Aria lançou um olhar vazio para o pôster demonstrando uma manobra Heimlich, atrás da máquina de Coca-cola.

Alguém tinha desenhado um par de seios no peito da vítima sufocada, e parecia que a pessoa que a estava socorrendo estava se aproveitando dela. Aria estivera morando na casa do namorado, Sean Ackard, mas Sean tinha deixado claro que ela não era mais bem-vinda quando levara os policiais até o apartamento de Ezra e atirara as coisas de Aria no corredor dele. Quem havia contado para Sean sobre o caso de Aria com Ezra?

*Ding ding ding!* A.

Ela não tinha pensado muito sobre a questão da nova moradia.

— Na hospedaria Antiga Hollis? — sugeriu ela.

— A hospedaria Antiga Hollis tem ratos. Por que você não vem morar comigo?

Aria sacudiu a cabeça vigorosamente.

—Você está morando com...

— Meredith — disse Byron firmemente. — Eu quero que você a conheça melhor.

— Mas... — Aria começou a protestar. Seu pai, entretanto, estava olhando para ela com sua clássica expressão de monge budista. Aria conhecia bem aquele olhar: ela já o tinha visto quando ele se recusou a deixá-la ir para um acampamento de verão em Berkshires, em vez do acampamento de férias Hollis Feliz, para o qual ela já tinha ido quatro anos seguidos. Isso significava dez longas semanas fazendo fantoches com sacos de papel e competindo em corridas do ovo-na-colher. Byron também havia usado essa expressão quando Aria lhe perguntara se podia terminar a escola na Academia Americana em Reykjavík, em vez de voltar para Rosewood com o restante da família. Aquele olhar era frequentemente seguido de um ditado que Byron havia aprendido com um monge que conhecera durante seu mestrado no Japão. *O obstáculo é o caminho*. O que significava que o que não matasse Aria apenas a tornaria mais forte.

Mas quando ela se imaginou morando com Meredith, um ditado mais apropriado lhe ocorreu: *Alguns remédios são piores que a doença.*

# 2

## ABRACADABRA, E AGORA NÓS NOS AMAMOS DE NOVO

Ali pôs a mão na cintura e olhou feio para Spencer Hastings, que estava em pé na frente dela na trilha que levava do celeiro dos Hastings até a floresta.

– Você está sempre tentando roubar tudo de mim – sibilou ela. – Mas você não pode ter isso.

Spencer tremia no ar frio da noite.

– Não posso ter o quê?

– *Você* sabe – disse Ali. – Você leu no meu diário – ela jogou o cabelo louro escuro para trás dos ombros. – Você se acha tão especial, mas você está sendo ridícula, agindo como se não soubesse que o Ian está ficando comigo. Claro que você sabia, Spence. Foi por isso que você ficou a fim dele, em primeiro lugar, não foi? Porque *eu* estou com ele? Porque a sua irmã está com ele?

Os olhos de Spencer se arregalaram. O ar da noite ficou áspero de repente, com um cheiro quase acre. Ali fez beicinho.

– Oh, Spence. Você realmente acreditou que ele *gostava* de você?

Subitamente, Spencer sentiu um rompante de raiva, e seus braços se esticaram à frente, empurrando Ali pelo peito. Ali escorregou para trás, tropeçando nas pedras muito lisas. Só que não era mais Ali – era Hanna Marin. O corpo de Hanna voou pelo ar e atingiu o solo com um ruído seco. Em vez de a maquiagem e o BlackBerry caírem de sua bolsa como de uma piñata arrebentada, os órgãos internos de Hanna se esvaíam de seu corpo, caindo no concreto como granizo.

Spencer se levantou assustada, seu cabelo louro molhado de suor. Era domingo de manhã, e ela estava deitada em sua cama, ainda usando o vestido preto de cetim e a tanguinha desconfortável que planejara vestir para a festa de aniversário de Mona Vanderwaal, na noite anterior. Uma suave luz dourada iluminava sua escrivaninha, e passarinhos cantavam inocentemente no enorme carvalho ao lado de sua janela. Ela tinha ficado acordada quase a noite inteira, esperando que o telefone tocasse com notícias de Hanna. Mas ninguém havia telefonado. Spencer não tinha como saber se aquele silêncio era uma coisa boa... ou terrível.

*Hanna.*

Ela havia telefonado para Spencer na noite anterior, pouco depois de Spencer reviver a lembrança, reprimida por tanto tempo, de ter empurrado Ali na floresta na noite em que ela desapareceu. Hanna havia dito a Spencer que tinha descoberto algo importante, e que elas precisavam se encontrar nos balanços de Rosewood Day. Spencer havia chegado ao estacionamento no exato instante em que o corpo de Hanna foi atirado para o alto. Ela havia manobrado o carro para o acostamento e corrido a pé até as árvores, chocada com o que vira.

– Chame uma ambulância! – Aria estava gritando. Emily estava soluçando de medo. Hanna permanecia imóvel. Spencer nunca tinha testemunhado algo tão aterrador em toda a sua vida.

Segundos depois, o Sidekick de Spencer tocou, havia uma nova mensagem de texto de A. Ainda escondida entre as árvores, Spencer vira Emily e Aria pegarem seus telefones também, e seu estômago se revirou quando ela percebeu que todas elas provavelmente haviam recebido a mesma mensagem assustadora:

Ela sabia demais.

Será que A percebera o que quer que Hanna tinha descoberto – algo que A devia estar tentando esconder – e atropelara Hanna para silenciá-la? Era a única explicação, mas era difícil para Spencer acreditar que realmente tinha acontecido. Era simplesmente diabólico demais.

Mas talvez *Spencer* fosse ainda mais diabólica. Poucas horas antes do acidente de Hanna, ela havia empurrado sua irmã, Melissa, escada abaixo. E ela havia finalmente se lembrado do que tinha acontecido na noite em que Ali desapareceu; havia recuperado aqueles dez minutos perdidos, que reprimira por tanto tempo. Ela havia empurrado Ali no chão – talvez com força suficiente para matá-la. Spencer não sabia o que tinha acontecido depois, mas parecia que A sabia. A enviara para Spencer uma mensagem de texto havia apenas poucos dias, dando a entender que o assassino de Ali estava bem na frente dela. Spencer recebera a mensagem quando estava olhando no espelho... para *si mesma*.

Spencer não havia corrido para o estacionamento para se juntar às amigas. Em vez disso, correra para casa, precisando desesperadamente colocar os pensamentos em ordem. *Poderia ter sido ela quem matara Ali?* Ela era capaz disso? Mas depois de uma noite inteira sem dormir, ela simplesmente não podia comparar o que havia feito com Melissa e Ali com aquilo que A havia feito a Hanna. Sim, Spencer perdera a cabeça. Sim, ela podia ser levada ao limite, mas bem no fundo, ela simplesmente não acreditava que fosse capaz de matar.

Por que, então, A estava tão convencido de que Spencer era a culpada? Seria possível que A estivesse errado... ou mentindo? Mas A sabia sobre o beijo que Spencer havia dado em Ian Thomas no sétimo ano, e do seu caso ilícito com Wren, o namorado que Melissa arrumara durante a faculdade, e que as cinco meninas haviam deixado Jenna Cavanaugh cega – todas aquelas coisas eram verdade. A tinha tanta munição contra elas que era desnecessário começar a inventar coisas.

De repente, enquanto Spencer enxugava o suor do rosto, algo lhe ocorreu, fazendo com que seu coração acelerasse. Ela podia pensar em um motivo muito bom para A ter mentido e sugerido que Spencer matara Ali. Talvez A tivesse seus segredos, também. Talvez A precisasse de um bode expiatório.

– Spencer? – chamou a voz de sua mãe do andar de baixo. – Você pode descer?

Spencer pulou da cama e olhou rapidamente para seu reflexo no espelho da penteadeira. Seus olhos estavam inchados e injetados de sangue; seus lábios, rachados e seu cabelo, cheio de folhas, que haviam se prendido nele enquanto ela se escondia entre as árvores na noite anterior. Ela não podia enfrentar uma reunião de família naquele momento.

O primeiro andar da casa cheirava a café nicaraguense Segovia recém-passado, rosquinhas Fresh Fields, e lírios recémcolhidos que a governanta, Candace, comprava todas as manhãs. O pai de Spencer estava de pé ao lado da mesa de granito da cozinha, vestindo suas bermudas de ciclista de *spandex* preto e moletom do Serviço Postal dos Estados Unidos. Talvez aquele fosse um bom sinal — eles não podiam estar tão zangados se seu pai tinha saído para sua pedalada habitual das cinco da manhã.

Na mesa da cozinha, estava uma cópia da edição de domingo do *Philadelphia Sentinel*. Primeiro, Spencer pensou que o jornal estava ali apenas porque tinha notícias sobre o acidente de Hanna. Mas depois ela viu seu próprio rosto encarando-a da primeira página do jornal. Ela vestia um terno preto chique e olhava para a câmera de forma confiante.

"Abram caminho!", dizia a manchete. "A indicada para o concurso de redação Orquídea Dourada, Spencer Hastings, vai passar!"

O estômago de Spencer se revirou. Ela tinha esquecido. O jornal devia estar na porta de todas as casas naquele momento.

Uma figura emergiu da despensa. Spencer recuou, com medo. Lá estava Melissa, olhando feio para ela, apertando nas mãos uma caixa de cereal Raisin Bran com tanta força que Spencer pensou que iria arrebentar. Havia um pequeno arranhão na face esquerda da irmã e uma pulseira amarela de hospital em seu pulso direito, um claro souvenir da briga da noite anterior com Spencer.

Spencer abaixou os olhos, com sentimento de culpa. Na noite anterior, A havia enviado para Melissa as primeiras frases de seu antigo artigo sobre economia, o mesmo que Spencer tinha copiado do computador da irmã e usado como se ela mesma o tivesse escrito. A mesma redação que o professor de economia de Spencer, sr. McAdam, havia indicado para o prêmio Orquídea Dourada, o mais importante do país para o ensino secundário. Melissa havia percebido o que Spencer fizera, e embora Spencer tivesse implorado por perdão, Melissa dissera coisas horríveis para ela – coisas muito piores do que Spencer achava que merecia ouvir. A briga terminou quando Spencer, irada com as palavras de Melissa, acidentalmente empurrou a irmã escada abaixo.

– Então, meninas. – A sra. Hastings colocou a xícara de café na mesa e fez um gesto para que Melissa se sentasse. – Seu pai e eu tomamos algumas decisões importantes.

Spencer se preparou para o que estava por vir. Eles iriam denunciá-la por plágio. Ela jamais iria para a faculdade. Ela teria que ir para uma escola técnica. Ela acabaria trabalhando como atendente de telemarketing, processando pedidos de aparelhos de ginástica e diamantes falsos, e Melissa sairia impune, como sempre acontecia. De algum modo, sua irmã sempre descobria um jeito de sair ganhando.

– Em primeiro lugar, nós não queremos que vocês duas continuem se consultando com a dra. Evans. – A sra. Hastings entrelaçou os dedos das mãos. – Ela fez mais mal do que bem. Entendido?

Melissa assentiu silenciosamente, mas Spencer torceu o nariz, confusa. A dra. Evans, psiquiatra de Melissa e Spencer, era uma das poucas pessoas que não puxava o saco de Melissa. Spencer começou a protestar, mas percebeu os olhares de repreensão nos rostos dos pais.

– Tudo bem – resmungou ela, sentindo-se meio impotente.

– Em segundo lugar – o sr. Hastings apontou para o *Philadelphia Sentinel*, apertando o polegar contra o rosto de Spencer –, plagiar o artigo da Melissa foi uma coisa muito errada, Spencer.

– Eu sei – disse Spencer rapidamente, aterrorizada com a ideia de olhar para a irmã.

– Mas depois de pensar, nós decidimos que não queremos levar isso a público. Esta família já passou por muita coisa. Então, Spencer, você vai continuar na competição pelo Orquídea Dourada. Nós não vamos contar a ninguém sobre isso.

– O quê? – Melissa bateu a xícara de café na mesa com força.

– Foi isso que nós decidimos – disse a sra. Hastings secamente, enxugando o canto da boca com um guardanapo. – E nós também esperamos que Spencer vença.

– Que eu vença? – repetiu Spencer, chocada.

– Vocês a estão *recompensando*? – gritou Melissa.

– Agora *chega* – o sr. Hastings usou o tom de voz que geralmente reservava para os estagiários de seu escritório de advocacia, quando eles ousavam telefonar para ele em casa.

– Em terceiro lugar – disse a sra. Hastings –, vocês duas vão ser amigas.

A mãe das meninas tirou duas fotografias do bolso do casaco. A primeira era de Spencer e Melissa com quatro e nove anos de idade, respectivamente, deitadas em uma rede na casa de praia da avó, em Stone Harbor, Nova Jersey. A segunda foto era delas no quarto de brinquedos da mesma casa de praia, alguns anos depois. Melissa usava um chapéu e uma capa de mágico, e Spencer vestia seu biquíni estampado com listras e estrelas da Tommy Hilfiger. Nos seus pés estavam as botas pretas de motociclista que ela usara até ficarem tão apertadas que prendiam toda a circulação de seus dedos. As duas estavam encenando um show de mágica para os pais: Melissa era o mágico e Spencer, a linda assistente.

— Eu achei essas fotos hoje de manhã — disse a sra. Hastings, entregando as fotos para Melissa, que olhou para elas rapidamente e as devolveu. — Lembram-se de como vocês duas costumavam ser grandes amigas? Vocês estavam sempre tagarelando no banco de trás do carro. Uma nunca queria ir a lugar nenhum sem a outra.

— Isso foi há dez anos, mamãe — disse Melissa, em tom cansado.

A sra. Hastings observou a foto de Melissa e Spencer juntas na rede.

— Vocês costumavam adorar a casa de praia da vovó. Vocês costumavam ser *amigas* na casa de praia da vovó. Então, nós decidimos fazer uma viagem para Stone Harbor hoje. A vovó não está lá, mas nós temos as chaves. Arrumem suas coisas.

Os pais de Spencer estavam assentindo enfaticamente com as cabeças, ambos esperançosos.

— Que ideia idiota — disseram Melissa e Spencer juntas. Spencer olhou para a irmã, espantada porque as duas tinham pensado exatamente a mesma coisa.

A sra. Hastings colocou a foto na bancada da cozinha e levou a xícara de café para a pia.

— Nós vamos viajar, e não tem discussão.

Melissa levantou-se da mesa, segurando o pulso em um ângulo esquisito. Ela olhou para Spencer e, por um instante, sua expressão se suavizou. Spencer deu um sorrisinho tímido para ela. Talvez elas tivessem encontrado uma conexão naquele momento, encontrando algo em comum ao detestarem o plano ingênuo dos pais. Talvez Melissa pudesse perdoar Spencer por tê-la empurrado escada abaixo e roubado seu artigo. Se ela a perdoasse, Spencer desculparia Melissa por dizer que seus pais não a amavam.

Spencer olhou para a fotografia e pensou nos shows de mágica que ela e Melissa costumavam encenar. Depois que a amizade delas se desintegrara, Spencer havia imaginado que se pronunciasse algumas das velhas palavras mágicas que as duas usavam, elas seriam amigas novamente. Se fosse fácil assim...

Quando ela olhou para Melissa novamente, a expressão da irmã havia mudado. Ela estreitou os olhos e se virou.

— Cadela — disse ela por sobre os ombros, empertigando-se pelo corredor.

Spencer cerrou os punhos, toda a raiva anterior retornando com força. Seria preciso muito mais do que mágica para que elas se entendessem. Seria preciso um milagre.

# 3

## O GÓTICO AMERICANO DE EMILY

No final da tarde de domingo, Emily Fields seguiu uma velha senhora com um andador até a esteira rolante do Aeroporto Internacional de Des Moines, arrastando sua velha sacola de natação. A sacola continha seus bens mais preciosos – suas roupas, seus sapatos, suas duas morsas de pelúcia, seu diário, seu iPod, e várias cartas de Alison DiLaurentis, cuidadosamente dobradas, das quais ela não conseguira se separar. Quando o avião estava sobrevoando Chicago, ela percebeu que tinha esquecido as roupas de baixo. Mas era o que merecia por ter arrumado a bagagem com tanta pressa naquela manhã. Ela só conseguiu dormir durante três horas, traumatizada depois de ver o corpo de Hanna ser atirado para o ar quando aquela van a atropelou.

Emily chegou ao terminal principal e se enfiou no primeiro banheiro que conseguiu encontrar, espremendo-se para passar por uma senhora muito gorda vestindo jeans muito apertados. Ela olhou fixamente para seu reflexo no espelho sobre a pia e viu as olheiras profundas em seu rosto. Seus pais tinham mesmo feito aquilo. Eles tinham realmente mandado Emily para Addams, Iowa, para morar com sua tia Helene e seu tio Allen. E tudo porque A havia denunciado Emily para a escola inteira, fazendo com que a mãe de Emily a flagrasse abraçando Maya St. Germain, a garota por quem ela estava apaixonada, na festa de Mona Vanderwaal na noite anterior. Emily estava consciente do acordo – ela havia prometido participar do programa de "cura para os gays" da Tree Tops, para se livrar de seus sentimentos por Maya, ou então era adeus Rosewood. Mas quando ela descobrira que até mesmo a sua conselheira na Tree Tops, Becka, era incapaz de resistir a seus impulsos, ela desistira.

O aeroporto de Des Moines era pequeno e tinha apenas dois restaurantes, uma livraria e uma loja que vendia bolsas Vera Bradley coloridas. Quando Emily chegou à esteira de bagagem, ela olhou em volta, insegura. Tudo de que se lembrava a respeito de seu tio e de sua tia era a super-rigidez deles. Eles evitavam tudo o que pudesse estimular impulsos sexuais – até mesmo *comida*. Enquanto observava a multidão, Emily quase esperava ver o fazendeiro de rosto sério e alongado, junto a sua amarga esposa, daquele quadro famoso, o *American Gothic*, ao lado da esteira de bagagem.

– Emily.

Ela se virou. Helene e Allen Weaver estavam encostados em uma máquina de alugar carrinhos, as mãos nas cinturas. A camisa de golfe cor de mostarda de Allen, enfiada para dentro da calça, deixava sua barriga proeminente ainda mais óbvia. O cabelo curto e grisalho de Helene parecia engordurado. Nenhum dos dois estava sorrindo.

– Você despachou alguma bagagem? – perguntou Allen, mal-humorado.

— Uh, não — disse Emily, educadamente, perguntando-se se deveria abraçá-lo. Tios e tias normalmente não ficavam felizes em ver os sobrinhos? Allen e Helene pareciam simplesmente irritados.

— Bem, vamos, então — disse Helene. — São duas horas de viagem até Addams.

O carro deles era uma perua antiga, com console de madeira. O interior cheirava a purificador de ar com aroma de pinho, um cheiro que sempre fazia Emily se lembrar das longas viagens de carro ao longo do país, com os avós rabugentos. Allen dirigia a pelo menos vinte e cinco quilômetros por hora abaixo da velocidade máxima permitida — até mesmo uma velhinha frágil que se esforçava para enxergar por sobre o volante os ultrapassara. Nem seu tio, nem sua tia disseram uma palavra durante a viagem inteira — nem para Emily, nem entre si. Estava tudo tão quieto que Emily podia ouvir o barulho de seu coração se partindo em milhões de pedacinhos.

— Iowa é mesmo um lugar bonito — comentou Emily em voz alta, fazendo um gesto em direção à extensão infinita de terra a seu redor. Ela jamais havia visto um lugar tão desolado, não havia nem mesmo onde parar para descansar. Allen deu um grunhido. Helene apertou os lábios ainda mais. Se ela continuasse com isso, terminaria por engoli-los.

O celular de Emily, um objeto frio no bolso de sua jaqueta, parecia ser um de seus últimos laços com a civilização. Ela o tirou do bolso e olhou fixamente para a pequena tela. Nenhuma mensagem nova, nem mesmo de Maya. Ela havia enviado uma mensagem de texto para Aria antes de embarcar, perguntando como Hanna estava, mas Aria não respondera. O último texto na caixa de mensagens dela era o que A havia mandado na noite anterior:

Ela sabia demais.

Teria A realmente atropelado Hanna? E quanto às coisas que Aria havia lhe contado antes do acidente de Hanna – poderia mesmo ser Spencer a assassina de Ali? Lágrimas encheram os olhos de Emily. Aquele era definitivamente o momento errado para se afastar de Rosewood.

De repente, Allen fez uma curva fechada para a direita e saiu da estrada, entrando em uma trilha de terra acidentada. O carro balançava sobre o terreno irregular, cruzando várias porteiras e passando por algumas casas de aparência frágil. Cachorros corriam para cima e para baixo durante todo o trajeto, latindo ferozmente para o carro. Finalmente, eles entraram em outra trilha de terra e chegaram a um portão. Helene desceu para destrancá-lo, e Allen conduziu o carro através dele. Dava para ver uma casinha branca de dois andares a distância. Era pequena e modesta, e parecia com as casas Amish em Lancaster, na Pensilvânia, onde Emily e os pais costumavam parar para comprar a autêntica torta holandesa.

– Aqui estamos – anunciou Helene secamente.

– É bonito – disse Emily, tentando parecer animada ao descer do carro.

Como as outras casas pelas quais eles haviam passado, a casa dos Weavers era rodeada por uma cerca de arame, e havia cachorros, galinhas, patos e cabras por toda parte. Uma cabra mais atrevida, presa à cerca por uma corrente, trotou até onde Emily estava. Ela a empurrou com os chifres sujos, e Emily deu um grito.

Helene olhou para ela de maneira reprovadora, enquanto a cabra se afastava.

– Não grite assim. As galinhas não gostam.

*Perfeito.* As necessidades das galinhas eram mais importantes que as de Emily. Ela apontou para a cabra.

– Por que ele está acorrentado desse jeito?

– *Ela* – corrigiu Helene. – Porque ela tem sido uma garota má, por isso.

Emily mordeu o lábio inferior, aflita, enquanto Helene a conduzia para uma pequena cozinha que parecia não ter sido reformada desde os anos 1950. Emily imediatamente sentiu saudades da cozinha alegre de sua mãe, com as galinhas de porcelana, toalhas de Natal que eram usadas o ano inteiro e ímãs de geladeira com o formato dos monumentos da Filadélfia. A geladeira de Helene era branca, não tinha ímãs e cheirava a verduras podres.

Quando elas entraram em uma pequena sala de estar, Helene apontou para uma garota da idade de Emily, sentada em uma cadeira cor de vômito, que lia *Jane Eyre*.

– Você se lembra da Abby?

A prima de Emily, Abby, usava um suéter cáqui pálido, que lhe chegava aos joelhos, e por baixo uma recatada blusa de ilhós. Ela havia prendido o cabelo atrás do pescoço e não usava maquiagem. Com sua camiseta justa com a frase AME UM ANIMAL, ABRACE UM NADADOR, jeans rasgados da Abercrombie, hidratante com textura e brilho labial de cereja, Emily se sentiu uma vadia.

– Oi, Emily – disse Abby, delicadamente.

– A Abby fez a gentileza de se oferecer para dividir o quarto com você – disse Helene. – Fica no andar de cima. Vamos mostrar a você.

Havia quatro quartos no andar de cima. O primeiro era de Helene e Allen e o segundo era de John e Matt, os gêmeos de 17 anos.

— E aquele é o de Sarah, Elizabeth, e a bebê, Karen — disse Helene, apontando para um quarto que Emily havia confundido com o armário de vassouras.

O queixo de Emily caiu. Ela não tinha ouvido falar em nenhuma daquelas primas.

— Quantos anos elas têm?

— Bem, Karen tem seis meses, Sarah tem dois anos, e Elizabeth tem quatro. Elas estão na casa da avó agora.

Emily tentou esconder um sorriso. Para quem evitava sexo, eles certamente tinham um bocado de filhos.

Helene levou Emily para um quarto quase vazio e apontou para uma pequena cama no canto. Abby se sentou em sua própria cama, as mãos dobradas sobre o colo. Emily não podia acreditar que o quarto fosse habitado — os únicos móveis eram as duas camas, uma penteadeira simples, um pequeno tapete redondo e uma estante quase sem livros. Em casa, as paredes do quarto de Emily estavam cobertas de pôsteres e fotos; sua escrivaninha era cheia de vidros de perfume, recortes de revistas, livros e CDs. Mas pensando bem, da última vez que Emily estivera ali, Abby tinha lhe contado que planejava se tornar freira, então talvez a vida simples fosse um treinamento para o convento. Emily olhou pela janela na extremidade do quarto e viu o enorme campo dos Weaver, que tinha um grande estábulo e um silo. Os dois primos mais velhos, John e Matt, estavam levando feixes de feno do estábulo para uma picape. Não havia nada no horizonte. Absolutamente nada.

— Então, a sua escola fica muito longe? — perguntou Emily a Abby.

O rosto de Abby se iluminou.

— Minha mãe não contou? Somos educados em casa.

— Oooooh... — o desejo de viver de Emily se esvaiu lentamente pelas glândulas sudoríparas em seus pés.

— Vou lhe entregar o horário das aulas amanhã — disse Helene, colocando algumas toalhas encardidas na cama de Emily. — Você vai ter que fazer alguns testes, para que eu possa ver onde vou colocá-la.

— Estou no primeiro ano do ensino médio — sugeriu Emily. — E estou frequentando algumas aulas avançadas.

— Vamos ver onde você vai ficar — disse Helene, olhando feio para ela.

Abby levantou-se da cama e desapareceu no corredor. Emily olhou pela janela, em desespero. *Se um passarinho passar voando nos próximos cinco segundos, estarei de volta a Rosewood na semana que vem.* Enquanto um pardal delicado passava voando, Emily se lembrou de que não fazia mais seus joguinhos supersticiosos. Os acontecimentos dos últimos meses — os trabalhadores encontrando o corpo de Ali no buraco do gazebo, o suicídio de Toby, A... tudo, afinal — tinham feito com que ela perdesse toda a fé em que as coisas aconteciam por um motivo.

O celular dela tocou. Emily tirou-o do bolso e viu que Maya lhe enviara uma mensagem.

**Vc está mesmo em Iowa? Por favor, me ligue qd der.**
**Preciso de ajuda.**

Emily começou a digitar "Socorro!", quando Helene arrancou o celular de suas mãos.

— Nós não permitimos celulares nesta casa. — Helene desligou o telefone.

— Mas... — protestou Emily —, e se eu quiser telefonar para os meus pais?

— Eu posso fazer isso para você — cantarolou Helene. Ela se aproximou do rosto de Emily. — Sua mãe me contou algumas coisas sobre você. Não sei como é em Rosewood, mas aqui nós vivemos de acordo com as minhas regras. Está claro?

Emily hesitou. Helene cuspia enquanto falava, e ela podia sentir a umidade no rosto.

— Está claro — respondeu ela, numa voz trêmula.

— Bom. — Helene foi até o corredor e colocou o celular em um grande pote vazio em uma mesa de canto de madeira. —Vamos guardar isto aqui. — Alguém tinha escrito as palavras POTE DOS PALAVRÕES na tampa, mas o pote estava completamente vazio, exceto pelo celular de Emily.

O celular de Emily parecia solitário dentro do Pote dos Palavrões, mas ela não se atreveu a abrir a tampa — Helene provavelmente tinha colocado algum tipo de alarme nela. Ela voltou para o quarto vazio e se atirou na cama. Havia um estrado duro de madeira debaixo do colchão, e o travesseiro parecia feito de cimento. Enquanto o céu de Iowa mudava de cor-de-rosa para púrpura, azul-escuro e enfim preto, Emily sentia lágrimas quentes escorrendo-lhe pelo rosto. Se aquele era o primeiro dia do resto de sua vida, ela preferia estar morta.

A porta se abriu algumas horas depois com um *creeeeeec* lento. Uma sombra se espalhou pelo quarto. Emily sentou-se na cama, o coração martelando. Ela pensou na mensagem de A. *Ela sabia demais.* E no corpo de Hanna batendo com força na calçada.

Mas era apenas Abby. Ela acendeu um pequeno abajur na mesa de cabeceira e deitou-se de barriga para baixo ao lado da cama. Emily mordeu a parte interna da boca, fingindo não perceber. Seria aquilo alguma forma esquisita de rezar de Iowa?

Abby levantou-se novamente, com uma pilha de roupas nas mãos. Ela arrancou o suéter cáqui pela cabeça, desabotoou o sutiã bege, vestiu uma minissaia jeans, e se espremeu para dentro de um top vermelho apertado. Então, ela procurou por algo debaixo da cama novamente, achou uma bolsinha de maquiagem cor-de-rosa e branca, e passou rímel nos cílios e gloss vermelho nos lábios. Finalmente, ela desmanchou o rabo de cavalo, abaixou a cabeça, e passou as mãos pelo couro cabeludo. Quando ela se endireitou novamente, seu cabelo grosso emoldurava seu rosto de forma agressiva.

Abby olhou nos olhos de Emily. Ela deu um sorriso largo, como se quisesse dizer *Feche a boca senão entra mosca*.

— Você vem com a gente, não vem?

— P-para o-onde? — gaguejou Emily, quando recuperou a voz.

— Você vai ver. — Abby se aproximou de Emily e segurou sua mão. — Emily Fields, sua primeira noite em Iowa está apenas começando.

# 4

## SE VOCÊ ACREDITA NISSO, ENTÃO É VERDADE

Quando Hanna Marin abriu seus olhos, ela estava sozinha num túnel comprido e iluminado. Atrás dela, havia apenas escuridão e, à sua frente, apenas luz. Fisicamente, ela se sentia fantástica – não se sentia inchada por ter comido muito salgadinho sabor *cheddar*, não sentia sua pele seca ou seu cabelo armado, nem estava grogue pela falta de sono ou estressada pela vida social. De fato, ela não tinha certeza de quando havia sido a última vez em que se sentira tão... perfeita.

Esse não parecia ser um sonho normal, e sim algo bem mais importante. De repente, uma luzinha brilhou bem diante de seus olhos. E depois outra, e outra. O mundo em torno dela se transformou em uma visão clara, como uma foto sendo baixada de uma página da internet.

Ela viu que estava sentada ao lado de suas três melhores amigas, na varanda dos fundos da casa de Alison DiLaurentis. O cabelo loiro escuro de Spencer estava preso num rabo de cavalo alto, e Aria tinha feito tranças em seu cabelo negro ondulado. Emily vestia uma camiseta azul-piscina e cuecas com EQUIPE DE NATAÇÃO DO ROSEWOOD escrito no traseiro. Hanna foi tomada por uma sensação de medo, e quando olhou para seu reflexo na janela, seu "eu" do sétimo ano a encarou de volta. Os elásticos de seu aparelho ortodôntico eram de tons verde e rosa. Seu cabelo castanho cor de lama estava torcido e preso num coque, seus braços pareciam presuntos e suas pernas branquelas pareciam duas baguetes balofas. Não era bem o caso de ela se sentir tão maravilhosa.

— Ah... ei, garotas?

Hanna se virou. *Ali estava lá.* Bem na frente dela, encarando as amigas como se elas tivessem brotado do chão. Conforme Ali se aproximava, Hanna podia sentir o cheiro de seu chiclete de menta e do seu perfume, Ralph Lauren Blue. Lá estavam as rasteirinhas roxas da Puma de Ali, de que Hanna havia se esquecido. E ali também estavam os pés de Ali — ela conseguia cruzar o segundo dedo do pé por cima do dedão e dizia que isso dava sorte. Hanna desejava que Ali pudesse cruzar seus dedos agora e fazer todas aquelas outras coisas que eram tão sua cara e de que ela tentava desesperadamente se lembrar.

Spencer ficou em pé.

— Por que foi que ela brigou com você?

— Você estava arranjando encrenca sem a gente? — gritou Aria. — E por que você trocou de roupa? Aquele top que você estava usando era tão bonito.

— Você quer que a gente... vá embora? — perguntou Emily, temerosa.

Hanna se lembrava muito bem desse dia. Ela ainda tinha algumas das anotações da sua prova final de história do sétimo ano, rascunhos de última hora, na palma da mão. Ela pegou sua bolsa a tiracolo, sentindo a ponta de seu chapéu de formatura de Rosewood Day que se projetava para fora e saía pelo canto da bolsa. Ela fora apanhá-lo no ginásio durante a hora do almoço, para usá-lo no dia seguinte, na cerimônia de formatura.

A formatura não era a única coisa que iria acontecer no dia seguinte.

— Ali — disse Hanna, e ficou em pé de forma tão abrupta que quase derrubou uma das velas de citronela que ficavam sobre a mesa do pátio. — Preciso falar com você.

Mas Ali a ignorou, agindo quase como se Hanna não tivesse dito nada.

— Lavei minhas roupas de hóquei junto com a lingerie da minha mãe de novo — disse ela para as outras.

— Ela ficou zangada com você por causa *disso*!? — Emily parecia não acreditar.

— *Ali* — Hanna sacudia as mãos na frente do rosto de Ali. — Você precisa me ouvir. Algo horrível vai acontecer com você. E nós temos que impedir isso!

Os olhos de Ali pareceram piscar para Hanna. Ela deu de ombros e tirou a faixa de tecido estampado com bolinhas dos cabelos, olhando para Emily de novo.

— Você conhece a minha mãe, Em. Ela é mais fresca que a Spencer.

— Quem é que liga para a sua mãe? — guinchou Hanna, indignada. Sua pele estava quente e ela sentia como se um zilhão de abelhas a ferroassem.

— Adivinhe onde nós vamos fazer nossa festa do pijama, nossa comemoração-final-do-sétimo-ano? — disse Spencer.

— Onde? — Ali se inclinou para a frente, apoiada em seus cotovelos.

– No celeiro da Melissa! – gritou Spencer.

– Beleza! – Ali festejou.

– Não! – gritou Hanna. Ela subiu em cima da mesa, para fazer com que a vissem. Como elas podiam *não* vê-la? Ela estava gorda como uma foca.

– Meninas, nós não podemos fazer isso! Temos que passar a noite em outro lugar. Um lugar onde haja outras pessoas. Um lugar seguro.

Sua cabeça começou a girar. Talvez o universo tivesse feito uma curva, e ela estivesse realmente de volta ao sétimo ano, logo antes da morte de Ali, sabendo o que ia acontecer no futuro. Ela tinha a chance de mudar as coisas. Ela poderia ligar para a polícia de Rosewood e contar que tinha a sensação de que uma coisa horrível iria acontecer com a amiga dela amanhã. Ela poderia construir uma cerca de arame farpado em torno de todo o quintal da família DiLaurentis.

– Talvez nós não devêssemos dormir fora de jeito nenhum! – disse Hanna, fora de si. – Talvez nós devêssemos fazer essa comemoração em outra noite!

Finalmente, Ali agarrou Hanna pelos pulsos e a arrastou para fora da mesa.

– Para com isso – sussurrou ela. – Você está fazendo a maior confusão por coisa nenhuma.

– Uma confusão por coisa *nenhuma*!? – protestou Hanna. – Ali, você vai *morrer* amanhã! Você vai sair correndo do celeiro durante a noite que vamos passar lá e vai... desaparecer.

– Não, Hanna, escuta. Eu não vou.

Um sensação fria percorreu Hanna. Ali a estava olhando bem nos olhos.

– Você... não vai? – balbuciou ela.

Ali acariciou a mão de Hanna. Era um gesto reconfortante, o tipo de coisa que o pai de Hanna costumava fazer quando ela ficava doente.

— Não se preocupe — sussurrou Ali com doçura no ouvido de Hanna. — Eu estou bem.

Sua voz parecia tão próxima. Tão real. Hanna piscou e abriu os olhos, mas não estava mais no quintal de Ali. Ela estava numa sala branca, deitada de costas. Fortes luzes fluorescentes caíam sobre ela. Ela ouviu um *bip* em algum lugar à sua esquerda e o zumbido constante de alguma máquina, indo e vindo, indo e vindo.

Uma imagem borrada pairava sobre ela. A garota tinha o rosto em formato de coração, olhos azuis brilhantes e dentes muito brancos. Ela acariciou a mão de Hanna lentamente. Hanna tentou focar a visão. Ela se parecia com...

— Eu estou bem — disse a voz de Ali outra vez, sua respiração morna contra o rosto de Hanna. Hanna engasgou. Seus punhos se abriam e se fechavam. Ela lutou para se agarrar a este momento, a esta revelação, mas então tudo começou a se desvanecer: todos os sons, todos os cheiros, a sensação do toque da mão de Ali em suas mãos. E então, houve apenas escuridão.

# 5

## A GUERRA FOI DECLARADA

No final da tarde de domingo, depois de Aria deixar o hospital — o estado de Hanna não havia se alterado —, ela subiu os degraus desiguais da varanda da casa do bairro Old Hollis, onde Ezra morava. O apartamento dele no porão ficava a apenas duas quadras de distância da casa que Byron agora dividia com Meredith, mas Aria ainda não estava pronta para ir até lá. Ela não esperava que Ezra estivesse em casa, mas tinha escrito uma carta para ele, dizendo-lhe onde iria morar e que esperava que eles pudessem conversar. Enquanto lutava para enfiar o bilhete pelo buraco da caixa de correio de Ezra, ouviu um rangido atrás dela.

— Aria — Ezra emergiu no saguão, vestindo um jeans desbotado e uma camiseta Gap cor de tomate —, o que está fazendo?

— Eu estava... — a voz de Aria estava tensa de emoção. Ela segurou o bilhete, que havia amassado um pouco durante a tentativa de empurrá-lo para dentro da caixa de correio. — Eu estava deixando isto para você. Diz apenas para me ligar.

Ela fez a tentativa de dar um passo em direção a Ezra, com medo de tocá-lo. Ele cheirava exatamente como na noite passada, quando Aria havia estado lá pela última vez: um pouco a uísque, um pouco a hidratante.

– Não pensei que você estaria aqui – balbuciou Aria. – Você está bem?

– Bem, não precisei passar a noite na cadeia, o que foi bom. – Ezra riu, e então franziu a testa. – Mas... fui despedido. Seu namorado contou tudo à direção da escola: e ele tinha fotos nossas para provar. Eles preferiram deixar por isso mesmo, então a menos que *você* dê queixa, isso não vai constar na minha ficha. – Ele enganchou seu polegar em torno do passador de cinto: – Preciso ir até lá amanhã e recolher as minhas coisas. Acho que vocês terão um novo professor para o resto do ano.

Aria apertou as mãos contra o rosto:

– Sinto muito, *muito* mesmo.

Ela agarrou a mão de Ezra. A princípio, ele resistiu ao toque, mas suspirou lentamente e se entregou. Ele a puxou para perto de si e a beijou com força, e Aria o beijou de volta como se nunca tivesse beijado antes. Ezra deslizou os braços sob o fecho do sutiã dela. Aria agarrou a camiseta dele, arrancando-a. Eles não se importaram por estar na calçada, nem com o grupo de universitários maconheiros encarando-os da varanda da casa vizinha. Aria beijou o pescoço nu de Ezra e ele envolveu sua cintura.

Mas quando ouviram o berro da sirene do carro de polícia, eles se desgrudaram, assustados.

Aria abaixou-se atrás da parede trançada da varanda. Ezra agachou ao lado dela, com o rosto afogueado. Lentamente, a viatura passou em frente à casa de Ezra. O policial falava ao celular sem prestar atenção alguma a eles.

Quando Aria voltou-se para Ezra, o clima sensual havia acabado.

— Entre — disse ele, colocando a camiseta de volta e indo em direção ao seu apartamento. Aria o seguiu, contornando a porta da frente, que ainda pendia para fora das dobradiças desde que os policiais a haviam derrubado no dia anterior. O apartamento cheirava como de costume: a poeira e macarrão instantâneo.

— Eu poderia tentar arrumar outro emprego para você — sugeriu Aria. — Talvez meu pai precise de um assistente. Ou ele poderia mexer os pauzinhos em Hollis.

— Aria... — havia um ar de resignação no rosto de Ezra. E então, Aria reparou nas caixas de mudança atrás dele. A banheira que ficava no meio da sala de estar tinha sido esvaziada de todos os livros. As velas azuis derretidas sobre a lareira haviam sumido. E Bertha, a boneca inflável modelo criada francesa que alguns amigos tinham comprado para sacanear Ezra na época da faculdade, não estava mais pendurada numa das cadeiras da cozinha. De fato, a maioria dos objetos pessoais de Ezra havia desaparecido. Restavam apenas alguns poucos e solitários móveis velhos.

Um sentimento frio e viscoso se abateu sobre ela.

— Você está indo embora.

— Tenho um primo que mora em Providence — murmurou Ezra. — Vou ficar lá por um tempo. Esvaziar minha mente. Fazer umas aulas de cerâmica na Escola de Design de Rhode Island. Sei lá.

— Leve-me com você — exclamou Aria, indo até Ezra e puxando a bainha de sua camiseta. — Eu sempre quis estudar nessa Escola. É a minha primeira escolha. Talvez eu possa me matricular mais cedo. – Ela olhou para ele novamente. – Estou de mudança para a casa do meu pai e de Meredith, o que é um destino pior que a morte. E... nunca, com ninguém, senti o mesmo que quando estou com você. E não sei ao certo se me sentirei assim de novo algum dia.

Ezra apertou os olhos, balançando as mãos de Aria para a frente e para trás.

– Acho que você deveria me procurar daqui alguns anos. Porque, quer dizer, me sinto assim com você também, mas preciso sair daqui. Você sabe disso e eu também.

Aria largou as mãos dele. Sentia como se alguém tivesse aberto seu peito e arrancado seu coração. Bem na noite passada, por algumas horas, tudo tinha sido perfeito. E então Sean – e A – tinha despedaçado tudo novamente.

– Ei? – disse Ezra, reparando nas lágrimas que desciam pela face de Aria. Puxou-a para si e a envolveu num apertado. – Está tudo bem.

Ele procurou numa de suas caixas e então entregou a ela o seu boneco de William Shakespeare de cabeça balançante.

– Quero que fique com isso.

Aria lhe deu um minúsculo sorriso.

– Está falando sério?

A primeira vez que tinha estado ali, depois da festa de Noel Kahn, no começo de setembro passado, Ezra havia dito a ela que o cabeça balançante era um de seus pertences favoritos.

Ezra traçou a linha do maxilar de Aria com a ponta do dedo indicador, começando no seu queixo e terminando no lóbulo. Arrepios percorreram a espinha dela.

– Sério – sussurrou ele.

Ela podia sentir os olhos dele nela enquanto passava pela porta.

— Aria — ele chamou, justamente quando ela estava pisando sobre uma pilha de listas telefônicas velhas para chegar ao saguão. Ela parou, seu coração estava acelerado. Havia um olhar calmo e sábio no rosto de Ezra. — Você é a garota mais forte que eu já conheci — disse —, então... eles que se danem, sabe? Você ficará bem.

Ezra inclinou-se, fechando as caixas com fita adesiva transparente. Aria se afastou do apartamento atordoada, imaginando por que de repente ele tinha se tornado um conselheiro sentimental para ela. Era como se ele estivesse dizendo que era o adulto, com responsabilidades e consequências, e ela era só uma criança, com a vida inteira pela frente.

E isso era *exatamente* o que ela não queria ouvir nesse momento.

— Aria! Seja bem-vinda! — gritou Meredith.

Ela parou na entrada da cozinha, vestindo um avental listrado de preto e branco — que para Aria mais parecia um uniforme de prisão — e uma luva de cozinha de vaquinha cobrindo sua mão direita. Sorria como um tubarão prestes a engolir um peixinho.

Aria arrastou a última das malas que Sean havia jogado a seus pés na noite anterior e olhou ao redor. Ela sabia que Meredith tinha um gosto peculiar — ela era artista e dava aulas na Faculdade de Hollis, o mesmo lugar em que Byron trabalhava — mas a sala de estar parecia ter sido decorada por um psicopata. Havia uma cadeira de dentista num canto, completa, incluindo uma bandeja para todos os instrumentos de tortura. Meredith havia preenchido toda uma parede com fotos de globos oculares. Ela gravava mensagens na madeira como forma de expressão artística, e ali estava um pedaço enorme de madeira sobre a lareira que dizia: BELEZA É UMA COISA SUPERFICIAL, MAS A FEIURA VAI ATÉ O OSSO. Havia um enorme recorte da Bruxa Malvada do Oeste colado sobre a mesa da cozinha. Aria ficou meio tentada a apontar para ele e dizer que não sabia que a mãe de Meredith era de Oz, quando viu um guaxinim num canto e gritou.

– Não se preocupe, não se preocupe – falou Meredith rapidamente – É empalhado. Eu o comprei em uma loja de taxidermia na Filadélfia.

Aria franziu o nariz. Esse lugar rivalizava com o Museu *Mutter* de esquisitices médicas na Filadélfia, que o irmão de Aria amava quase tanto quanto os museus do sexo que ele visitou na Europa.

– Aria! – Byron apareceu detrás de um canto, limpando as mãos em seu jeans. Aria reparou que ele vestia jeans escuros *com cinto* e um suéter cinza; talvez seu costumeiro uniforme de camisetas dos *Sixers* manchadas de suor e cuecas xadrez desgastadas não fosse bom o suficiente para Meredith.

– Seja bem-vinda!

Aria grunhiu, levantando sua mochila novamente. Notou que o ar cheirava a uma combinação de madeira queimada e mingau Cream of Wheat. Ela olhou para a panela no fogão, desconfiada. Talvez Meredith estivesse cozinhando mingau, como uma diretora malvada num romance de Dickens.

– Vamos ver o seu quarto. – Byron pegou Aria pela mão e a levou através do saguão até uma sala ampla e quadrada que continha alguns grandes pedaços de madeira, ferros de marcar, um enorme serrote e ferramentas de soldar. Aria presumiu que se tratava do ateliê de Meredith, ou do quarto onde ela executava suas vítimas.

— Por aqui — disse Byron.

Ele a levou até um espaço no canto do ateliê, separado do restante por uma cortina floral. Quando afastou a cortina, ele cantarolou:

— *Taa-daaa*!

Uma cama de solteiro e uma cômoda com três gavetas faltando ocupavam um espaço ligeiramente maior que um boxe de banheiro. Byron havia carregado as outras malas dela mais cedo, mas como não havia espaço no chão, ele as empilhara sobre a cama. Havia um travesseiro achatado e amarelado apoiado contra a cabeceira e alguém havia equilibrado uma televisão portátil minúscula no parapeito da janela. Havia um adesivo no topo em que se lia em antigas e desgastadas letras dos anos 1970: SALVE UM CAVALO, MONTE UM SOLDADOR.

Aria virou-se para Byron, sentindo-se nauseada.

— Preciso dormir no ateliê de Meredith?

— Ela não trabalha à noite — disse Byron rapidamente. — E olhe! Você tem sua própria TV e sua própria lareira!

Ele apontou para uma monstruosidade gigantesca de tijolos que ocupava a maior parte da parede distante. A maioria das casas do bairro Old Hollis tinha lareiras em cada quarto porque o aquecimento central não funcionava.

— Você pode deixá-lo confortável à noite!

— Pai, não tenho nem ideia de como *acender* uma lareira.

Então Aria notou uma trilha de baratas indo de um canto do teto para o outro.

— Jesus! — ela berrou, apontando para elas e se escondendo atrás de Byron.

— Elas não são de verdade — tranquilizou-a Byron. — Meredith as pintou. Ela realmente personalizou esse lugar com um toque artístico.

Aria sentiu-se prestes a hiperventilar.

— Elas parecem reais para mim!

Byron parecia honestamente surpreso.

— Pensei que fosse gostar. Foi o melhor que pudemos arranjar em tão pouco tempo.

Aria fechou os olhos. Ela sentia falta do apartamentinho ensebado de Ezra, com sua banheira lotada de milhares de livros e o mapa do sistema de metrô de Nova York como cortina de chuveiro. Além disso, não havia baratas lá — reais *ou* falsas.

— Querido? — a voz de Meredith veio da cozinha. — O jantar está pronto.

Byron deu a Aria um sorrisinho rápido e rumou para a cozinha. Aria imaginou que deveria segui-lo. Na cozinha, Meredith estava colocando tigelas em cada um dos seus pratos. Por sorte o jantar não era mingau, apenas uma aparentemente inocente canja.

— Achei que isso seria o melhor para o meu estômago — admitiu ela.

— Meredith anda tendo alguns problemas estomacais — explicou Byron. Aria se virou para a janela e sorriu. Talvez ela estivesse com sorte e Meredith havia de alguma forma contraído peste bubônica.

— Tem pouco sal — Meredith cutucou Byron no braço —, então é bom pra você, também.

Aria olhou para seu pai com curiosidade. Byron costumava salgar cada mordida quando ainda estava no garfo.

— Desde quando você come coisas sem sal?

— Tenho pressão alta — disse Byron, apontando para o próprio coração.

Aria franziu o nariz.

— Não, não tem.

— Sim, eu tenho — Byron ajeitou o guardanapo no colarinho. — Tenho há algum tempo.

— Mas... mas você nunca comeu coisas sem sal antes.

— Sou uma carrasca — insistiu Meredith, arrastando uma cadeira e se sentando. Ela havia posicionado Aria na cabeça do recorte da Bruxa Malvada. Aria deslizou sua tigela de forma a cobrir a visão verde-ervilha da bruxa.

— Eu o mantenho sob dieta — continuou Meredith —, e o faço tomar vitaminas também.

Aria desmoronou, o medo revirando seu estômago. Meredith já estava agindo como esposa de Byron... e ele estava vivendo com ela há apenas um mês.

Meredith apontou para a mão de Aria:

— O que tem aí?

Aria olhou para seu colo, percebendo que ainda estava segurando o boneco William Shakespeare de cabeça balançante que Ezra havia lhe dado.

— Ah. Isso é só... algo de um amigo.

— Um amigo que gosta de *literatura*, eu suponho. — Meredith o alcançou e fez a cabeça de Shakespeare balançar de um lado para o outro. Havia um pequeno brilho em seu olhar.

Aria congelou. Poderia Meredith *saber* a respeito de Ezra? Ela olhou para Byron. Seu pai sorvia a sopa, distraído. Ele não estava lendo na mesa, algo que fazia constantemente em casa. Será que ele tinha sido tão infeliz lá? Será que gostava mesmo de Meredith, a pintora de insetos, amante de taxidermia, mais do que havia amado a doce, gentil e amorosa mãe de Aria, Ella? E o que fez Byron pensar que ela, Aria, aceitaria placidamente tudo isso?

— Oh, Meredith tem uma surpresa para você — Byron soltou — A cada semestre ela pode fazer um curso em Hollis gratuitamente. Ela disse que você pode usar o crédito deste semestre para fazer um curso no lugar dela.

— Isso mesmo. — Meredith passou o catálogo de cursos da Universidade de Hollis para Aria. — Gostaria de fazer um dos cursos que ensino?

Aria mordeu com força a parte de dentro da boca. Ela preferia ter cacos de vidro permanentemente alojados em sua garganta a passar um único momento a mais com Meredith.

—Vamos lá, escolha um curso — instigou Byron —Você sabe que quer.

Então eles a estavam obrigando a fazer isso? Aria escancarou o livro. Talvez ela escolhesse algo em Cinema Alemão, Microbiologia ou Tópicos Especiais em Comportamento de Crianças Negligenciadas e Famílias Desajustadas.

Então algo chamou sua atenção. *Arte Conceitual: Crie obras exclusivas e artesanais em sintonia com as necessidades, quereres e desejos de sua alma. Através de escultura e toque, os alunos aprendem a depender menos dos seus olhos e mais de seu eu interior.*

Aria circulou com a caneta cinza o curso PEDRAS VÃO ROLAR! do departamento de geologia de Hollis e que ela tinha achado enfiada no catálogo. O curso definitivamente parecia meio estranho. Podia até mesmo acabar sendo como uma daquelas aulas de ioga islandesa onde, em vez de alongar, Aria e os outros alunos dançaram de olhos fechados, imitando os sons de águia. Mas ela precisava de um pouco de insensatez nesse momento. Além do mais, era um dos poucos cursos que Meredith *não* estava ensinando. O que o tornava praticamente perfeito.

Byron pediu licença para sair da mesa e foi para o minúsculo banheiro de Meredith. Depois que ele ligou o ventilador de teto do banheiro, Meredith baixou seu garfo e encarou Aria.

— Sei o que está pensando — disse ela calmamente, esfregando seu polegar sobre a tatuagem de teia de aranha cor-de-rosa em seu pulso — Você odeia o fato de seu pai estar comigo. Mas é melhor se acostumar com isso, Aria. Byron e eu vamos nos casar assim que o divórcio sair.

Aria acidentalmente engoliu um pedaço inteiro de macarrão e tossiu cuspindo o caldo, espirrando tudo sobre a mesa. Meredith pulou para trás, arregalando os olhos:

— Algo que você comeu não caiu bem? — Ela sorriu com afetação.

Aria desviou o olhar bruscamente, a garganta queimando. Algo não tinha caído bem, com certeza, mas não era a sopa da Bruxa Má.

# 6

## EMILY É APENAS UMA GAROTA DOCE
## E INOCENTE DO MEIO-OESTE

—Vamos logo! — Abby apressava Emily, puxando-a pelo terreno da fazenda. O sol estava se pondo no horizonte plano de Iowa e todos os tipos de besouros e mosquitos do Meio-Oeste pareciam estar prontos para entrar em ação. Aparentemente Emily, Abby e os dois primos de Emily, Matt e John, também estavam prontos para entrar em ação.

Os quatro pararam no acostamento. John e Matt haviam trocado suas camisetas brancas simples e suas calças de trabalho por jeans folgados e camisetas com slogans de cervejarias. Abby ajeitou seu tomara que caia e checou como estava seu batom em seu espelho compacto. Emily, usando a calça jeans e a mesma camiseta que vestia quando chegou, se sentia sem graça e malvestida — que aliás, era como ela se sentia em Rosewood também.

Emily deu uma olhada por cima do ombro para a casa da fazenda. Todas as luzes estavam apagadas, mas os cães ainda corriam feito uns loucos pelo terreno da propriedade, e a cabra desobediente ainda estava amarrada à porteira do celeiro, o sininho em volta do pescoço badalando. Era de se admirar que Helene e Allen não colocassem sininhos também no pescoço de seus filhos.

– Será que isso é mesmo uma boa ideia? – pensou Emily em voz alta.

– Vai ficar tudo bem – respondeu Abby, as argolas em suas orelhas balançando. – Mamãe e papai vão para a cama às oito em ponto. São uns reloginhos. É isso que acontece quando você acorda às quatro da manhã.

– Faz meses que fazemos isso e nunca fomos pegos – garantiu Matt.

De repente, uma picape prateada apareceu no horizonte, levantando poeira em seu caminho. A picape se aproximou devagar dos quatro e então, parou. Da cabine, vinha um *hip-hop* que Emily não conseguia identificar e um cheiro forte de cigarros mentolados. Um sósia de cabelos escuros de Noel Kahn acenou para seus primos e sorriu para Emily.

– Entãããããããão... essa é sua prima, hein?

– Isso mesmo – disse Abby. – Ela é da Pensilvânia. Emily, esse é Dyson.

– Pode entrar. – Dyson deu um tapinha no banco. Abby e Emily entraram na cabine, e John e Matt foram para a carroceria. Quando a picape voltou a andar, Emily deu uma última olhada para a casa de fazenda sumindo a distância, e foi tomada por uma sensação ruim.

– Então, o que a trouxe para a glamorosa Addams? – perguntou Dyson, trocando de marcha com o câmbio barulhento.

Emily deu uma olhadinha para Abby.

– Meus pais me mandaram para cá.

— Eles puseram você para fora de casa?

— Isso aí — intrometeu-se Abby. — Eu ouvi dizer que você estava dando um trabalhão. — Ela então olhou para Dyson. — Emily vive perigosamente.

Emily deixou escapar uma risada. A única coisa rebelde que ela já fizera na frente de Abby fora roubar um biscoito Oreo a mais para a sobremesa. Ela se perguntou se seus primos sabiam da verdadeira razão pela qual seus pais a haviam mandado para lá. Era provável que "lésbica" fosse uma palavra que acabasse obrigando você a pagar multa e colocar umas moedinhas no Pote dos Palavrões.

Dois minutos depois, eles entraram em uma estrada irregular que levava a um silo marrom-alaranjado e estacionaram sobre a grama, ao lado de um carro com um adesivo em que se lia EU FREIO PARA GOSTOSAS. Dois rapazes pálidos saíram de uma picape vermelha e cumprimentaram dois rapazes musculosos e louros que estavam na carroceria de uma Dodge Ram preta. Emily sorriu. Ela sempre pensara se referir a quem vinha de Iowa como gente bonita e robusta, mas nada sofisticada era um clichê, mas neste momento, era a única descrição que lhe vinha à mente.

Abby apertou o braço de Emily.

— A proporção de rapazes para moças aqui é de quatro para cada uma — sussurrou ela —, então você vai se dar muito bem essa noite. Eu sempre me dou.

Bem, isso queria dizer que Abby não sabia sobre ela.

— Ah, que ótimo.

Emily tentou sorrir. Abby piscou e saiu da picape. Emily seguiu os primos em direção ao silo. O ar cheirava a um perfume da Clinique, o Happy; e também a lúpulo, cerveja com espuma e a capim seco. Quando entrou, ela esperava ver fardos de feno, alguns animais e talvez até mesmo uma escada perigosa que levasse ao quarto de alguma garota doida como no filme *O Chamado*. Em vez disso, o silo tinha sido limpo e havia luzes de Natal penduradas no teto. Sofás macios, cor de ameixa, haviam sido alinhados ao longo das paredes e Emily viu as picapes e o resto da parafernália do DJ no canto, e também alguns barris de cerveja gigantescos nos fundos.

Abby, que já estava com um copo de cerveja na mão, empurrou uns caras na direção de Emily. Mesmo em Rosewood eles seriam populares – tinham cabelos cuidadosamente desarrumados, rostos angulares e dentes brancos e brilhantes.

– Brett, Todd, Xavi... *essa* é minha prima, Emily. Ela é da Pensilvânia.

– Oi – disse Emily, apertando as mãos dos rapazes.

– Hum, Pensilvânia – os meninos concordaram com a cabeça, aprovando, como se Abby tivesse acabado de dizer que Emily vinha da Terra do Sexo Pervertido e Obrigatório.

Quando Abby se afastou, acompanhada de um dos rapazes, Emily foi até os barris de cerveja. Ela ficou na fila para pegar bebida, atrás de um casal loiro que estava dando uns amassos. O DJ misturou a música anterior com Timberland, um som de que, em Rosewood, todo mundo também gostava. A verdade era que o pessoal de Iowa não parecia nada diferente das pessoas de sua escola. Todas as meninas usavam saias de algodão e sandália anabela e todos os garotos usavam moletom com capuz e jeans largos, e pareciam estar fazendo experimentos pouco ortodoxos com pelos faciais. Emily se perguntou se todos eles iam para a escola ou se os pais os educavam em casa também. – Você é a garota nova?

Uma menina alta e de cabelo louro bem claro, vestindo uma blusa de alcinhas e jeans escuros se colocou atrás dela na fila. Ela tinha ombros largos, o jeitão de uma jogadora profissional de vôlei, e quatro brinquinhos em sua orelha esquerda. Mas havia também alguma coisa doce e sincera em seu rosto, com seus olhos azuis brilhantes e sua boca pequena e bonita. E, diferente da maioria das outras meninas do silo, ela não tinha um garoto enroscado nela, apalpando seus peitos.

– Ah, é sim – respondeu Emily. – Eu cheguei hoje mesmo.

– E você é da Pensilvânia, certo? – A menina girou os quadris para trás e avaliou Emily. – Eu estive lá uma vez. Nós fomos à *Harvard Square*.

– Acho que você está falando de Boston, em Massachusetts. – Emily a corrigiu. – É lá que Harvard fica. A Pensilvânia fica na Filadélfia. Lá nós temos as tralhas do Benjamin Franklin, o Sino da Liberdade e só.

– Ah! – A menina ficou constrangida. – Então eu nunca fui à Pensilvânia. – Ela baixou o rosto. – Bem, se você fosse um doce, que doce você seria?

– O quê? – Emily piscou, pasma.

– Ah, vamos lá. – A garota a cutucou. – Eu... eu seria um M&M.

– Por quê? – perguntou Emily.

A garota bateu as pestanas, sedutora.

– Porque eu derreteria em sua boca, claro. – Ela tocou em Emily de novo. – Então. E você?

Emily encolheu os ombros. Essa era a cantada quero-conhecer-você-melhor mais esquisita que alguém já fizera a ela, mas ela meio que gostou.

– Nunca pensei nisso. Hum, quem sabe uma Tootsie Roll?

A garota sacudiu a cabeça com violência.

—Você jamais seria uma Tootsie Roll. Aquele treco parece com um montinho de fezes. Você seria alguma coisa *muito* mais sexy que aquilo.

Emily respirou fundo bem, bem devagar. Aquela menina estava *passando uma cantada* nela?

— Hummmm... eu acho que preciso saber seu nome antes de começar a conversar com você sobre balas *sexy*.

A garota estendeu a mão.

— Eu sou Trista.

— Emily. — Enquanto apertavam as mãos, Trista pressionou seu dedão contra a palma da mão de Emily. Ela não tirou seus olhos do rosto de Emily nem por um segundo.

Talvez essa fosse apenas a forma culturalmente aceita em Iowa para dizer olá a um estranho.

—Você quer uma cerveja? — Emily balbuciou, virando-se para o barril.

— Claro que sim! — disse Trista. — Mas deixe que *eu* sirva você, Pensilvânia. Você provavelmente não sabe como manejar um barril desses. — Emily observou enquanto Trista bombeava a alavanca do barril algumas vezes e deixava a cerveja fluir lentamente para o copo, sem espuma nenhuma.

— Obrigada — agradeceu Emily, dando um gole.

Trista também se serviu de cerveja e tirou Emily da fila, levando-a até um dos sofás do silo.

— Então, como foi, sua família se mudou para cá?

— Não, vou ficar aqui com meus primos por um tempo. — Emily apontou para Abby, que estava dançando com um menino alto e loiro, e depois para John e Matt, que fumavam junto a uma menina ruiva *mignon*, usando um suéter rosa justo e jeans *skinny*.

— Você está tirando uma espécie de férias? — perguntou Trista, batendo os cílios.

Emily não tinha certeza, mas parecia que Trista estava chegando cada vez mais perto dela no sofá. Ela estava fazendo tudo que era humanamente possível para não tocar nas longas pernas de Trista que estavam a poucos centímetros dela.

— Bem, não exatamente — ela balbuciou. — Meus pais me colocaram para fora de casa porque eu não conseguia obedecer as regras deles.

Trista brincou com o cadarço de suas botas marrons.

— Minha mãe também é assim. Ela acha que eu estou assistindo a uma apresentação de coral essa noite. Se não fosse isso, ela jamais me deixaria sair de casa.

— Eu também costumava ter que mentir aos meus pais sobre as festas — disse Emily, temendo que fosse começar a chorar de novo. Ela tentou imaginar o que estava acontecendo em sua casa naquele instante. Era bem provável que sua família já tivesse acabado de jantar, e estivesse reunida em volta da televisão. Sua mãe, seu pai e Carolyn, animados, contando sobre o dia que tiveram uns para os outros, *aliviados e felizes* que a esquisitona da Emily tivesse ido embora. Isso a magoava tanto que a deixava enjoada.

Trista olhou para Emily com simpatia, como se sentisse que algo estava errado.

— Então, e aí? Aqui vai outra pergunta. Se você fosse uma festa, que tipo de festa seria?

— Uma festa surpresa! — respondeu Emily, toda desajeitada. Afinal, era nisso que sua vida tinha se transformado: uma grande surpresa depois da outra.

— Boa escolha! — Trista sorriu. — Eu seria uma festa do cabide!

Elas sorriram uma para a outra por um longo tempo. Havia algo no rosto largo e em formato de coração de Trista e em seus olhos azuis que fazia Emily se sentir muito... segura. Trista se inclinou para a frente e Emily também. Parecia que elas iam se beijar, mas então Trista se abaixou devagar e amarrou seu cadarço.

— Bem, mas então me conte, por que eles mandaram você para cá? — perguntou Trista quando se endireitou.

Emily deu um grande gole em sua cerveja.

— Porque eles me pegaram beijando uma garota — ela falou bem rápido.

Quando Trista se afastou, com os olhos arregalados, Emily teve a certeza de ter cometido um erro terrível. Talvez Trista estivesse mesmo sendo apenas *amistosa*, como uma boa garota do Meio-Oeste, e Emily tivesse entendido mal a coisa toda. Mas então, Trista deu um sorriso tímido. Ela aproximou a boca do ouvido de Emily.

—Você não seria *mesmo* um Tootsie Roll. Se eu pudesse escolher, você seria uma bala de canela, em formato de coração.

O coração de Emily deu três cambalhotas. Trista se levantou e ofereceu a mão para Emily. Emily encaixou sua mão na dela e, sem dizer uma palavra, Trista a levou para a pista de dança e elas começaram a se mover de forma sensual ao som da música. A canção acabou e uma mais agitada tomou seu lugar. Trista começou a pular em volta de Emily, como se estivesse se preparando para saltar de um trampolim. Sua energia era intoxicante. Emily sentia que podia ser tola ao lado de Trista, que, com ela, não precisava bancar a superior e fingir que não estava nem aí para nada, como ela sentia que devia agir quando estava perto de Maya.

*Maya.* Emily parou de repente, inspirando profundamente o ar úmido e viciado do silo. Na noite anterior, Maya e ela haviam dito que amavam uma à outra. Será que elas ainda tinham um compromisso, agora que Emily estava presa ali no meio de todo aquele milho e estrume de vaca, talvez para sempre? Isso que ela estava fazendo se qualificava como traição? E o que significava o fato de Emily não ter pensado nela nenhuma vez a noite toda, pelo menos até agora?

O celular de Trista apitou. Ela saiu da pista de dança e tirou o telefone do bolso.

— A idiota da minha mãe está me mandando o bilionésimo torpedo de hoje — ela gritou acima da música, balançando a cabeça.

Uma onda de choque percorreu Emily — a qualquer minuto, ela também receberia uma mensagem de texto. Parecia que A sempre sabia quando ela estava tendo pensamentos travessos. Ei, mas acontece que... seu telefone estava no Pote dos Palavrões.

Emily deixou uma risada escapar. *Seu telefone estava no Pote dos Palavrões.* Ela estava no meio de uma festa em Iowa, a milhares de quilômetros do Rosewood. A não ser que A tivesse poderes sobrenaturais, não havia forma de saber o que Emily estava fazendo.

De repente, Iowa não pareceu tão ruim assim.

Não mesmo.

De jeito nenhum.

# 7

## BONECA BARBIE...OU BONECA VODU?

Domingo à noite, Spencer balançava gentilmente na rede da varanda na lateral da casa de veraneio de sua avó. Enquanto ela olhava outro surfista musculoso e gostosão pegar onda na Praia da Freira, a praia de surfe que ficava pertinho, na rua que ladeava o convento, uma sombra a cobriu.

– Seu pai e eu vamos dar um pulo no iate clube – disse sua mãe, enfiando as mãos nos bolsos de suas calças de linho bege.

– Oh – Spencer teve dificuldade de sair da rede sem prender o pé na renda. O iate clube da Baía Stone ficava em uma antiga cabana de praia que cheirava a salmoura em um porão mofado. Spencer suspeitava que seus pais gostavam de ir lá apenas porque era um lugar só para associados. – Posso ir?

A mãe segurou seu braço.

– Você e Melissa vão ficar aqui.

Uma brisa que cheirava a parafina e peixe bateu no rosto de Spencer. Ela tentou ver as coisas do ponto de vista de sua mãe – deve ter sido ruim ver suas duas filhas brigando tão ferozmente.

Mas Spencer gostaria que sua mãe entendesse a perspectiva *dela* também. Melissa era uma vadia perversa, e Spencer nunca mais queria falar com ela.

— Tudo bem — disse Spencer dramaticamente.

Ela abriu a porta corrediça e entrou pisando duro na grande sala de estar. Apesar do estilo rústico da casa da vovó Hastings, a propriedade tinha oito quartos, sete banheiros, uma passagem particular para a praia, uma sala de jogos luxuosa, um home theater, uma cozinha gourmet e mobília Stickley em todos os lugares. A família de Spencer sempre chamava esse lugar carinhosamente de "cabana do taco". Talvez fosse porque na mansão da vovó em Longboat Key, Flórida, havia vários afrescos nas paredes, piso de mármore, três quadras de tênis e uma adega com temperatura controlada.

Spencer passou por Melissa de nariz empinado. Ela estava deitada em um dos sofás de couro marrom, sussurrando em seu iPhone. Provavelmente falando com Ian Thomas.

— Ficarei em meu quarto — gritou Spencer, dramática na base da escada. — A... noite... inteira.

Ela se jogou em sua cama de dossel, feliz de ver que seu quarto estava exatamente como o tinha deixado havia cinco anos. Alison tinha vindo com ela da última vez, e as duas passaram horas observando os surfistas com os antigos binóculos de mogno do vovô Hastings no deque superior. Aquilo tinha sido no começo do outono, quando Ali e Spencer estavam apenas no início do sétimo ano. As coisas ainda estavam bem normais entre elas — talvez Ali ainda não tivesse começado a sair com Ian.

Spencer deu de ombros. Ali saiu com *Ian*. Será que A também sabia disso? Será que A sabia da discussão entre Spencer e

Ali na noite que Ali desapareceu – A *estava* lá? Spencer gostaria de poder contar à polícia sobre A, mas A parecia estar acima da lei. Ela olhou em volta meio na dúvida, de repente assustada. O sol tinha se escondido atrás das árvores, enchendo o quarto com uma escuridão tenebrosa.

Seu telefone tocou e Spencer pulou. Ela o tirou do bolso do roupão e olhou o número. Não o reconhecendo, colocou o telefone no ouvido e disse um alô hesitante.

– Spencer? – disse uma voz feminina macia e melodiosa. – É Mona Vanderwaal.

– Ah – Spencer sentou-se rápido e sua cabeça começou a rodar. Só havia uma razão pela qual Mona ligaria para ela. – Hã... Hanna... está bem?

– Bem... não. – Mona parecia surpresa. – Você não soube? Ela está em coma. Estou no hospital.

– Ai meu Deus – murmurou Spencer. – Ela vai ficar bem?

– Os médicos não sabem – a voz de Mona desafinou. – Ela pode não acordar.

Spencer começou a andar pelo quarto.

– Eu estou em Nova Jersey com meus pais agora, mas volto amanhã de manhã, então...

– Eu não liguei para fazer você se sentir culpada – interrompeu Mona. Ela suspirou. – Desculpe. Estou estressada. Eu liguei porque me disseram que você era boa planejando eventos.

Estava frio no quarto e cheirava um pouco a areia. Spencer tocou a beirada da concha enorme que ficava em cima da cômoda.

– Bem, sou.

— Bom — disse Mona. — Eu quero que você organize uma vigília com velas para Hanna. Eu acho que seria ótimo se todos, você sabe, se juntassem por ela.

— Parece ótimo — disse Spencer baixinho. — Meu pai me contou sobre uma festa a que ele foi umas duas semanas atrás numa tenda maravilhosa no campo de golfe, perto do décimo quinto buraco. Talvez pudéssemos fazer lá.

— Perfeito. Vamos fazer na sexta-feira. Isso nos dá cinco dias para arrumar tudo.

— Então fica para sexta.

Depois de Mona falar que iria escrever os convites se Spencer pudesse cuidar da reserva do lugar e arranjar o bufê, Spencer desligou. Ela caiu de volta na cama, olhando para o dossel de renda. Hanna podia *morrer*? Spencer imaginou Hanna deitada sozinha e inconsciente em um quarto de hospital. Sua garganta ficou apertada e quente.

Toc... toc... toc...

O vento parou e até o oceano estava quieto. A audição de Spencer se aguçou. Haveria alguém lá fora?

Toc...toc...toc...

Ela se sentou rapidamente.

— Quem está aí?

A janela do quarto tinha vista para a areia. O sol tinha se posto tão rápido que tudo que ela podia ver eram os salva-vidas de madeira gastos pelo tempo lá longe. Ela foi até a sala. Vazia. Correu para um dos quartos de hóspedes e olhou para a varanda da frente que ficava logo abaixo. Ninguém.

Spencer passou as mãos pelo rosto. *Acalme-se*, disse ela para si mesma. *A não está aqui*. Ela cambaleou para fora do quarto e pela escada abaixo, quase tropeçando em uma pilha de toalhas de praia. Melissa ainda estava no sofá, segurando uma cópia da *Architectural Digest* com sua mão boa e apoiando seu punho quebrado numa almofada gigante de veludo.

— Melissa — Spencer falou, meio ofegante —, acho que tem alguém lá fora.

Sua irmã virou, com cara de dúvida.

— Ah?

Toc... toc... toc...

— Escuta! — Spencer apontou para a porta. — Você não consegue ouvir?

Melissa levantou, franzindo o cenho.

— Eu estou ouvindo *alguma coisa*. — Ela olhou para Spencer com ar preocupado. — Vamos para a sala de jogos. De lá dá para ter uma boa vista do em volta da casa.

As irmãs conferiram duas vezes as fechaduras antes de subir as escadas para a sala de jogos do segundo andar. A sala cheirava a um lugar fechado por muito tempo, estava empoeirada e parecia que uma Melissa e uma Spencer bem mais novas tinham acabado de sair correndo para jantar e voltariam a qualquer momento para continuar a brincar. Havia a vila de Lego que elas levaram três semanas para terminar. Tinha o conjunto de bijuterias do tipo faça-você-mesma, as contas e os fechos ainda espalhados pela mesa. Os buracos do minigolfe ainda estavam arrumados em volta da sala e a enorme cesta de bonecas ainda estava aberta.

Melissa chegou primeiro à janela. Ela abriu a cortina com estampa de veleiros e espiou o quintal da frente, que era decorado com pedras vítreas marinhas e flores tropicais. Seu gesso rosa fez um barulhinho quando encostou no batente da janela.

— Não vejo ninguém.

— Eu já olhei a frente. Talvez eles estejam na lateral.

De repente, elas ouviram de novo. Toc... toc. Estava ficando mais alto. Spencer segurou o braço de Melissa. Elas duas olharam pela janela mais uma vez.

Então uma calha no fundo da casa chacoalhou um pouco e finalmente algo apareceu. Era uma *gaivota*. O bicho tinha de alguma forma ficado preso no cano, o som de batidas provavelmente tinha sido causado por suas asas e seu bico enquanto lutava para se soltar. A ave voou, balançando suas penas.

Spencer afundou no antigo cavalo de balanço da FAO Schwarz. Primeiro, Melissa parecia brava, mas então as beiradas de sua boca tremeram. Ela fungou de tanto rir.

Spencer também riu.

— Pássaro idiota.

— É. — Melissa deu um suspiro comprido. Ela olhou em volta da sala, primeiro para os Legos e depois para as cabeças enormes de Meu Pequeno Pônei que estavam na mesa do fundo. Ela apontou para elas.

— Lembra que costumávamos fazer maquiagem de pônei?

— Claro. — A sra. Hastings dava a elas todos os batons e sombras de sua coleção anterior e elas passavam horas maquiando os pôneis com sombras escuras e lábios rechonchudos.

— Você costumava passar sombra nas narinas deles — provocou Melissa.

Spencer gargalhou, acariciando a crina azul e roxa do pônei cor-de-rosa.

— Eu queria que as narinas ficassem tão lindas quanto o resto do rosto.

— E lembra dessas? — Melissa andou até a cesta tamanho família e espiou dentro. — Eu não acredito que tínhamos tantas bonecas.

Não apenas havia mais de cem bonecas, entre Barbies e bonecas alemãs antigas, que provavelmente não foram colocadas com cuidado na cesta, mas também toneladas de roupinhas, sapatinhos, bolsas, carros, cavalos e cachorrinhos. Spencer pegou uma Barbie de aparência séria vestida com um blazer azul e saia reta.

— Lembra de como fingíamos que elas eram diretoras de empresas? A minha era diretora da fábrica de algodão-doce e a sua era a diretora da companhia de cosméticos.

— Nós brincávamos que essa aqui era presidente da república. — Melissa pegou uma boneca cujos cabelos loiros escuros haviam sido cortados retos na altura do queixo, como os dela.

— E essa aqui tinha muitos namorados. — Spencer segurou uma boneca bonita com cabelos longos, loiros e rosto em forma de coração.

As irmãs suspiraram. Spencer sentiu um nó na garganta. No passado, elas costumavam brincar durante horas. Muitas vezes nem queriam ir à praia, e quando era hora de dormir, Spencer sempre soluçava, implorando para seus pais a deixarem dormir no quarto de Melissa.

— Desculpe pelo lance do Orquídea Dourada — desabafou Spencer. — Eu gostaria que não tivesse acontecido.

Melissa pegou a boneca bonitinha que Spencer estava segurando — aquela com muitos namorados.

— Eles vão querer que você vá a Nova York, você sabe. E que fale sobre o artigo para um júri. Você tem que saber tudo de trás pra frente.

Spencer apertou firme o pulso desproporcional da Barbie CEO. Mesmo que seus pais não a punissem por trapacear, o comitê do Orquídea Dourada iria.

Melissa encaminhou-se de volta para a sala.

— Você vai se sair bem. Provavelmente vai ganhar. E você sabe que a mamãe e o papai vão te dar alguma coisa legal se você vencer.

Spencer piscou.

— Eu já superei. — Ela fez uma pausa, então estendeu a mão em direção a um armário em que Spencer nunca havia reparado. Sua mão saiu segurando uma garrafa de vodca Grey Goose. Ela a chacoalhou, o liquido transparente balançando no vidro.

— Quer um gole?

— C-claro — gaguejou Spencer.

Melissa foi até o armário que ficava em cima do minibar da sala e pegou duas xícaras miniatura de porcelana chinesa. Usando apenas sua mão boa, Melissa serviu a vodca de um jeito desajeitado nas duas xícaras de chá. Com um sorriso nostálgico, ela deu a Spencer sua xícara azul-clara favorita — Spencer costumava fazer um escândalo se tivesse que tomar em qualquer das outras. Ela ficou abismada que Melissa ainda se lembrasse.

Spencer deu um gole, sentindo a vodca queimar garganta abaixo.

— Como você sabia que a garrafa estava aqui?

— Ian e eu escondemos aqui para a Semana dos Veteranos, anos atrás — explicou Melissa. Ela sentou em uma cadeira de criança listrada de azul e rosa, seus joelhos encostaram no queixo. — Havia policiais em todas as estradas e nós ficamos com medo de levá-la de volta conosco, então a escondemos aqui.

Nós achávamos que voltaríamos para buscar depois... só que não voltamos.

Melissa tinha um olhar distante, ela e Ian haviam se separado sem explicação logo depois da Semana dos Veteranos, no mesmo verão em que Ali desapareceu. Melissa fora supertrabalhadora naquele verão: teve dois empregos de meio período e foi voluntária no Museu do Rio Brandywine. Muito embora nunca tenha admitido, Spencer suspeitava que ela estivesse tentando se manter ocupada porque o rompimento com Ian realmente tinha acabado com ela. Talvez fosse o olhar magoado no rosto de Melissa ou talvez fosse porque ela acabara de dizer a Spencer que ela provavelmente iria ganhar o Orquídea Dourada, mas de repente, Spencer queira dizer a verdade à irmã.

— Tem uma coisa que você deveria saber — Spencer desabafou. — Eu beijei Ian quando estava no sétimo ano, quando vocês estavam namorando. — Ela engoliu em seco. — Foi só um beijo e não significou nada. Eu juro. — Agora que aquilo tinha saído, Spencer não podia mais se segurar. — Não foi como o lance que Ian teve com Ali.

— O lance que Ian teve com Ali — repetiu Melissa, encarando a Barbie que estava segurando.

— Sim. — As entranhas de Spencer pareciam um vulcão cheio de lava derretida, borbulhando, prestes a derramar. — Ali me contou pouco antes de desaparecer, mas eu devo ter bloqueado.

Melissa começou a pentear o conhecido cabelo loiro da Barbie, seus lábios se contraindo de leve.

— Eu bloqueei outras coisas também — continuou Spencer, tremendo, não se sentindo à vontade. — Naquela noite, Ali realmente me provocou, ela disse que eu gostava de Ian, que eu estava tentando roubá-lo dela. Era como se ela *quisesse* me deixar brava. E então eu a empurrei. Eu não queria machucá-la, mas acho que eu...

Spencer cobriu o rosto com as mãos. Repetir a história para Melissa a fez reviver aquela noite de novo. *Minhocas que saíram por causa da chuva da noite anterior se remexiam no caminho. O sutiã rosa de Ali escorregou do ombro e seu anel de dedo do pé brilhou ao luar.* Era *real*, tinha acontecido.

Melissa colocou a Barbie de volta no seu colo e tomou um gole de vodca devagar.

– Na verdade eu sabia que Ian tinha beijado você. E eu sabia que Ali e Ian estavam juntos.

Spencer parou.

– Ian *contou* para você?

Melissa deu de ombros.

– Eu deduzi. Ian não era muito bom para esconder esse tipo de segredo. Não de mim.

Spencer encarou a irmã, um arrepio desceu por sua espinha. A voz de Melissa era melodiosa, quase como uma risada que não saiu. Então Melissa virou-se para encarar Spencer de frente. Ela deu um sorriso largo, esquisito.

– Quanto a se preocupar se *você* matou Ali, eu não acho que você seja o tipo que faria isso.

– Você... *não* acha?

Melissa balançou a cabeça lentamente e então fez a boneca no seu colo balançar também.

– Só uma pessoa muito ímpar consegue matar, e essa não é você.

Ela virou sua xícara de chá, tomando tudo. Depois, com sua mão boa, Melissa pegou a Barbie pelo pescoço e arrancou sua cabeça plástica. Ela deu a cabeça decepada a Spencer, que estava com os olhos esbugalhados.

— Essa não é você mesmo.

A cabeça da boneca se encaixou perfeitamente no buraco da mão de Spencer, a boca retorcida em um sorriso provocativo, os olhos de um azul safira. Uma onda de náusea tomou Spencer. Ela não tinha notado antes, mas a boneca parecia exatamente com... Ali.

# 8

## NÃO É SOBRE ESSAS COISAS QUE SE FALA EM UM QUARTO DE HOSPITAL?

Na manhã de segunda, em vez de correr para a aula de Inglês antes do sinal tocar, Aria estava correndo em direção à saída do colégio Rosewood Day. Ela havia acabado de receber uma mensagem de Lucas no seu Treo que dizia:

> Aria, venha ao hospital se puder. Eles finalmente estão deixando as pessoas verem Hanna.

Ela estava tão absorta e concentrada que nem viu seu irmão, Mike, até que ele passou na sua frente. Ele vestia uma camiseta com o logo da *Playboy* embaixo da sua jaqueta do Rosewood Day e uma pulseira azul do time de lacrosse do colégio. Gravado na pulseira de borracha havia o apelido do seu time, que, por qualquer que fosse a razão, era Búfalo. Aria não ousou perguntar por quê – provavelmente era uma piada interna sobre pênis ou coisa parecida. O time de lacrosse estava ficando cada dia mais parecido com uma fraternidade.

– Ei – disse Aria, um pouco distraída –, como você está?

As mãos de Mike pareciam ter sido soldadas aos seus quadris. Seu olhar de desdém indicava que ele não estava para muita conversa.

– Ouvi dizer que você está morando com papai agora.

– Como um último recurso – falou Aria rapidamente. – Sean e eu terminamos.

Mike estreitou seus frios olhos azuis.

– Eu sei. Soube disso também.

Aria recuou, surpresa. Mike não sabia sobre Ezra, sabia?

– Só queria lhe dizer que você e papai se merecem. – Mike disparou, girando nos calcanhares e quase trombando com uma garota com uniforme de torcida organizada. – Vejo você depois.

– Mike, espere! – gritou Aria. – Vou consertar isso, eu prometo!

Mas ele continuou se afastando. Na semana anterior, Mike descobrira que Aria já sabia a respeito do caso de três anos do seu pai. Por fora, ele reagira dura e friamente a respeito do fim do casamento dos pais. Jogava lacrosse no colégio, dizia obscenidades para as garotas e tentava beliscar os companheiros nos corredores. Só que Mike era como uma música da Björk: alegre, volúvel e engraçado por fora, mas borbulhante de agitação e dor por dentro. Ela nem podia imaginar o que Mike pensaria se descobrisse que Byron e Meredith planejavam se casar.

Enquanto dava um enorme suspiro e continuava caminhando em direção à porta, ela notou uma figura de terno encarando-a do outro lado da entrada.

– Vai a algum lugar, srta. Montgomery? – perguntou o diretor Appleton.

Aria vacilou, seu rosto foi ficando quente. Ela não tinha visto Appleton desde que Sean tinha contado ao pessoal do Rosewood sobre Ezra. Mas ele não parecia exatamente irritado. Parecia mais... nervoso. Quase como se Aria fosse alguém que ele tivesse que tratar com muita, muita delicadeza. Aria tentou conter o riso. Appleton provavelmente não queria que ela prestasse queixa contra Ezra ou falasse novamente sobre o incidente. Isso atrairia uma indecorosa atenção sobre a escola, e Rosewood Day jamais poderia passar por *isso*.

Aria voltou-se, munida de poder.

— Preciso ir a um lugar — argumentou ela.

Era contra a política de Rosewood Day matar aula, mas Appleton não fez nada para impedi-la. Talvez a confusão com Ezra tivesse sido boa para alguma coisa, afinal.

Ela chegou rapidamente ao hospital e correu até a unidade intensiva, no terceiro piso. Ali dentro, pacientes ficavam espalhados em círculo, separados apenas por cortinas. A comprida mesa da enfermagem em formato de U ficava no meio da sala. Aria passou por uma senhora negra idosa, que parecia morta, um homem grisalho com o pescoço imobilizado, e uma quarentona grogue que estava resmungando consigo mesma. O pedaço onde Hanna estava era encostado a uma das paredes. Com seu longo e saudável cabelo arruivado, pele lisinha e corpo jovem e firme, Hanna definitivamente não pertencia àquela UTI. Sua área isolada estava cheia de flores, caixas de bombom, pilhas de revistas e bichinhos de pelúcia. Alguém tinha trazido a ela um enorme urso branco embrulhado num vestido estampado. Quando Aria abriu o cartão no braço peludo do urso, viu que o nome era Diane Von Fursten*bear*. Havia um gesso branco novo em folha no braço de

Hanna. Lucas Beattie, Mona Vanderwaal e os pais de Hanna já haviam assinado.

Lucas estava sentado na cadeira amarela de plástico ao lado do leito de Hanna, com uma revista *Teen Vogue* no colo.

– "Mesmo as pernas mais leitosas irão se beneficiar com Lancôme Soleil Flash Browner em musse colorido, que dá à pele um brilho sutil." – ele leu, lambendo o dedo para virar a página. Quando reparou em Aria, ele parou, um olhar tímido em seu rosto.

– Os médicos dizem que é bom conversar com Hanna, que ela pode ouvir. Mas você acha que talvez o outono seja uma época estúpida para se falar sobre autobronzeadores? Você acha que eu deveria ler o artigo sobre Coco Chanel em vez deste? Ou um sobre as novas estagiárias da *Teen Vogue*? Diz que são melhores que as garotas da Hills.

Aria olhou para Hanna, um nó se formando em sua garganta. Guardas metálicas protegiam as laterais da cama, como se ela fosse um bebê correndo risco de rolar para fora. Havia hematomas verdes em seu rosto, e seus olhos pareciam selados. Essa era a primeira vez que Aria via um paciente em coma de perto. Um monitor registrava os batimentos cardíacos e a pressão sanguínea de Hanna fazendo um constante *bip, bip, bip*. Isso deixava Aria incomodada. Ela não podia evitar imaginar a linha de repente ficando reta na tela, como acontece nos filmes logo antes de alguém morrer.

– E então, os médicos deram algum prognóstico? – perguntou Aria, trêmula.

– Bem, as mãos dela estão se mexendo, você viu? – Lucas apontou para a mão direita de Hanna, a que estava com o gesso. Suas unhas pareciam ter sido pintadas recentemente num tom brilhante de coral. – Parece promissor, mas os médicos dizem que pode não significar nada. Eles ainda não têm certeza se ela sofreu algum dano cerebral.

O estômago de Aria revirou.

– Mas estou tentando pensar positivo. O movimento significa que ela está prestes a acordar. – Lucas fechou a revista e a colocou na mesa de cabeceira de Hanna. – E, aparentemente, alguma leitura da atividade cerebral mostra que ela pode ter acordado ontem à noite... mas ninguém viu.

Ele suspirou.

– Vou buscar um refrigerante. Quer alguma coisa?

Aria balançou a cabeça. Lucas levantou-se da cadeira e Aria tomou seu lugar. Antes de sair, Lucas batucou na soleira.

– Você soube da vigília à luz de velas por Hanna na sexta?

Aria deu de ombros.

– Você não acha meio bizarro que seja no Country Clube?

– De certa forma. – Lucas suspirou – Ou adequado.

Ele deu um sorriso forçado para Aria e deslizou para fora. Enquanto ele apertava o botão da porta automática e saía da ala da UTI, Aria sorriu. Ela gostava de Lucas. Ele parecia tão enjoado das bobagens pretensiosas de Rosewood Day quanto ela, e certamente era um bom amigo. Aria nem imaginava que ele fosse capaz de faltar a tantas aulas para ficar com Hanna, mas era legal saber que havia alguém com ela.

Aria esticou-se para tocar a mão de Hanna e os dedos de Hanna se curvaram sobre os dela. Aria se afastou, perplexa, depois se repreendeu. Não era como se Hanna estivesse *morta*. Não era como se Aria tivesse apertado a mão de um cadáver e o cadáver tivesse apertado de volta.

— Tudo bem, posso estar lá esta tarde, e nós podemos escolher as fotos juntas — falou uma voz atrás dela. — Isso é possível?

Aria rodopiou, quase caindo da cadeira. Spencer apertou o botão "Desligar" do seu Sidekick e deu a Aria um sorriso de desculpas.

— Desculpe. — Spencer revirou os olhos. — A turma do Anuário não faz nada sem mim.

Ela olhou para Hanna, empalidecendo um pouco.

— Vim aqui assim que tive um tempo livre. Como ela está?

Os dedos de Aria estalaram tão forte que a junta do seu polegar fez um desconcertante "*pop*". Era impressionante que, no meio daquilo tudo, Spencer ainda comandasse oito mil comitês e achasse tempo até para estar na primeira página do jornal *Philadelphia Sentinel* de ontem. Mesmo que Wilden tivesse defendido Spencer, ainda havia algo a respeito dela que, de certa forma, deixava Aria pensativa.

— Onde você esteve? — perguntou Aria asperamente.

Spencer deu um passo para trás, como se Aria a tivesse empurrado.

— Precisei viajar com meus pais. Para Nova Jersey. Vim assim que pude.

— Recebeu o bilhete de A no sábado? — inquiriu Aria. — "Ela sabia demais"?

Spencer assentiu, mas não disse nada. Passou os dedos pela borla da sua bolsa de *tweed* Kate Spade e olhou cuidadosamente para todo o aparato médico eletrônico de Hanna.

— Hanna contou a você quem era? — alfinetou Aria.

— Quem era *quem*?

— A.

Spencer ainda parecida confusa e o nervosismo corroía as entranhas de Aria.

– Hanna sabia quem era A, Spencer. – Ela olhou cuidadosamente para Spencer. – Hanna não lhe contou por que ela queria encontrá-la?

– Não – a voz de Spencer desafinou –, ela disse apenas que tinha uma coisa muito importante para me contar. – E deixou escapar um longo suspiro.

Aria pensou nos olhos desconfiados e loucos de Spencer espiando pelas árvores atrás de Rosewood Day.

– Eu vi você, você sabe – Aria deixou escapar. – Eu a vi no bosque, no sábado. Você estava apenas... parada ali. O que estava fazendo?

A cor desapareceu do rosto de Spencer.

– Eu estava assustada – murmurou ela. – Nunca tinha visto nada tão assustador em toda a minha vida. Não podia acreditar que alguém tinha *mesmo* feito aquilo com Hanna.

Spencer parecia aterrorizada. Subitamente, Aria sentiu suas suspeitas se esvaírem. Imaginou o que Spencer pensaria se soubesse que Aria havia pensado que ela era a assassina de Ali e que tinha compartilhado essa teoria com Wilden. E se lembrou das palavras acusadoras de Wilden: "Então é isso que vocês garotas fazem hoje em dia? Culpam as velhas amigas de assassinato?". Talvez ele estivesse certo: Spencer havia estrelado algumas peças da escola, mas ela não era uma atriz boa o suficiente para ter assassinado Ali, caminhado de volta ao celeiro e convencido suas outras melhores amigas de que era tão inocente, ingênua e assustada quanto elas.

– Também não posso acreditar que alguém faria isso com Hanna – disse Aria, calmamente. E suspirou. – Então, no sábado à noite me ocorreu algo. Acho... acho que Ali e Ian Thomas tiveram um caso, quando estávamos no sétimo ano.

O queixo de Spencer caiu:

– Também pensei nisso no sábado.

– Você já sabia? – Aria coçou a cabeça, baixando a guarda.

Spencer deu outro passo para dentro do quarto. Ela manteve os olhos fixos no líquido transparente que enchia a bolsa de solução intravenosa.

– Não.

– Acha que mais alguém sabia?

Uma expressão indescritível passou pelo rosto de Spencer. Falar sobre tudo isso parecia deixá-la realmente desconfortável.

– Acho que a minha irmã sabia.

– Melissa sabia esse tempo todo e nunca disse nada? – Aria passou suas mãos ao longo do queixo. – Isso é estranho.

Ela pensou nas três pistas de A sobre o assassino de Ali: que estava por perto, que queria algo que Ali tinha e que conhecia cada centímetro do jardim dos DiLaurentis. As três pistas juntas levavam a somente uma quantidade limitada de pessoas. Se Melissa sabia sobre Ali e Ian, então talvez fosse uma delas.

– Devemos contar aos policiais sobre Ian e Ali? – sugeriu Spencer.

Aria apertou as mãos:

– Comentei isso com o Wilden.

Um rubor de surpresa passou pelo rosto de Spencer.

– Oh – disse ela em voz baixa.

– Tudo bem? – perguntou Aria, erguendo uma sobrancelha.

– Claro – disse Spencer energicamente, retomando a compostura. – Então... você acha que nós devemos contar a ele sobre A?

Aria estreitou os olhos.

– Se contarmos, A pode... – Ela recuou, sentindo-se nauseada.

Spencer encarou Aria por um longo tempo.

– A está controlando completamente as nossas vidas – sussurrou ela.

Hanna estava imóvel em seu leito. Aria imaginou se ela realmente podia ouvi-las, como Lucas havia dito. Talvez ela tivesse ouvido tudo o que tinham acabado de dizer sobre A e quisesse contar a elas que sabia quem era, só que estava presa no coma. Ou talvez ela tivesse ouvido tudo e se sentido desgostosa por terem falado sobre isso em vez de se perguntarem se ela iria acordar algum dia.

Aria ajeitou os lençóis sobre o peito de Hanna, cobrindo-a até o queixo como Ella costumava fazer quando Aria ficava gripada. Então um ligeiro reflexo na pequena janela atrás do leito de Hanna chamou sua atenção. Aria se endireitou, os nervos à flor da pele. Parecia que alguém do lado de fora do cubículo de Hanna estivera espreitando, perto de uma cadeira de rodas, tentando não ser visto.

Ela girou e, com o coração pulando, puxou de volta a cortina.

– O que foi? – gritou Spencer, se virando também.

Aria tomou fôlego.

– Nada. – Quem quer que fosse já havia sumido.

# 9

## SER O BODE EXPIATÓRIO NÃO TEM GRAÇA NENHUMA

As luzes agrediram olhos de Emily. Ela abraçou seu travesseiro e mergulhou no sono de novo. Os sons matinais de Rosewood eram tão previsíveis quanto o nascer do sol: os latidos do cão dos Kloses durante a caminhada em torno do quarteirão, o barulho do caminhão de lixo, os sons do programa de televisão Today, que a mãe dela assistia todas as manhãs, e o canto de um galo.

Seus olhos se abriram de repente. *Um galo?*

O quarto cheirava a feno e vodca. A cama de Abby estava vazia. Já que os primos quiseram ficar mais tempo que Emily na festa da noite anterior, Trista a havia deixado no portão dos Weavers. Talvez Abby ainda não tivesse voltado para casa – a última vez em que ela vira a prima na festa, ela estava se jogando para cima de um cara que usava uma camiseta da Universidade de Iowa com uma figura enorme do mascote da universidade, Herky, o falcão.

Quando virou a cabeça, viu sua tia Helene parada na porta do quarto. Emily deu um gritinho e se cobriu com os lençóis. Helene estava usando um colete longo de patchwork e por baixo, uma camiseta com babados. Seus óculos se equilibravam precariamente na ponta de seu nariz.

— Vejo que está acordada — disse ela. — Por favor, desça.

Emily saiu da cama devagar, vestindo a camiseta, as calças de pijama do time de natação de Rosewood e as meias de losango. A noite anterior a envolveu, como a água morna de uma banheira. Emily e Trista tinham passado o restante da noite dançando de um jeito maluco, e um bando de garotos tinha se juntado em volta delas. Elas conversaram sem parar na volta, até a casa dos Weavers, mesmo estando as duas exaustas. Antes de Emily descer do carro, Trista havia tocado a parte de dentro do pulso dela.

— Estou feliz por ter conhecido você — sussurrou Trista. E Emily também estava feliz.

John, Matt e Abby estavam sentados à mesa da cozinha, encarando sonolentos as suas tigelas de cereal Cheerios. Havia um prato de panquecas no meio da mesa.

— Oi, pessoal — disse Emily, animada. — Há alguma outra coisa para o café, além de Cheerios e panquecas?

— Eu não acho que o café da manhã deveria ser a sua maior preocupação neste momento, Emily.

Emily se virou, sentindo o sangue gelar. O tio Allen estava ao lado do fogão, frio e formal, com um olhar de desapontamento no rosto marcado e cansado. Helene estava apoiada no fogão, também com uma expressão muito severa. Emily olhou nervosa para Matt, John e Abby, mas nenhum deles olhava diretamente para ela.

— Bem — Helene começou a andar pela cozinha, seus sapatos de bico quadrado batendo contra o chão de madeira —, nós sabemos o que vocês quatro fizeram na noite passada.

Emily sentou-se em uma cadeira, sentindo o calor invadir seu rosto. Seu coração estava disparado.

— Eu quero saber de quem foi a ideia. — Helene circulava a mesa como um falcão rondando a presa. — De quem foi a ideia de sair com aqueles garotos da escola pública? Quem foi que pensou que estava tudo bem em beber álcool?

Abby cutucou um Cheerio solitário em sua tigela. John coçou o queixo. Emily manteve a boca fechada. *Ela* com certeza não iria dizer coisa alguma. Ela e seus primos ficariam calados e seriam solidários, em benefício de todos. Era como Emily, Ali e as outras tinham feito anos atrás, nas raras ocasiões em que eram pegas fazendo alguma coisa errada.

— Bem? — disse Helene rispidamente.

O queixo de Abby tremeu.

— Foi Emily — ela soltou. — Ela me ameaçou, mamãe. Ela sabia sobre a festa da escola pública e me obrigou a levá-la até lá. Eu levei John e Matt conosco para que fosse mais seguro.

— *O quê?* — Emily engasgou. Parecia que Abby tinha golpeado seu peito com a cruz pendurada acima da porta. — Isso não é verdade! Como eu ia saber sobre essa festa? Eu não conheço ninguém aqui além de vocês!

Helene pareceu enojada.

— Meninos? Foi Emily?

Matt e John encararam suas tigelas de cereal e concordaram com a cabeça.

Emily olhou em torno da mesa, sentindo-se brava e traída demais até para respirar. Ela queria gritar bem alto o que havia acontecido. Matt tinha tomado doses de bebida no umbigo de uma garota. John tinha dançado ao som de Chingy só de cueca. Abby tinha ficado com cinco caras diferentes e talvez com uma vaca. Suas pernas e seus braços começaram a tremer. Por que eles estavam fazendo isso com ela? Eles não eram *amigos dela*?

— Nenhum de vocês parecia triste por estar lá!

— Mentira — gritou Abby. — Nós estávamos *muito* tristes.

Allen puxou Emily pelo ombro, sacudindo-a para colocá-la em pé, de um jeito forte e grosseiro, como ela nunca havia sido tratada em sua vida.

— Isso não vai dar certo — disse ele em voz baixa, aproximando o rosto do dela. Ele cheirava a café e a algo orgânico, talvez soja. — Você não é mais bem-vinda aqui.

Emily deu um passo para trás, sentindo seu coração afundar a seus pés.

— O quê?

— Nós fizemos um grande favor aos seus pais — resmungou Helene. — Eles disseram que você causava muitos problemas, mas nós nunca esperamos nada parecido *com isso*. — E pegou o telefone sem fio. — Vou ligar para eles agora. Vamos levar você de carro até o aeroporto, mas eles vão ter que dar um jeito de pagar para você ir para casa. E depois vão ter que decidir o que fazer com você.

Emily sentiu os cinco pares de olhos Weaver cravados nela. Ela se obrigou a não chorar, respirando bem fundo o ar viciado da casa de fazenda. Seus primos a haviam traído. Nenhum deles estava do seu lado. *Ninguém estava.*

Ela deu meia-volta e fugiu para seu quartinho. Chegando lá, ela jogou suas roupas de volta em sua sacola de natação. A maior parte de suas roupas tinha o cheiro de sua casa — uma mistura de amaciante para roupas Snuggle e dos temperos caseiros de sua mãe. Ela estava feliz por nenhuma delas ter o cheiro deste lugar horroroso.

Antes de fechar o zíper da sacola de lona grossa, ela parou. Helene provavelmente estava com seus pais no telefone naquele momento, contando tudo para eles. Ela podia até ver sua mãe parada no meio da cozinha de casa em Rosewood, com o telefone grudado na orelha dizendo:

— *Por favor*, não mande Emily de volta para nós. Nossa vida está perfeita sem ela.

A visão de Emily ficou embaçada pelas lágrimas, e seu coração doía de verdade. Ninguém a queria. E qual seria a próxima opção de Helene? Tentar despachar Emily para a casa de outra pessoa? Uma academia militar? Um *convento*? Isso ainda existia?

— Tenho que dar o fora daqui — sussurrou Emily para o quarto vazio e frio. Seu telefone celular ainda estava no Pote dos Palavrões no corredor. A tampa saiu fácil e nenhum alarme soou. Ela deixou o celular escorregar em seu bolso, apanhou suas sacolas e desceu as escadas. Se conseguisse sair da propriedade dos Weaver, tinha quase certeza que chegaria a uma mercearia que ficava a pouco mais de um quilômetro e meio seguindo pela estrada. Lá, ela poderia planejar seu próximo passo.

Quando alcançou a varanda da frente, quase não percebeu Abby encolhida no balanço que ficava ali na entrada. Com o susto, Emily largou a sacola em cima de seus pés.

Abby fez um biquinho.

— Ela nunca nos pegou. Então, *você* deve ter feito alguma coisa para chamar a atenção dela.

— Eu não fiz nada — disse Emily, impotente. — Eu juro.

— E agora, por sua causa, vamos ser vigiados por meses. — Abby rolou os olhos para cima. — E só para você saber, Trista

Taylor é a maior vagabunda. Ela fica com qualquer coisa que se mova, garoto *ou* garota.

Emily recuou, sem saber o que dizer. Ela pegou sua sacola e disparou escada abaixo. Quando chegou à porteira, a mesma cabra ainda estava amarrada ao poste de metal, o sino batendo baixinho em seu pescoço. A corda que a mantinha presa não tinha comprimento suficiente para ela se deitar e parecia que Helene nem mesmo havia colocado água para ela. Quando Emily olhou nos olhos amarelos e estranhos do animal, com suas pupilas quadradas, ela sentiu uma ligação entre elas – entre o bode expiatório e a cabra malvada. Ela sabia o que era ser punida de forma injusta e cruel.

Emily respirou fundo e tirou a corda do pescoço da cabra. Depois, abriu a porteira e agitou seus braços.

– Vai embora, garota – sussurrou ela. – Xôôô.

A cabra deu uma olhada para Emily, a boquinha apertada. Ela deu um passo, depois outro. Quando passou pelo portão, saiu em disparada, gingando pela estrada. Ela parecia feliz por estar livre.

Emily bateu o portão atrás de si. Ela também estava muito feliz de se livrar daquele lugar.

# 10

## ARIA NÃO CONSEGUE
## ESVAZIAR A CABEÇA

Na tarde da segunda-feira, nuvens se encrespavam, escurecendo o céu e trazendo uma ventania que atingia em cheio as folhas amareladas do Rosewood. Aria cobriu as orelhas com sua boina cor de morango feita com lã de merino e correu para o prédio do Museu de Artes Visuais Frank Lloyd Wright, na Universidade de Hollis, para sua primeiríssima aula de arte conceitual. As paredes do vestíbulo estavam cheias de obras dos alunos, propagandas de obras à venda e anúncios de procura por colegas de quarto. Aria viu um folheto que dizia VOCÊ VIU O PERSEGUIDOR DE ROSEWOOD? Havia a cópia de uma foto que mostrava um vulto no meio das árvores, tão vago e obscuro quanto as fotos sombrias do Monstro do Lago Ness. Na semana anterior, os telejornais haviam feito a festa, com todo tipo de matéria possível sobre o Perseguidor de Rosewood, que andava por aí seguindo e espionando cada movimento que as pessoas faziam. Mas Aria não tinha ouvido nada sobre isso nos últimos dias... Aliás, pelo mesmo tempo em que estivera sem notícia nenhuma de A.

O elevador estava quebrado, então Aria subiu pelas escadas frias de concreto cinzento até o segundo andar. Ela localizou a sala de arte conceitual e ficou surpresa ao constatar que era uma sala silenciosa e escura. Uma forma recortada tremulava contra a janela no lado mais distante da sala, e quando os olhos de Aria se ajustaram à escuridão, ela percebeu que a sala estava cheia.

– Entre – disse a voz rouca de uma mulher.

Aria deu um jeito de tatear até alcançar a parede dos fundos da sala. O velho prédio da Universidade de Hollis rangia e parecia vergar-se com o próprio peso. Alguém perto dela cheirava a menta e alho. Outra pessoa tinha cheiro de cigarro. Ela ouviu uma risadinha.

– Creio que estamos todos aqui – disse a voz. – Meu nome é Sabrina. Sejam bem-vindos ao curso de *arte conceitual*. Bem, é provável que vocês estejam se perguntando por que estamos todos aqui de pé com as luzes apagadas. Arte está relacionada com visão, certo? Bom, adivinhem. Não está não, pelo menos não inteiramente. Arte também está relacionada com tocar e cheirar... E mais ainda com sentir. Mas, acima de tudo, arte é se deixar levar. Arte tem a ver com pegar tudo que você achou que era verdade e jogar pela janela. Tem a ver com aceitar a imprevisibilidade da vida, livrar-se das amarras e começar de novo.

Aria sufocou um bocejo. A voz baixa de Sabrina dava sono e ela só queria se enrolar num cantinho e fechar os olhos.

– As luzes estão apagadas para que façamos um pequeno exercício – disse Sabrina. – Todos nós formamos a imagem de alguém em nossas mentes, tendo como base certos fatos.

O som da voz da pessoa, talvez. O tipo de música que esse alguém gosta de ouvir. As coisas que você sabe sobre o passado dessa pessoa, talvez. Mas, às vezes, nosso juízo sobre essa pessoa não está tão certo assim. Aliás, às vezes, está muito errado.

Anos atrás, Aria e Ali costumavam fazer aulas de artes juntas, aos sábados. Se Ali estivesse agora com ela nesta aula, reviraria os olhos e diria que Sabrina era uma bicho-grilo de axilas peludas. Mas Aria achava que o que Sabrina dizia fazia sentido – especialmente em relação a Ali. Por aqueles dias, Aria havia descoberto que tudo o que pensara saber sobre Ali estava errado. Aria jamais imaginaria que Ali tinha um romance secreto com o namorado da irmã de sua melhor amiga, apesar disso certamente explicar suas atitudes cautelosas e estranhas antes de seu desaparecimento. Naqueles últimos meses, havia finais de semana inteiros nos quais Ali não estava por perto. Ela dizia que tinha que viajar com os pais, mas é claro que isso na verdade queria dizer que ia passar algum tempo sozinha com Ian. Certa vez, Aria foi de bicicleta até a casa de Ali para fazer uma surpresa, e encontrou a amiga sentada em um dos enormes seixos de seu jardim, sussurrando no telefone celular.

– Vejo você neste final de semana, certo? – Ali estava dizendo. – E daí nós conversaremos sobre isso.

Quando Aria a chamou, Ali se virou, surpresa.

– Com quem você está falando? – perguntou Aria, inocentemente. Ali fechou seu telefone com um gesto brusco, estreitando os olhos. Ela pensou um pouco e depois disse:

– Então, e aquela garota que seu pai estava beijando? Aposto que ela é como as garotas de faculdade que aparecem naquele programa de televisão, o *Girls Gone Wild*, e se exibem para os caras. Quero dizer, ela tem que ser muito corajosa para ter um casinho com um professor.

Aria deu meia-volta, mortificada. Ali vira quando ela pegara o pai, Byron, no flagra, beijando Meredith. E Ali não deixava barato. Aria já estava de volta à sua bicicleta e na metade do caminho para casa, quando finalmente se dera conta que Ali não havia respondido sua pergunta.

– Bem, o que eu quero que nós façamos é o seguinte – disse Sabrina em voz baixa, interrompendo as lembranças de Aria –, vamos localizar a pessoa mais próxima de nós e dar as mãos. Então, que cada um tente imaginar como seu vizinho se parece, apenas tocando sua mão. Depois, nós iremos acender as luzes e cada um de vocês irá desenhar o retrato de seu parceiro com base em suas impressões.

Aria se atrapalhou na escuridão. Alguém agarrou sua mão, sentindo os ossos de seu pulso e as elevações irregularidades na palma de sua mão.

– Que tipo de rosto você vê quando toca nessa pessoa? – perguntou Sabrina à classe.

Aria fechou os olhos, tentando pensar. A mão era pequena e um pouco fria e seca. Um rosto começou a aparecer, se formando em sua mente. Primeiro as maçãs do rosto pronunciadas, depois os olhos azuis brilhantes. Cabelo louro e comprido, lábios cheios e rosados.

O coração de Aria deu um salto. Ela estava pensando em *Ali*.

– Deem as costas para seus parceiros agora – instruiu Sabrina. – Depois, peguem seus blocos de desenho e eu vou acender as luzes. Não olhem para seus parceiros. Quero que vocês desenhem exatamente a pessoa que está em suas mentes e então vamos examinar os desenhos e ver o quanto vocês se aproximaram da realidade.

As luzes brilhantes feriram os olhos de Aria enquanto ela, tremendo um pouco, abria seu bloco de desenho. Ela tentou fazer o carvão vegetal correr pelo papel para desenhar a pessoa ao lado, mas embora tentasse, não conseguia impedir a si mesma de desenhar o rosto de Ali. Quando parou para admirar o que tinha feito, sentiu um nó na garganta. Havia uma sugestão de sorriso no rosto de Ali e malícia em seu olhar.

– Muito bom! – disse Sabrina, que era exatamente como sua voz sugeria, cabelo castanho comprido e embaraçado, peitos grandes, uma barriguinha pronunciada e pernas finas como as de um passarinho. Ela andou na direção da parceira de Aria. – Ah, que trabalho *lindo*! – murmurou ela. Aria sentiu uma ponta de irritação. Por que o trabalho dela não era lindo? Será que alguém desenhava melhor que ela? Impossível.

– O tempo acabou – avisou Sabrina. – Virem-se e mostrem ao seu parceiro o resultado do trabalho.

Aria se virou devagar, avaliando com avidez o supostamente *lindo* trabalho de sua parceira. E, na verdade... Era mesmo lindo. O desenho não se parecia em nada com Aria, mas, ainda assim era um esboço de rosto muito melhor do que qualquer coisa que Aria poderia fazer. Os olhos de Aria subiram pelo corpo de sua parceira. A menina usava uma blusa rosa e bem justa de Nanette Lepore. Sua pele era clara e perfeita e seu cabelo era cheio e caía em ondas até abaixo de seus ombros. E então, Aria viu um narizinho arrebitado muito familiar. E enormes óculos escuros Gucci. Aos pés da garota havia um cão adormecido usando um colete de lona azul. Aria sentiu seu sangue gelar.

— Eu não posso ver como você me desenhou — disse sua parceira com uma voz doce e suave. Ela apontou para seu cão-guia à guisa de explicação —, mas tenho certeza que está demais.

O queixo de Aria caiu. Sua parceira era Jenna Cavanaugh.

#  11

## SEJA BEM-VINDA.
## QUER DIZER... MAIS OU MENOS

Depois do que pareceram ser dias no espaço sideral, Hanna de repente viu que estava indo na direção da luz de novo. Mais uma vez, ela estava sentada na varanda dos fundos da casa de Ali. Mais uma vez, ela podia sentir seu corpo transbordando para fora de seus jeans Seben e de sua camiseta American Apparel.

– Nós vamos poder dormir todas juntas no celeiro da Melissa! – dizia Spencer.

– Legal. – Ali sorriu.

Hanna recuou.

Talvez ela estivesse presa, vivendo esse mesmo dia de novo e de novo, como o cara daquele filme antigo *Feitiço do tempo*. Talvez Hanna tivesse que reviver esse dia até que fizesse tudo do jeito certo e conseguisse convencer Ali de que ela corria um enorme perigo.

Mas... Da última vez em que ela havia estado em sua memória, Ali tinha assomado sobre ela e dito que tudo estava bem. Mas a verdade é que ela *não estava* nada bem. *Nada*, aliás, *estava bem*.

— Ali — quis saber Hanna —, o que você quer dizer com esse negócio de "eu estou bem"?

Ali não estava prestando atenção. Ela observava Melissa, enquanto ela passava pelo quintal da família Hastings dando passadas largas, a beca da formatura dependurada no braço.

— Ei, Melissa! — chamou Ali. — Animada para ir a Praga!?

— Quem é que dá a mínima para ela? — gritou Hanna. — Responda à minha pergunta!

— Hanna está... *Falando?* — uma voz fora de seu raio de visão perguntou, engasgando. Hanna ergueu sua cabeça. Aquela voz não parecia ser de nenhuma de suas velhas amigas.

Do outro lado do quintal, Melissa colocou a mão no quadril.

— Claro.

— O *Ian vai?* — perguntou Ali.

Hanna segurou o rosto de Ali com as duas mãos.

— Ian não importa — disse ela, enérgica. — Escute o que eu estou dizendo, Ali!

— Quem é Ian? — A voz que ela não conseguia reconhecer soava como se estivesse vindo do fim de um túnel muito longo. Era a voz de Mona Vanderwaal. Hanna olhou em volta do quintal de Ali, mas não viu Mona em lugar nenhum.

Ali se virou para Hanna, dando um suspiro de desgosto.

— Dá um tempo, Hanna.

— Mas você está correndo perigo — disse Hanna, confusa.

— As coisas não são sempre como parecem — sussurrou Ali.

— O que você quer dizer com isso? — perguntou Hanna, perdendo a calma. Quando ela tentou tocar Ali, sua mão atravessou o braço da amiga, como se ela fosse apenas uma imagem projetada em uma tela.

— O que *quem* quer dizer? — perguntou a voz de Mona.

Hanna abriu os olhos. Uma luz brilhante fez seus olhos doerem e quase a cegou. Ela estava deitada de costas, em um colchão desconfortável. Várias pessoas estavam em volta dela — Mona, Lucas Beattie, sua mãe, seu pai.

Seu *pai?* Hanna tentou franzir o cenho, mas os músculos de sua face doíam demais, demais.

— Hanna. — O queixo de Mona tremeu. — Ah, meu Deus. Você está... *Acordada.*

— Você está bem, querida? — perguntou a mãe dela. — Você pode falar?

Hanna olhou para seus braços. Pelo menos eles estavam magrinhos, não se pareciam com presuntos. Então, ela viu o tubo de soro intravenoso saindo da curva de seu braço e a tala de gesso desengonçada em volta dele.

— O que está acontecendo? — resmungou ela, olhando em volta. A cena que se desenrolava diante de seus olhos parecia saída de uma peça teatral. O lugar onde ela estava antes, o quintal da casa de Ali, com suas antigas melhores amigas, parecia muito mais real. — Onde está Ali?

Os pais de Hanna trocaram um olhar preocupado.

— Ali está morta — disse sua mãe tranquila.

— Vão com calma com ela. — Um homem de cabelos brancos e nariz de falcão vestindo um avental branco abriu a cortina que protegia o leito de Hanna.

— Hanna? Meu nome é dr. Geist. Como você se sente?

— Onde diabos eu estou? — perguntou Hanna, a voz demonstrando pânico.

O pai de Hanna pegou a mão dela.

— Você sofreu um acidente. Nós ficamos tão preocupados com você.

Hanna encarou confusa os rostos que a rodeavam e depois deu uma olhada nas geringonças que estavam à sua volta. Além do soro, havia uma máquina que indicava seus batimentos cardíacos e um tubo que levava oxigênio ao seu nariz. Seu corpo parecia quente e depois frio, e sua pele formigava de medo e confusão.

— Acidente? — sussurrou ela.

— Você foi atropelada por um carro — disse a mãe de Hanna. — Na sua escola, em Rosewood Day. Você consegue se lembrar?

Os lençóis pareciam pegajosos, como se alguém tivesse derramado molho de queijo para nachos neles. Hanna vasculhou sua memória, mas não encontrou nada sobre um acidente lá. A última coisa da qual ela se lembrava, antes de estar sentada no quintal de Ali, era de ter recebido o vestido cor de champanhe Zac Posen para o aniversário de Mona. Aquilo havia sido na sexta-feira à noite, um dia antes da festa. Hanna se virou para Mona, que parecia perturbada e aliviada. Seus olhos estavam arregalados, marcados por olheiras roxas horríveis, como se ela não dormisse há dias.

— Eu não perdi a sua festa, perdi?

Lucas fungou. Os ombros de Mona estavam tensos.

— Não...

— O acidente aconteceu depois disso — disse Lucas. — Você não se lembra?

Hanna tentou tirar o tubo de oxigênio de seu nariz — ninguém conseguiria parecer atraente com um treco daqueles pendurado nas narinas — e descobriu que aquilo estava preso nela com esparadrapo. Ela fechou os olhos e tentou encontrar algo, *qualquer coisa*, que explicasse aquilo tudo. Mas a única coisa que viu foi o rosto de Ali flutuando acima dela e sussurrando *alguma coisa* antes de se dissipar na escuridão.

— Não — murmurou Hanna. — Eu não me lembro de absolutamente nada do que aconteceu.

# 12

## FUGITIVA

No final da tarde da segunda-feira, Emily se sentou num banco de madeira azul desbotado no balcão da lanchonete M&J, que ficava em frente ao posto-estação das linhas de viagem Greyhound, em Akron, Ohio. Ela não tinha comido nada o dia todo, e até considerou pedir uma fatia da torta de cereja meio nojenta da vitrine para comer enquanto tomava seu café com gosto metálico. Perto dela, um homem sorvia lentamente colheradas de seu pudim de tapioca, fazendo bastante barulho, e um homem parecido com um pino de boliche e seu amigo, um cara que parecia uma agulha de tricô, mandavam ver em uns hambúrgueres gordurosos com batata frita. A vitrola automática estava tocando alguma música country anasalada e a garçonete estava encostada na caixa registradora tirando o pó de ímãs de geladeira no formato do estado de Ohio, que estavam à venda por noventa e nove centavos.

— Para onde você vai? — perguntou uma voz.

Emily olhou nos olhos do cara que fritava coisas, um homem musculoso que parecia caçar muito com arco e flecha quando não estava fazendo queijo quente. Emily procurou pelo crachá com o nome dele, mas ele não estava usando um. Seu boné vermelho tinha uma enorme letra *A* bordada bem no meio. Ela umedeceu os lábios, tremendo um pouco.

— Como você sabe que eu estou indo para algum lugar?

Ele deu uma olhada de reconhecimento para ela.

—Você não é daqui. E a Greyhound fica logo ali, do outro lado da rua. Ah, e você está carregando essa sacola de lona enorme. Sou um gênio, não sou?

Emily suspirou, encarando sua xícara de café. Em menos de vinte minutos de marcha acelerada, ela havia vencido o pouco mais de um quilômetro que separava a casa de Helene do mercadinho na estrada, mesmo carregando a sacola pesada. Lá, ela arrumou carona para a rodoviária e comprou uma passagem para o primeiro ônibus para fora de Iowa. Infelizmente, ela acabou indo parar em Akron, um lugar onde não conhecia ninguém. E pior ainda, o ônibus cheirava como se alguém estivesse com gases e o cara sentado ao lado dela ouvia seu iPod no volume máximo, enquanto cantava uma música do Fall Out Boy, uma banda que ela detestava. Depois, a coisa mais estranha aconteceu: Emily achou um caranguejo escondido debaixo de sua poltrona. Um *caranguejo*, apesar de eles não estarem nem perto do mar. Quando ela entrou no terminal e viu anunciada a partida de um ônibus, às dez horas da noite, para a Filadélfia, sentiu o coração apertar. Ela nunca havia sentido tanta saudade da Pensilvânia.

Emily fechou os olhos sem conseguir acreditar que estava fugindo mesmo, de verdade. Várias vezes ela se imaginou fugindo — Ali costumava dizer que iria com ela. O Havaí era um de seus cinco destinos imaginários preferidos. Paris também. Ali dizia que elas poderiam assumir novas identidades. Quando

Emily protestava, dizendo que isso parecia muito difícil de se conseguir, Ali dava de ombros e dizia:

– Não. Virar outra pessoa deve ser bem fácil.

Não importava o lugar que escolhessem, elas prometiam passar muito, muito tempo uma com a outra, sem interrupções, e Emily sempre tinha tido a esperança secreta de que, talvez, só talvez, Ali percebesse que amava Emily da mesma forma que Emily a amava. Mas no final das contas, Emily sempre se sentia mal e dizia:

– Ali, você não tem motivo nenhum para fugir. Sua vida é perfeita aqui.

E Ali respondia encolhendo os ombros e dizendo que Emily tinha razão, que sua vida *era* mesmo perfeita.

Até que alguém a matou.

O cara das frituras aumentou o volume de sua televisão minúscula que ficava ao lado da torradeira que tostava até oito fatias de pão de uma só vez e de um pacote aberto de pão da marca Wonder Bread. Quando Emily ergueu os olhos para a televisão, viu uma repórter da CNN em pé na frente do seu velho conhecido Hospital Memorial de Rosewood. Emily conhecia aquele prédio muito bem, passava na frente dele todas as manhãs no caminho da escola.

– Recebemos informações de que Hanna Marin, a garota de dezessete anos, moradora de Rosewood e amiga de Alison DiLaurentis, cujo corpo reapareceu misteriosamente em seu antigo quintal há mais ou menos um mês, acaba de acordar do estado de coma no qual estava desde a noite de sábado, após um trágico acidente – disse a repórter.

Emily largou sua xícara em cima do pires, fazendo um barulhão. *Coma?* Os pais de Hanna apareceram na tela, dizendo que sim, Hanna estava acordada e parecia bem. Não havia pistas de quem a havia atropelado ou por quê.

Emily cobriu a boca com a mão, e sua mão estava com o cheiro do assento de couro falso da Greyhound. Ela tirou seu celular Nokia do bolso da jaqueta de algodão que usava e o ligou. Ela estava tentando poupar bateria porque tinha esquecido o carregador em Iowa. Seus dedos tremiam enquanto ela digitava o número do celular de Aria. A ligação caiu na caixa postal.

— Aria, aqui é Emily — ela disse depois do *bip*. — Acabo de saber sobre Hanna e... — sua voz foi morrendo quando seus olhos pousaram de novo na tela. Lá, no canto superior direito, estava seu *próprio* rosto, olhando para ela, numa foto tirada para o livro do ano anterior.

— Mais uma notícia de Rosewood diz respeito à outra amiga da senhorita DiLaurentis. Emily Fields está desaparecida — disse o âncora do telejornal. — Ela estava visitando parentes em Iowa esta semana, mas desapareceu da propriedade deles esta manhã.

O cozinheiro interrompeu o queijo quente e se virou para ver a reportagem. Uma expressão de descrença percorreu seu rosto. Ele olhou para Emily e depois de volta para a televisão. A espátula de metal caiu no chão com estardalhaço.

Emily apertou a tecla "Desligar" de seu celular sem terminar de dar seu recado para Aria. A televisão mostrava seus pais na frente de sua casa azul de madeira. Seu pai vestia sua melhor camiseta polo e sua mãe tinha um suéter de *cashmere* sobre os ombros. Carolyn estava ao lado deles, mostrando o retrato do time de natação para a câmera. Emily estava perturbada demais para ficar com vergonha de aparecer em rede nacional com seu maiô da Speedo.

— Estamos muito preocupados — disse a mãe de Emily. — Queremos que Emily saiba que nós a amamos e apenas queremos que ela volte para casa.

Lágrimas se acumularam nos olhos de Emily. Não havia palavras para descrever como ela se sentia ao escutar a mãe dizendo aquelas três palavrinhas: *nós a amamos*. Ela desceu do banco enfiando os braços nas mangas da jaqueta.

A palavra FILADÉLFIA estava em destaque na parte de cima do ônibus azul vermelho e prateado da Greyhound, do outro lado da rua. O enorme relógio com o logotipo da 7-Up que ficava acima do balcão da lanchonete, marcava 9:53. *Por favor, permita que ainda haja lugar no ônibus das dez horas*, ela rezou.

Ela deu uma olhada para a conta escrita à mão, que repousava ao lado de seu café.

— Volto já — disse ela ao cozinheiro, enquanto pegava suas malas. — Eu só tenho que comprar uma passagem.

O cara da fritura parecia ter sido apanhado no meio de um furacão e depois largado em outro planeta.

— Não se preocupe com isso — disse ele com a voz fraca. — O café é por conta da casa.

— Obrigada! — Os sininhos da porta da lanchonete soaram quando Emily saiu. Ela correu para atravessar a rua cheia e entrou derrapando na rodoviária, agradecendo às forças do universo que impediram que houvesse fila no balcão de venda de passagens da companhia. Finalmente, ela tinha para onde ir: sua casa.

# 13

## SÓ OTÁRIOS SÃO ATROPELADOS

Na terça-feira de manhã, em vez de estar onde *deveria*, arrasando em sua aula de pilates na academia *Body Tonic*, Hanna estava de costas, enquanto duas enfermeiras lhe davam banho. Depois que elas saíram do quarto, seu médico, o dr. Geist, entrou e acendeu a luz.

– Apague a luz! – Hanna mandou, sem modos, cobrindo o rosto rapidamente.

O dr. Geist deixou a luz acesa. Hanna havia pedido outro médico – se ela ia passar todo aquele tempo lá, será que não poderia pelo menos ter um médico mais bonitinho? –, mas parecia que ninguém naquele hospital a escutava.

Hanna se esticou um pouco sobre as cobertas e conferiu seu reflexo em seu espelho Chanel. Sim, seu rosto monstruoso ainda estava ali, com todos os pontos no queixo, os dois olhos roxos, os lábios inchados e arroxeados, e os hematomas enormes em sua clavícula – ia levar séculos antes que ela pudesse usar blusas decotadas outra vez. Ela mal podia esperar para ir à clínica *Bill Beach* e arrumar todo aquele estrago.

O dr. Geist checou os sinais vitais de Hanna em um computador que parecia ter sido feito nos anos 1960.

— Você está se recuperando muito bem. Agora que o inchaço começou a diminuir, podemos verificar que não houve nenhum dano cerebral. Seus órgãos internos estão em ordem. É um milagre.

— Rá — resmungou Hanna.

— É *sim,* um milagre — intrometeu-se o pai de Hanna, parando atrás do médico. — Nós estávamos mortos de preocupação com você, Hanna. E me deixa louco da vida pensar que alguém foi capaz de fazer isso com você. E que esse alguém ainda está solto por aí.

Hanna deu uma olhada rápida para ele. Seu pai usava um terno cinza-escuro, e um par de sapatos pretos engraxados e lustrosos. Nas doze horas desde que ela acordara era inacreditável como ele havia sido paciente, fazendo todas as vontades de Hanna... E ela tinha um monte de vontades. Primeiro, ela exigira ser transferida para um quarto particular — a última coisa de que precisava agora era ficar ouvindo uma velha do outro lado da cortina recebendo cuidados intensivos, falando sobre o funcionamento de seus intestinos e sobre sua cirurgia de realocação do quadril. Depois, Hanna tinha feito seu pai trazer um aparelho portátil de DVD e alguns DVDs de uma loja Target ali perto. A televisão do hospital só tinha seis canais horrorosos. Ela havia implorado ao pai que obrigasse as enfermeiras a lhe darem mais remédios para dor. Como ela havia considerado o colchão do hospital absolutamente desconfortável, uma hora o forçara a ir até uma loja de suprimentos médicos, a Tempur-Pedic para comprar uma manta de espuma para cobrir o colchão. E pela aparência da sacola enorme que ele carregava, sua incursão à loja devia ter sido um sucesso.

O dr. Geist prendeu a prancheta com as informações sobre Hanna de novo aos pés de sua cama.

— Creio que vamos dar alta para você daqui a alguns dias. Alguma pergunta?

— Sim, eu tenho uma — disse Hanna, com a voz ainda um pouco esquisita por causa do respirador onde era mantida desde o acidente. Ela apontou para o tubo de soro em seu braço. — Quantas calorias este negócio tem? — Pelo que ela podia sentir de seus ossos sob a pele, tinha perdido peso em sua passagem pelo hospital (*o que era um bônus!*) mas ela só queria ter certeza.

O dr. Geist olhou para ela como se ela fosse louca, provavelmente desejando que *ele* pudesse trocar de paciente também.

— O que você tem aí são antibióticos e coisas que mantêm você hidratada.

O pai de Hanna se meteu na conversa rapidinho e, dando um tapinha no braço da filha, disse:

— Isso vai fazer você se sentir muito melhor.

E quando eles deixaram o quarto, o dr. Geist apagou a luz.

Hanna olhou furiosa para a porta por um instante, depois afundou de novo na cama. A única coisa que podia fazer com que ela se sentisse melhor naquele momento era uma massagem de seis horas de duração, feita por um modelo italiano gostosão sem camisa. E, ah, sim, um rosto todinho novo.

Hanna estava completamente passada com o que tinha acontecido. Ela se perguntava se, depois de cair no sono de novo, acordaria na sua própria cama, em seus lençóis de algodão de seiscentos fios, linda como antes, pronta para mais um dia de compras com Mona. Que tipo de pessoa é atropelada por um carro? Ela nem estava no hospital por algum motivo bacana, como por exemplo curar ferimentos decorrentes de alguma tentativa de sequestro ou por causa de alguma tragédia sofrida durante um tsunami, como a modelo Petra Nemcova.

Mas havia algo que a deixava apavorada – e era algo sobre o qual ela não queria pensar: aquela noite toda era uma enorme tela em branco na memória de Hanna. Ela não conseguia sequer se lembrar da festa de Mona.

E foi aí que duas pessoas usando familiares blazers azul-marinho apareceram na porta do quarto dela. Quando viram que Hanna estava acordada e vestida, Aria e Spencer correram em sua direção, os rostos cheios de preocupação.

– Tentamos ver você noite passada – disse Spencer –, mas as enfermeiras não nos deixaram entrar!

Hanna notou que Aria estava espiando seus hematomas esverdeados horrorizada.

– *Que foi?* – perguntou Hanna com rudeza, passando a mão em seu longo cabelo ruivo escuro, no qual ela tinha acabado de passar Bumble & Bumble Surf Spray. – Você deveria tentar ser um pouco mais como Florence Nightingale, Aria. Sean adora esse tipo.

Ainda incomodava Hanna que seu ex, Sean Ackard, tivesse *terminado com ela* para ficar com Aria. Naquele dia, o cabelo de Aria caía em mechas grossas em torno de seu rosto, e ela estava usando um vestido xadrez vermelho e branco soltinho por baixo do blazer de Rosewood Day. Ela parecia uma cruza entre a baterista maluca da banda White Stripes e uma toalha de mesa. Além disso, ela não sabia que se fosse pega sem a camisa e a saia plissada, o uniforme completo da escola, Appleton simplesmente faria com que ela desse meia-volta e fosse para casa se trocar?

– Sean e eu terminamos – murmurou Aria.

Hanna ergueu uma sobrancelha de curiosidade.

— Ah, é *mesmo*? E como foi isso?

Aria se sentou na cadeirinha de plástico cor de laranja, ao lado da cama de Hanna.

— Isso não importa agora. O que importa de verdade é... Isso. Você. — Seus olhos estavam cheios de lágrimas. — Queria que tivéssemos chegado ao playground mais cedo. Eu não parei de pensar nisso. Nós poderíamos ter parado aquele carro de algum jeito. Poderíamos ter tirado você do caminho.

Hanna olhou para ela, a garganta fechando.

— Vocês estavam *lá*?

Aria fez que sim com a cabeça, depois deu uma olhada para Spencer.

— Estávamos todas lá. Emily também, você queria encontrar conosco.

O coração de Hanna acelerou.

— Eu queria?

Aria chegou mais perto dela. Seu hálito cheirava a chiclete Orbit Mint Mojito, um sabor que Hanna odiava.

— Você disse que sabia quem era A.

— *O quê?* — sussurrou Hanna.

— Você *não se lembra*? — guinchou Spencer. — Hanna, foi essa pessoa que atropelou você! — Ela pegou seu Sidekick e mostrou um texto na tela. — Olha só!

Hanna olhou para a tela.

Ela sabia demais. – A

— A enviou esse recado para todas nós assim que você foi atropelada — sussurrou Spencer.

Hanna piscou, passada, atônita. Sua memória era como uma bolsa Gucci enorme e, quando Hanna vasculhava no fundo, não conseguia encontrar a lembrança de que precisava.

– A *tentou me matar*? – Seu estômago doía. Durante todo o dia, ela estivera com essa sensação terrível de que aquilo não tinha sido um acidente. Mas ela havia tentado negar essa sensação, dizendo a si mesma que não fazia sentido nenhum.

– Quem sabe A falou com você? – começou Spencer. – Ou talvez você tenha visto A fazendo alguma coisa. Pense nisso. Nós temos medo que, se você não se lembrar quem A é, ele possa... – sua voz foi sumindo e ela engoliu em seco – ... pegar você outra vez – sussurrou Aria.

Ondas de tremor tomavam Hanna, e ela suava frio.

– A u-última coisa de que eu me lembro é da noite anterior à festa de Mona – balbuciou ela. – E depois, nós estávamos todas sentadas no quintal de Ali. Estávamos no sétimo ano de novo. Um dia antes de Ali desaparecer. Nós estávamos falando sobre como seria legal que todas nós passássemos a noite no celeiro. Vocês se lembram disso?

Spencer franziu a testa.

– Hum... Claro. Eu acho.

– Eu fiquei tentando alertar Ali de que ela ia morrer no dia seguinte – explicou Hanna, ficando mais agitada. – Mas ela não prestava atenção em mim de jeito nenhum. E então ela olhou diretamente para mim e disse que eu deveria parar de me preocupar com isso. Ela disse que estava bem.

Spencer e Aria trocaram olhares.

– Hanna, isso foi um sonho – disse Aria suavemente.

– Ah, *dãããããã*, claro que foi. – Hanna revirou os olhos. – Só estou contando. Foi como se ela estivesse *bem ali*. – Ela apontou para um balão rosa na ponta de sua cama, que dizia FIQUE BOA LOGO. O balão tinha um rosto desenhado e braços e pernas feitos de papel plissado.

Antes que as amigas de Hanna pudessem dizer alguma coisa, uma voz escandalosa as interrompeu.

– Onde está a paciente mais sexy deste hospital? – Mona estava parada no vão da porta, com seus braços abertos. Ela também usava o blazer azul-marinho e a saia de Rosewood Day, além de um incrível par de botas Marc Jacobs que Hanna nunca tinha visto. Mona deu uma olhada cheia de suspeita para Aria e Spencer, depois despejou uma pilha de revistas *Vogue*, *Elle*, *Lucky* e *Us Weekly* na mesinha ao lado da cama de Hanna.

– *Pour vous*, Hanna. Aconteceu um monte de coisa com a Lindsay Lohan e nós precisamos conversar sobre isso.

– Eu amo *tanto* você – gritou Hanna, tentando mudar o clima. Ela não podia mais falar sobre toda a história de A, ela simplesmente *não conseguia*. Estava aliviada por não ter tido alucinações desde ontem quando acordou e viu Mona ao lado de sua cama. As coisas entre Mona e ela andaram meio balançadas na semana anterior, mas a última lembrança de Hanna era a de receber uma encomenda pelo correio com o vestido da corte para a festa de Mona. Tinha sido um claro pedido de perdão, mas era muito estranho que Hanna não conseguisse se lembrar da conversa que tiveram reatando a amizade; geralmente, quando Hanna e Mona faziam as pazes, elas davam presentes uma à outra, como uma nova capa de iPod ou um par de luvas de pelica Coach.

Spencer deu uma olhada para Mona.

– Bem, agora que Hanna está acordada, acho que não vamos ter que fazer aquele negócio na sexta-feira.

Hanna se sobressaltou.

— Que negócio?

Mona se empoleirou na cama de Hanna.

— Nós íamos fazer uma vigília pela sua recuperação no Rosewood Country Club — contou ela. — Convidamos todo mundo da escola.

Hanna colocou a mão cujo braço recebia o tubo de soro na boca, emocionada.

—Vocês iam fazer isso tudo... para mim?

Ela percebeu o olhar de Mona. Era bastante fora do comum que ela tivesse planejado alguma coisa com Spencer — Mona tinha um monte de implicâncias com as antigas amigas de Hanna —, mas Mona parecia muito animada com a história toda. O coração de Hanna se encheu de esperança.

— Já que o clube está reservado... Talvez pudéssemos fazer uma festa de boas-vindas em vez da vigília, que tal? — sugeriu Hanna, numa voz baixinha e vacilante. Ela cruzou os dedos embaixo do lençol para dar sorte, torcendo para que Mona não achasse que era uma ideia estúpida.

Mona umedeceu seus lábios perfeitos.

— Eu não posso recusar uma festa. Especialmente uma festa para você, Han.

Hanna vibrava de felicidade. Essa era a melhor notícia que ela tivera o dia todo — melhor ainda que quando as enfermeiras permitiram que ela usasse o banheiro sozinha, sem supervisão. Ela queria se levantar dali e dar um enorme abraço de agradecimento e de eu-estou-tão-feliz-por-sermos-amigas-de-novo em Mona, mas estava presa a muitos tubos.

— Especialmente agora, que eu não consigo me lembrar de como foi a sua festa — disse Hanna, fazendo beicinho. — Foi maravilhosa?

Mona baixou os olhos, catando pelinhos em seu suéter.

– Está tudo bem – disse Hanna com calma –, você pode me dizer que foi sensacional. Eu posso aguentar. – Ela parou para pensar por um momento. – Eu tive uma ideia fantástica. Já que estamos meio perto do Halloween, e já que eu não estou com a melhor aparência deste mundo... – ela agitou as mãos em volta do rosto – vamos fazer um baile de máscaras!

– *Perfeito!* – disse Mona, entusiasmada. – Ah, Han, vai ser maravilhoso!

Ela agarrou as mãos de Mona e elas começaram a balançá-las juntas, e Aria e Spencer ficaram ali, deixadas de lado, sentido que estavam sobrando. Mas Hanna não queria comemorar com elas. Isso era uma coisa que apenas as melhores amigas faziam, e Hanna só tinha uma dessas em todo o mundo.

# 14

## UM INTERROGATÓRIO... E UMA PITADA DE ESPIONAGEM

Na tarde da terça-feira, depois de uma breve reunião com o pessoal do Livro do Ano e de uma hora de treino de hóquei, Spencer embicou o carro na entrada de carros circular com chão de ardósia azul de sua casa. Havia um carro-patrulha da polícia do Rosewood estacionado ao lado do Range Rover cinza de sua mãe.

O coração de Spencer foi parar na garganta, como vinha acontecendo com frequência nos últimos dias. Será que tinha sido um erro enorme ter confessado seu sentimento de culpa sobre Ali para Melissa? E se Melissa tivesse dito que Spencer não tinha instinto assassino só para despistá-la? E se ela havia ligado para Wilden e dito a ele que Spencer era responsável por tudo?

Spencer pensou sobre aquela noite outra vez. Sua irmã tinha um sorrisinho estranho no rosto quando disse que Spencer não podia ter sido a responsável pela morte de Ali. As palavras que ela tinha usado eram muito estranhas – ela havia dito que era preciso ser uma pessoa *ímpar* para matar. Por que ela não havia usado as palavras *louca* ou *sem coração*? Ímpar fazia com que o assassino parecesse ser alguém especial. Spencer andava tão assustada que vinha evitando Melissa desde aquela ocasião, sentindo-se constrangida e insegura na presença da irmã.

Enquanto entrava pela porta da frente e pendurava seu casaco Burberry no armário do vestíbulo, Spencer percebeu que Melissa e Ian estavam sentados parecendo muito formais no sofá da sala da casa da família Hastings, como se estivem levando uma bronca no gabinete do diretor da escola. O policial Wilden estava sentado na frente deles, numa poltrona de couro.

– O-oi – disse Spencer meio confusa e surpresa.

– Ah, Spencer. – Wilden fez um gesto com a cabeça na direção dela. – Só estou batendo um papinho com a sua irmã e com Ian, você pode nos dar licença?

Spencer deu um grande passo para trás.

– So-sobre o que vocês estão falando?

– Estou apenas fazendo algumas perguntas a eles sobre a noite em que Alison DiLaurentis desapareceu – disse Wilden, com os olhos pregados em seu bloquinho de notas. – Estou tentando ouvir todos os lados dessa história.

A sala estava em silêncio, exceto pelo barulho do ionizador de ar que a mãe dela havia comprado depois que seu alergista a advertira sobre as rugas que os ácaros poderiam causar nas mulheres.

Spencer deixou o cômodo bem devagar.

– Tem uma carta para você na mesa do vestíbulo – gritou Melissa, assim que Spencer entrou no corredor. – Mamãe deixou para você.

Havia mesmo uma pilha de correspondência na mesa da entrada, perto de um vaso de terracota em formato de colmeia que, supostamente, havia sido dado à bisavó de Spencer por Howard Hughes. A carta para Spencer estava no topo da pilha, um envelope cor de creme aberto, com seu nome escrito à mão na frente. Dentro dele havia um convite em papel cartão creme-escuro. Letras douradas e rebuscadas diziam:

> O Comitê do Premio Orquídea Dourada a convida para o café da manhã dos finalistas e para uma entrevista no Restaurante Daniel, em Nova York, na sexta-feira, 15 de outubro.

Havia um post-it rosa preso no canto do convite:

> Spencer, já esclarecemos a questão com seus professores. Fizemos reservas no Hotel W para quinta-feira à noite.

Spencer aproximou o papel de seu rosto. Cheirava a colônia Pollo, ou talvez fosse o cheiro de Wilden. Seus pais estavam mesmo a *encorajando* a competir, sabendo o que sabiam? Parecia surreal. E *errado*.

Ou... Era mesmo? Ela correu o dedo pelas letras em relevo do convite. Spencer tinha desejado ardentemente ganhar um prêmio Orquídea Dourada desde o terceiro ano, e talvez seus pais tivessem reconhecido isso. E se ela não estivesse tão alterada com toda essa história de Ali e A, ela certamente teria sido capaz de escrever seu próprio trabalho, com qualidade suficiente para competir pelo prêmio. Então, por que simplesmente não ir até lá e sorrir? Ela pensou no que Melissa havia dito – seus pais lhe dariam uma recompensa incrível se ela ganhasse. E ela bem que *precisava* de uma recompensa bacana neste momento.

O relógio que havia sido de seu avô deu seis badaladas na sala de estar. Spencer imaginou que Wilden estava esperando até ter certeza que ela havia subido as escadas para continuar com a conversa. Ela subiu os primeiros degraus pisando duro de propósito, para que ele a ouvisse se afastar. Depois, ficou andando no mesmo lugar, como se tivesse subido o resto da escada.

Dali, ela tinha visão perfeita de Melissa e Ian por entre as grades que sustentavam o corrimão. E eles não conseguiam vê-la.

– Tudo bem. – Wilden limpou a garganta. – Bem, então, de volta a Alison DiLaurentis.

Melissa coçou o nariz.

– Não tenho certeza do motivo pelo qual isso tudo teria a ver conosco. Seria melhor que você falasse com a minha irmã.

Spencer fechou os olhos com força. *Lá vem bomba.*

– Colaborem comigo – disse Wilden, com calma. – Vocês dois *querem* me ajudar a encontrar quem matou Alison, não querem?

– Claro que queremos – disse Melissa, um tantinho arrogante, o rosto ficando vermelho.

– Isso é bom – disse Wilden. Enquanto ele abria um bloquinho de anotações de capa preta, Spencer respirou fundo sem fazer barulho.

– Então – continuou Wilden –, vocês estavam no celeiro com Alison e as amigas dela, um pouco antes do desaparecimento, certo?

Melissa concordou com a cabeça.

— Estávamos lá quando elas chegaram. Spencer havia pedido permissão aos nossos pais para que elas pudessem usar o celeiro para fazer a festinha delas de final do ano escolar. Achavam que eu iria para Praga naquela noite, mas eu só ia no dia seguinte. Mas, enfim, nós saímos de lá e deixamos o celeiro para as meninas. — Ela sorriu com orgulho de si mesma como se tivesse sido, ah, tão caridosa.

— Tudo bem... — Wilden fez uma anotação em seu bloco. — E vocês não viram nada de estranho no quintal naquela noite? Ninguém vagando por ali, à espreita, nada do tipo?

— Nada — disse Melissa, calmamente. Spencer sentiu-se grata novamente, mas estava confusa. Por que Melissa, com aquele coração de pedra, não estava jogando a irmã aos leões?

— E para onde vocês foram depois que saíram de lá? — perguntou Wilden.

Melissa e Ian pareceram surpresos.

— Fomos para o escritório de Melissa. Fica ali. — Ian apontou para o corredor. — Nós ficamos lá, só... Você sabe. À toa. Vendo televisão. Sei lá.

— E vocês ficaram lá juntos a noite toda?

Ian olhou para Melissa.

— Quero dizer, foi há mais de quatro anos, então não é muito fácil lembrar com exatidão, mas, ah, sim, tenho certeza de que foi isso.

— Melissa? — perguntou Wilden.

Melissa agarrou uma das almofadas do sofá. Por um breve momento, Spencer viu uma sombra de terror cruzar o rosto dela. Num instante, havia desaparecido.

— Nós ficamos juntos.

— Tudo bem. — Wilden olhou de um para o outro, como se algo o incomodasse. — E... Ian. Tinha alguma coisa acontecendo entre Alison e você?

O rosto de Ian desabou. Ele limpou a garganta.

— Ali tinha uma queda por mim. E eu flertava um pouquinho com ela, mas foi só isso.

O queixo de Spencer caiu. Ela estava surpresa. Ian estava mentindo... para um policial? Ela deu uma olhada para sua irmã, mas Melissa estava olhando para a frente, com um sorrisinho indecifrável no rosto.

*Eu sabia que Ian e Ali estavam juntos*, ela havia dito.

Spencer pensou no que Hanna dissera no hospital sobre sua lembrança das quatro amigas indo até a casa de Ali no dia anterior ao seu desaparecimento. Os detalhes daquele dia estavam nebulosos, mas Spencer lembrava que elas tinham visto Melissa no celeiro. Ali tinha perguntado se Melissa não tinha medo de Ian arrumar outra garota enquanto ela estivesse em Praga. Spencer dera um tapinha em Ali pelo comentário, pedindo a ela para calar a boca. Desde que ela havia admitido para Ali, e apenas para ela, que beijara Ian, Ali vinha ameaçando contar tudo para Melissa, caso Spencer não o fizesse ela mesma. Então, Spencer achou que os comentários maldosos de Ali eram para atingi-la, não para mexer com Melissa.

E era *isso* o que Ali estava fazendo, não era? Ela não tinha mais certeza.

Depois disso, Melissa tinha dado de ombros, resmungado alguma coisa e seguido na direção do celeiro da família Hastings. No caminho, porém, Spencer lembrava que sua irmã dera uma parada para olhar para o buraco que os operários estavam cavando no quintal de Ali. Foi como se ela estivesse tentando memorizar as dimensões dele.

Spencer colocou a mão sobre a boca. Ela havia recebido uma mensagem de texto de A na semana passada, quando estava sentada na frente da sua penteadeira. A mensagem dizia:

O assassino de Ali está bem na sua frente

Logo depois de Spencer ler isso, Melissa tinha aparecido no vão da porta para avisar que a repórter do *Philadelphia Sentinel* estava lá embaixo. Melissa estava na frente de Spencer, assim como seu próprio reflexo.

Enquanto Wilden se despedia de Ian e Melissa e se levantava para ir embora, Spencer subiu o resto da escada em silêncio, sua cabeça dando voltas. No dia anterior ao seu desaparecimento, Ali tinha dito:

– Sabem do que mais, garotas? Eu acho que este vai ser o verão da Ali.

Ela parecia ter tanta certeza disso, ela estava tão confiante de que tudo iria sair exatamente do jeito que ela queria...

Mas embora Ali pudesse mandar as quatro amigas fazerem qualquer coisa que dissesse, ninguém, absolutamente ninguém, brincava daquele jeito com a irmã de Spencer.

Porque, no final, bem...

Melissa... sempre... ganhava.

# 15

## ADIVINHE QUEM ESTÁ DE VOL-TA!

Na manhã de quarta-feira, bem cedinho, a mãe de Emily dirigiu sua minivan para fora do estacionamento da rodoviária da linha Greyhound na Filadélfia e desceu na entrada para a rota 76 bem no meio da hora do rush matinal, passando pelas charmosas casas enfileiradas à margem do rio Schuylkill e seguiu direto para o Hospital Memorial de Rosewood. Apesar de Emily precisar muito de um banho depois da exaustiva viagem de ônibus que durara dez horas, ela realmente queria ver como Hanna estava.

Quando chegaram ao hospital, Emily começou a imaginar se não havia cometido um grande erro. Ela havia telefonado para os pais antes de entrar no ônibus das vinte e duas horas para a Filadélfia na noite anterior. Contou a eles que tinha visto a reportagem sobre seu desaparecimento na televisão, que ela estava bem e a caminho de casa. Seus pais *pareceram* felizes... Mas a bateria de seu celular acabou no meio da conversa, então ela não tinha certeza. E agora, desde que Emily entrara no carro, tudo que a mãe havia dito a ela fora:

—Você está bem?

Depois que Emily dissera que sim, que estava bem, a mãe lhe disse que Hanna acordara. E então, mais nada.

A mãe passou embaixo da marquise da entrada principal do hospital e parou o carro no estacionamento. Ela deu um suspiro longo e barulhento, encostando a testa por alguns momentos no volante.

– Eu morro de medo de dirigir na Filadélfia.

Emily encarou a mãe, seu cabelo grisalho bem-arrumado, sua malha de lã verde-esmeralda, seu adorado colar de pérolas em volta do pescoço que ela usava todos os dias, como a Marge, de *Os Simpsons*. Emily de repente se deu conta de que nunca vira a mãe dirigir para lugar nenhum nem remotamente próximo à Filadélfia. E sua mãe sempre tivera pânico de mudar de pista, mesmo quando não havia outros carros vindo.

– Obrigada por me buscar – disse ela, bem baixinho.

A sra. Fields observou Emily cuidadosamente, a boca tremendo.

– Nós estávamos tão preocupados com você. A ideia de que podíamos ter perdido você para sempre fez com que repensássemos as coisas. Não agimos bem mandando você para a casa de Helene da forma como fizemos. Emily, podemos não aceitar suas escolhas... bem, na sua vida. Mas nós vamos tentar conviver com elas da melhor forma possível. É isso que o dr. Phil ensina. Seu pai e eu lemos os livros dele.

Fora do carro, um casal passou empurrando um carrinho de bebê na direção de seu Porsche Cayenne. Dois médicos negros atraentes se empurravam de brincadeira. Emily respirou fundo o ar que cheirava a madressilva e reparou no supermercado Wawa do outro lado da rua. Ela definitivamente estava em Rosewood. Não havia caído de paraquedas na vida de outra garota.

— Tudo bem — disse Emily, rouca. Seu corpo todo parecia coçar, principalmente as palmas de suas mãos. — Hum... Obrigada. Isso me deixa muito feliz mesmo.

A sra. Fields pegou sua bolsa e uma sacola da livraria Barnes & Noble. E entregou a sacola para Emily.

— Isto é para você.

Dentro da sacola, havia um DVD do desenho *Procurando Nemo*. Emily olhou para ela, confusa.

— Ellen DeGeneres faz a voz da peixinha engraçada — explicou a mãe, numa voz levemente abobada. — E nós achamos que talvez você gostasse dela. — De repente, Emily entendeu. Ellen DeGeneres era uma peixinha, uma nadadora lésbica, como Emily.

— Obrigada — disse ela, apertando o DVD contra o peito, estranhamente emocionada.

Ela saiu do carro da mãe meio trôpega e passou pelas portas automáticas do hospital quase em transe. Enquanto passava pela recepção, pelo café, pelas lojas de presentes finos, as palavras de sua mãe iam se assentando devagar dentro dela. *Sua família a havia aceitado como ela era?* Ela se perguntou se deveria ligar para Maya para dizer que estava de volta. Mas o que ela deveria dizer, exatamente? *Estou em casa! Meus pais são bacanas agora! Nós podemos namorar!* Isso parecia tão... cafona.

O quarto de Hanna ficava no quinto andar. Quando Emily empurrou a porta para abri-la, Aria e Spencer estavam sentadas ao lado da cama, segurando grandes copos de cafés do Starbucks. Hanna tinha uma fileira de pontos negros feitos com linha cirúrgica no queixo e usava uma grande e grosseira tala de gesso no braço. Havia um enorme buquê de flores perto de sua cama e o quarto todo cheirava a óleo de alecrim de aromaterapia.

— Ei, Hanna! – disse Emily, fechando a porta com delicadeza. – Como você está?

Hanna suspirou, quase aborrecida.

— Você também vai me perguntar sobre A?

Emily olhou para Aria, depois para Spencer, que estava brincando com a borda de seu copo de café, parecendo nervosa. Era estranho ver Aria e Spencer juntas – não era Aria que suspeitava que Spencer havia assassinado Ali? Ela ergueu uma sobrancelha para Aria, como que pedindo uma explicação, mas a amiga sacudiu a cabeça, movendo os lábios sem emitir som: *Eu explico tudo depois.*

Emily olhou de volta para Hanna.

— Bem, eu queria ver como você estava, mas, bem... – começou ela.

— Nem começa – disse Hanna, arrogante, enrolando uma mecha de seu cabelo em volta do dedo. – Eu não me lembro do que aconteceu. Então, nós poderíamos muito bem falar de qualquer outra coisa. – A voz dela tremia de raiva.

Emily recuou. Ela olhou para Aria, implorando com os olhos que ela explicasse aquilo. *Ela realmente não se lembra?* Aria fez que não com a cabeça.

— Hanna, se nós não continuarmos insistindo, você nunca vai se lembrar – pressionou Spencer. – Você recebeu um torpedo? Um bilhete? Talvez A tenha posto alguma coisa no seu bolso!

— Você descobriu alguma coisa durante ou depois da festa da Mona — encorajou Aria. — Será que era algo relacionado a isso?

— Talvez A tenha dito alguma coisa incriminadora — disse Spencer. — Será que você não viu a pessoa que estava atrás do volante do carro que a atropelou você?

— Será que dá para vocês pararem com isso!? — Lágrimas brilhavam nos cantos dos olhos de Hanna. — O médico disse que me pressionar desse jeito não ajuda em nada na minha recuperação.

Depois de uma pausa, ela alisou sua manta de *cashmere* e respirou fundo.

— Garotas, se fosse possível voltar no tempo, para antes de Ali morrer, você acham que poderiam impedir o que aconteceu?

Emily olhou em volta. Suas amigas pareciam tão atordoadas com a pergunta quanto ela.

— Ah, eu tenho certeza de que sim — murmurou Aria baixinho.

— Claro! — disse Emily.

— E vocês ainda iriam querer fazer isso? — instigou Hanna. — Nós iríamos mesmo querer Ali por perto? Agora que sabemos que ela escondeu o segredo de Toby de todas nós e estava se encontrando com Ian e não nos contava nada? Agora que estamos um pouco mais velhas e por fim entendemos que Ali era basicamente uma vaca?

— Claro que nós iríamos querê-la aqui — disse Emily, seca. Mas quando ela olhou em volta, suas amigas encaravam o chão, sem dizer nada.

– Não, é claro que nós não a queríamos morta – murmurou Spencer, afinal. Aria concordou com a cabeça e observou suas unhas pintadas de roxo.

Hanna tinha embrulhado parte de seu gesso com uma echarpe *Hermes*, o que pareceu a Emily ser uma tentativa de deixá-lo mais bonito. A outra parte do gesso, Emily notou, estava coberta de assinaturas. Todo mundo de Rosewood tinha assinado – havia uma assinatura grande de Noel Kahn; uma assinatura bonitinha da irmã de Spencer, Melissa; uma de caligrafia pontiaguda do sr. Jennings, o professor de matemática de Hanna. Alguém havia escrito só BEIJOS! no gesso, e o pontinho na exclamação era uma carinha sorridente. Emily passou os dedos na palavra como se ela estivesse escrita em braile.

Depois de mais alguns minutos sem que nada fosse dito, Aria, Emily e Spencer saíram do quarto cabisbaixas. Elas ficaram em silêncio até alcançarem a área dos elevadores.

– Que conversa foi aquela dela sobre Ali? – sussurrou Emily.

– Hanna teve um sonho com a Ali enquanto estava em coma. – Spencer deu de ombros e apertou o botão para chamar o elevador.

– Nós temos que fazer Hanna se lembrar do que aconteceu – sussurrou Aria. – Ela *sabe* quem é A!

Não eram nem oito horas da manhã quando elas chegaram ao estacionamento do hospital. Enquanto uma ambulância passava ao lado delas, o telefone de Spencer começou a tocar *As quatro estações*, de Vivaldi. Ela mexeu no bolso, irritada.

– Quem poderia estar me ligando a esta hora da manhã?

Então, o telefone de Aria começou a tocar também. E o de Emily.

Um vento frio atingiu as meninas em cheio. As bandeirolas com o logotipo do hospital penduradas acima da marquise tremulavam.

— Não. — Spencer engasgou.

Emily leu a linha de assunto da mensagem. Dizia BEIJOS!, exatamente como estava escrito no gesso de Hanna.

Sentiram minha falta, suas vacas? Parem de procurar respostas, ou terei que apagar suas memórias também. – A

# 16

## UMA NOVA VÍTIMA

Naquela quarta-feira à tarde, Spencer esperava Mona Vanderwaal no pátio externo do Country Clube de Rosewood para começar o planejamento do baile de máscaras de boas-vindas para Hanna. Ela folheava distraidamente as páginas do artigo sobre economia que havia sido indicado para o Orquídea Dourada. Quando ela roubara o trabalho de Melissa dos seus antigos arquivos do ensino médio, Spencer não havia entendido nem metade do que lera... e ela ainda não entendia. Mas como os juízes do Orquídea Dourada iriam entrevistá-la no café da manhã de sexta-feira, ela havia decidido que ia decorar aquilo, palavra por palavra. Não podia ser tão difícil assim. Ela decorava monólogos inteiros nas aulas de teatro o tempo todo. E mais, ela esperava que essa atividade a fizesse esquecer um pouco de A.

Ela fechou os olhos e repetiu com perfeição o primeiro parágrafo. Depois, começou a pensar na roupa sensacional que iria usar na entrevista do Orquídea Dourada: certamente algum Calvin ou Chanel, e talvez ainda usasse um par de óculos de armação transparente, que a deixava com ar de intelectual. Quem sabe ela até levasse dentro da bolsa o artigo que o *Philadelphia Sentinel* fizera sobre ela e o deixasse visível por acaso? Os jurados poderiam vê-lo e pensar "Uau, ela já esteve na capa de um jornal importante!"

— Ei! — Mona estava parada ao lado dela, usando um vestido verde-oliva lindo e botas pretas de cano alto. Ela tinha uma enorme bolsa roxa pendurada em seu ombro direito e carregava um copo de Jamba Juice.

— Cheguei cedo demais?

— Não, não, bem na hora. — Spencer tirou os livros da cadeira do outro lado da mesa e enfiou o trabalho de Melissa na bolsa. Sua mão tocou seus celular de leve. Ela lutou contra o impulso masoquista de abri-lo e ler de novo a mensagem de A. *Parem de procurar respostas.* Depois de tudo que tinha acontecido, depois de três dias de silêncio, A ainda estava atrás delas. Spencer estava louca para falar com Wilden sobre isso, mas tinha medo de pensar no que A faria se soubesse.

— Você está legal? — Mona sentou-se e lançou um olhar preocupado para Spencer.

— Claro. — Spencer agitou o canudinho em seu copo vazio de Coca Diet, tentando tirar A da cabeça. Ela apontou para os livros. — É que eu tenho essa entrevista com os jurados por causa de um concurso. É em Nova York. Então eu estou meio pirada com isso.

Mona sorriu.

— Ah, é mesmo, aquele negócio de Orquídea Dourada, não é?

Spencer baixou a cabeça fingindo modéstia. Ela adorava ouvir seu nome nos anúncios matinais, menos quando era ela que tinha que ler — porque nesse caso parecia que ela estava se exibindo. Ela deu uma boa olhada para Mona. Ela tinha feito um grande trabalho transformando a si mesma, uma esquisitona que andava para lá e para cá numa patinete idiota, em uma verdadeira diva. Mas a verdade é que Spencer nunca a tinha visto como nada além de uma das meninas que Ali costumava provocar. Essa deveria ser a primeira vez que ela falava assim com Mona, cara a cara.

Mona ergueu a cabeça.

— Eu vi sua irmã em frente à sua casa quando estava indo para a escola hoje de manhã. Ela disse que sua foto estava no jornal de domingo.

— *Melissa* disse isso a você? — Spencer arregalou os olhos, sentindo um certo mal-estar. Ela se lembrou do olhar de medo da irmã no dia anterior, quando Wilden lhe perguntara onde ela estava na noite do desaparecimento de Ali. Do que Melissa tinha medo? O que será que Melissa estava escondendo?

Mona piscou, sem entender nada.

— Sim, ela. Por quê? Não é verdade?

Spencer sacudiu a cabeça devagar.

— Ah, não, é verdade sim. Só estou espantada que Melissa tenha dito alguma coisa bacana sobre mim, só isso.

— O que você quer dizer com isso? — perguntou Mona.

— Bem, nós não somos as melhores amigas do mundo. — Spencer deu uma olhadinha disfarçada em torno do pátio do Country Clube, com a estranha certeza de que Melissa estava por ali, *ouvindo o que elas diziam*. — Bom, de qualquer forma — ela emendou —, hum, sobre a festa... Acabo de falar com o gerente do clube, e parece que está tudo certo para sexta-feira.

— Perfeito. — Mona pegou uma pilha de cartões e os espalhou sobre a mesa. — Esses são os convites que eu consegui. Eles têm formato de máscaras, percebeu? São feitos de papel laminado, olha só, dá para ver seu reflexo.

Spencer olhou para seu reflexo meio borrado no convite. Sua pele estava limpa e brilhante, e a maquiagem recém-feita a fazia brilhar. As luzes no cabelo, retocadas recentemente, emolduravam seu rosto. Mona vasculhou as paginas de sua agenda Gucci, consultando suas anotações.

— Eu também acho que para fazermos Hanna se sentir *muito especial mesmo* devemos fazer com que ela entre no salão de festas como uma princesa. Estou pensando em quatro caras lindos, sem camisa, carregando Hanna em uma liteira ornamentada. Bom, ou alguma coisa assim. Eu consegui que uma turma de modelos vá visitar Hanna amanhã, e daí ela mesma poderá escolher.

— Isso é *incrível*! — Spencer apertou sua agenda Kate Spade. — Hanna tem muita sorte de ter você como amiga.

Mona olhou na direção do campo de golfe com cara de arrependimento e suspirou.

— Do jeito que as coisas andavam entre nós nos últimos tempos, é um milagre que Hanna não me odeie.

— Do que você está falando? — Spencer tinha ouvido alguma coisa sobre uma briga entre Hanna e Mona na festa de aniversário de Mona, mas ela estivera tão ocupada e distraída que não tinha prestado muita atenção às fofocas.

Mona respirou fundo e passou seu cabelo louro claro com um gesto para trás das orelhas.

— Hanna e eu não estávamos nos dando muito bem — admitiu ela. — É que, bem, ela vinha agindo de um jeito muito *esquisito*. Nós costumávamos fazer tudo juntas e, de repente, ela começou a esconder um monte de coisas de mim, estragando os planos que fazíamos e agindo como se me odiasse. – Os olhos de Mona estavam cheio de lágrimas.

Spencer sentiu um bolo na garganta. Ela sabia exatamente como era isso. Antes de desaparecer, Ali tinha feito a mesma coisa com ela.

– Ela estava passando um tempão com vocês... e eu fiquei um pouco enciumada. – Mona deslizou o dedo indicador pela borda de um prato de pão vazio que estava sobre a mesa. – Para ser bem franca, eu fiquei passada quando Hanna quis ser minha amiga no oitavo ano. Ela era parte da turma de Ali, e vocês eram uma espécie de *lenda*. Sempre achei que nossa amizade era boa demais para ser verdade. Talvez eu ainda meio que pense isso de vez em quando.

Spencer olhou para Mona. Era incrível como a amizade de Mona e Hanna era parecida com a amizade entre ela e Ali – Spencer também ficara atônita quando Ali a escolhera para fazer parte de seu círculo de amizade.

– Bem, Hanna estava andando conosco porque nós tínhamos que resolver algumas... coisas do passado – disse ela. – Mas tenho certeza de que ela preferia estar com você.

Mona mordeu os lábios.

– Eu fui tão má com ela. Pensei que ela estava tentando se livrar de mim, então eu... eu fiquei na defensiva. Mas quando ela foi atropelada... quando eu entendi que ela poderia ter morrido... foi horrível. Ela foi minha melhor amiga por anos... – Ela cobriu o rosto com as mãos. – Eu só quero esquecer tudo o que aconteceu. Só quero que as coisas *voltem ao normal*.

Os penduricalhos da pulseira Tiffany de Mona balançaram soando como sininhos. Ela fez um beicinho, como se fosse começar a soluçar. E Spencer foi tomada por uma onda de culpa ao se lembrar de como elas costumavam provocar Mona. Ali ria dela, dizendo que ela tinha o bronzeado de um vampiro, e a provocava também sobre sua altura— Ali costumava dizer que Mona era baixinha o suficiente para fazer a versão feminina do Mini-Me, aquele anãozinho do filme *Austin Powers*. Ali também dizia que Mona tinha celulite até por dentro. Ela havia visto Mona se trocando no vestiário do Country Clube e dissera que quase tinha vomitado de tão feia que ela era. Spencer não acreditara nela e por isso, uma vez, quando Ali foi passar a noite na casa dela, elas foram escondidas até a casa de Mona, no final da rua, e a espreitaram enquanto ela dançava sozinha na frente da televisão sintonizada no VH1.

— Espero que a saia dela levante — sussurrou Ali —, assim você vai ver como ela é horrorosa.

Mas a saia de Mona não levantou. Ela continuou a dançar enlouquecida, do mesmo jeito que Spencer dançava quando achava que ninguém estava olhando. Então, Ali deu uma batidinha na janela. O rosto de Mona ficou vermelho e ela saiu correndo da sala.

— Tenho certeza de que tudo vai se ajeitar entre você e Hanna — disse Spencer com delicadeza, tocando o braço magrelo de Mona. — E a última coisa que você deve fazer é se culpar.

— Espero que sim. — Mona deu um sorriso frágil para Spencer. — Obrigada por me escutar.

A garçonete as interrompeu, colocando a capa de couro que envolvia a conta de Spencer sobre a mesa. Spencer abriu e assinou a nota, para que duas Cocas Diet fossem descontadas da conta de seu pai. Ficou surpresa quando viu em seu relógio que eram quase cinco horas. Ela se levantou, sentindo-se quase triste, sem querer que a conversa acabasse. Quando havia sido a última vez em que falara com alguém sobre alguma coisa *real*?

— Estou atrasada para um ensaio. — Ela respirou fundo.

Mona a observou por um momento, e depois olhou para o outro lado do pátio.

— Na verdade, é possível que você não queira ir embora agora. — Ela fez então um movimento com a cabeça na direção das portas francesas duplas, a cor voltando ao seu rosto. — Aquele cara ali não para de olhar para você.

Spencer deu uma olhada por cima do ombro. Dois caras usando camisetas polo da Lacoste e com idades suficientes para estar na faculdade, estavam sentados numa mesa do canto, entornando garrafas de gim e soda.

— Qual deles? — murmurou Spencer.

— O modelo da Hugo Boss. — Mona apontou para o cara com cabelo escuro e maxilares pronunciados. Ela tinha um olhar travesso. — Quer fazê-lo perder a cabeça?

— Como? — perguntou Spencer.

— Exiba-se para ele — sussurrou Mona, fazendo um sinal com a cabeça na direção da saia de Spencer.

Spencer cobriu o colo, timidamente.

— Nós seríamos chutadas daqui!

— Não, não seriamos. — Mona deu um sorriso malicioso. — Aposto que isso vai fazer você se sentir melhor com toda essa tensão sobre o Orquídea Dourada. É como se fosse um relaxamento instantâneo.

Spencer pensou sobre isso um momento.

– Eu faço se você fizer também.

Mona concordou, levantando-se.

– Quando eu contar três.

Spencer ficou em pé também. Mona limpou a garganta para chamar a atenção deles. Os rapazes viraram as cabeças na direção delas.

– Um... dois... – contou Mona.

– Três! – gritou Spencer.

Elas ergueram suas saias rapidamente. Spencer estava de calcinha de seda verde Eres e Mona exibiu sua calcinha sexy de renda preta – definitivamente não era o tipo de coisa que uma garota que anda de patinete escolheria para vestir. Elas só seguraram as saias no alto por um momento, mas foi o suficiente. O cara de cabelos escuros cuspiu a bebida que tinha na boca. O modelo da Hugo Boss parecia que ia desmaiar.

Spencer e Mona baixaram as saias e caíram na gargalhada.

– Caramba! – Mona gargalhava sem parar. – Isso foi incrível!

O coração de Spencer batia descontroladamente em seu peito. Os dois rapazes ainda olhavam para elas, de boca aberta.

– Você acha que alguém mais viu o que fizemos?

– Mas quem é que liga!? Como se alguém fosse nos expulsar daqui!

O rosto de Spencer queimava, e ela estava lisonjeada que Mona a considerasse tão linda de parar o trânsito quanto ela.

– Agora eu estou mesmo atrasada – murmurou ela. – Mas valeu a pena.

– Claro que valeu! – Mona soprou um beijo para ela. – Prometa que vamos fazer isso de novo.

Spencer concordou com a cabeça e soprou um beijo de volta, depois saiu quase correndo na direção do salão principal do clube. Ela não se sentia tão bem em vários dias. Com a ajuda de Mona, ela conseguira esquecer A, o Orquídea Dourada e Melissa por três minutos inteirinhos.

Mas enquanto ela atravessava o estacionamento, ela sentiu alguém tocando seu braço.

– Espera um pouco.

Quando Spencer se virou, viu Mona mexendo no colar de diamantes que trazia em volta do pescoço, parecendo aflita. Sua expressão, que antes demonstrava uma alegria despreocupada e travessa, agora estava insegura e na defensiva.

– Eu sei que você está superatrasada – disse Mona, com pressa –, e eu não quero incomodar você, mas tem um negócio acontecendo comigo, e eu preciso mesmo falar com alguém a respeito. Eu sei que nós não nos conhecemos bem, mas não posso falar sobre isso com Hanna, ela já está com problemas demais. E qualquer outra pessoa iria contar para todo mundo na escola.

Spencer cutucou a borda de um vaso enorme de cerâmica, interessada.

– O que foi?

Mona olhou em volta, cautelosa, como se quisesse ter certeza de que não havia nenhum jogador de golfe vestido de Ralph Lauren dos pés à cabeça por perto.

– Eu venho recebendo umas... mensagens de texto – sussurrou ela.

Spencer perdeu a audição por um breve momento.

– *O que foi que você disse?*

– Mensagem de texto – repetiu Mona. – Recebi apenas duas, mas elas não tinham uma assinatura de verdade, então não sei de quem são. E elas diziam... essas coisas *horríveis* sobre mim... – Mona mordeu os lábios. – Estou meio assustada.

Uma pardal passou voando por elas e pousou no galho de uma macieira. Um cortador de grama fazia barulho ao longe.

Spencer olhou embasbacada para Mona.

– Elas são assinados apenas por... A?

Mona ficou tão pálida que até suas sardas desapareceram.

– Ma-mas como você sabe disso?

– Porque... – Spencer respirou fundo. Isso não estava acontecendo. *Isso* não podia *estar acontecendo*. – Hanna e eu, e Aria, e Emily... todas nós estamos recebendo essas mensagens também.

# 17

## GATOS ATÉ QUE VOAM BEM, NÃO VOAM?

Na tarde da quarta-feira, enquanto Hanna estava jogada em sua cama de hospital – e parece que ficar muito tempo imóvel causava escaras, coisa que soava ainda pior que acne – ela ouviu uma batida na porta. E não tinha a menor vontade de responder. Estava meio que cansada das suas visitas agitadas, em especial de Spencer, Aria e Emily.

–Vamos nos preparar para a festaaaaa!! – alguém gritou. Quatro garotos entraram: Noel Kahn; Mason Byers; o irmão mais novo de Aria, Mike; e a grande surpresa do dia, Sean Ackard, o ex-namorado de Hanna e, até onde ela sabia, de Aria também.

– Ei, meninos – Hanna escondeu quase metade do rosto na manta de *cashmere* cor de aveia que Mona havia trazido de casa para ela, deixando apenas os olhos de fora. Segundos depois, Lucas Beattie entrou no quarto, com um grande buquê de flores nas mãos.

Noel deu uma olhada para Lucas e depois olhou para cima.

– Tentando compensar alguma coisa que fez?

– O quê? – O rosto de Lucas estava quase todo escondido pelas flores.

Hanna nunca entendeu por que Lucas estava sempre vindo ao hospital para vê-la. Tudo bem, eles haviam sido amigos por, tipo, um *minuto* na semana passada, quando Lucas a levou para passear no balão de seu pai e a deixou desabafar sobre todos os seus problemas. Hanna sabia que ele gostava muito dela – ele dera a entender que gostava, abrindo seu coração e entregando-o a Hanna durante a viagem de balão que fizeram juntos.

Mas depois que recebera pelo correio o vestido da corte para a festa de Mona, Hanna se lembrava claramente de ter mandado uma mensagem bem nojentinha para Lucas, dizendo que ela era areia demais para o caminhãozinho dele.

Ela pensou em lembrá-lo disso agora, mas... Lucas tinha sido bem útil. Ele havia ido até a Sephora para comprar um monte de maquiagem para ela, tinha lido a *Teen Vogue* em voz alta para ela linha por linha, e perturbado os médicos para que eles o autorizassem a borrifar no quarto um óleo de aromaterapia chamado Alegria – e tudo isso apenas porque Hanna pedira. Ela meio que gostava de tê-lo por perto. Se ela não fosse tão popular e fabulosa, ele provavelmente seria um namorado sensacional. Ele era até mesmo bonitinho o suficiente para ser seu namorado – mais bonito até que Sean.

Hanna deu uma olhadela para Sean.

Ele estava meio desajeitado, sentado em uma das cadeiras de plástico para visitantes, espiando os cartões de melhoras que Hanna recebera. Visitar Hanna no hospital era *a cara dele*. Ela queria perguntar a ele por que o namoro com Aria tinha terminado, mas subitamente se deu conta de que não se importava.

Noel olhou com curiosidade para Hanna.

— Que história é essa de véu?

— Os médicos me disseram para fazer isso — Hanna estreitou a manta em torno de seu pescoço. — Para, bem, evitar os germes. E além disso realça meus belos olhos.

— E como é ficar em coma? — Noel sentou-se na beirada da cama de Hanna, abraçando uma tartaruga de pelúcia que a tia e o tio dela haviam trazido no dia anterior. — É tipo uma viagem realmente longa de ácido?

— E agora eles dão maconha medicinal para você? — perguntou Mike, cheio de esperança, seus olhos azuis brilhando. — Aposto que o hospital esconde *pedras*!

— Nãããão, aposto que eles dão pílulas para a dor. — Os pais de Mason eram médicos, então ele sempre exibia seu conhecimento sobre a área. — Pacientes de hospital costumam ficar numa boa.

— As enfermeiras são gostosas? — balbuciou Mike. — Elas tiram a roupa para você?

— Você está nua debaixo dessa manta? Deixa a gente dar uma olhada.

— Caras! — Lucas deu um grito horrorizado. Os garotos olharam para ele e fizeram cara de quem estava de saco cheio (todos menos Sean, que parecia quase tão incomodado quanto Lucas). Era bem provável que Sean ainda estivesse no Clube da Virgindade, pensou Hanna, escondendo um sorriso.

— Tudo bem — falou Hanna. — Eu aguento as brincadeiras. Era animador ter meninos por ali, fazendo comentários inapropriados. Todas as outras pessoas que a visitavam eram tãão sérias. Quando os meninos se amontoaram em volta dela para assinar em seu gesso, ela se lembrou de uma coisa e se ajeitou na cama. – Meninos, vocês irão à minha festa de boas-vindas na sexta-feira, certo? Spencer e Mona estão organizando tudo, então tenho certeza que vai ser uma festa sensacional.

– Não perderia por nada. – Noel deu uma olhada para Mason e Mike, que estavam olhando pela janela, conversando sobre quais membros quebrariam se pulassem da janela do quarto de Hanna, do quinto andar. – Afinal, o que foi que aconteceu entre você e a Mona? – perguntou Noel.

– Nada – disse Hanna. – Por quê?

Noel tampou a caneta.

– Porque vocês duas pareciam duas gatinhas briguentas durante a festa dela. *Fssst!*

– Parecíamos? – perguntou Hanna, sem entender nada. Lucas tossiu sem jeito.

– Noel, não foi nada *fssst!* – Mona entrou no quarto. Ela soprou beijinhos para Noel, Mason e Mike, deu um sorriso amarelo para Sean e jogou uma agenda enorme aos pés da cama de Hanna. Ela ignorou Lucas completamente. – Foi só rabugice entre melhores amigas.

Noel deu de ombros. Ele se juntou aos outros meninos perto da janela e começou uma luta de dedos com Mason.

Mona fez uma careta.

– Então, Han, olha só, eu acabei de falar com a Spencer e nós fizemos uma lista com as coisas mais importantes para a festa. E eu quero repassar os detalhes com você. – Ela abriu sua agenda azul da Tiffany. – Você, claro, tem a palavra final – ela lambeu o dedo e virou a página. – Tudo bem, vamos lá. Guardanapos rosé ou marfim?

Hanna tentou se concentrar, mas as palavras de Noel ainda ecoavam em sua cabeça. *Fssst?*

– Qual foi o motivo da nossa briga?

Mona fez uma pausa, colocando a agenda no colo.

– Falando sério, Han, não foi nada. Você se lembra que nós brigamos uma semana antes? Sobre o avião que escrevia no céu com fumaça? Naomi e Riley?

Hanna concordou com a cabeça. Mona tinha pedido a Naomi Zeigler e Riley Wolfe, suas maiores rivais, para tomarem parte na corte de sua festa de dezessete anos. Hanna suspeitava que isso fosse uma retaliação, por Hanna ter estragado a comemoração delas em seu Amiganiversário.

– Bem, você estava coberta de razão – disse Mona. – Aquelas duas eram umas sacanas de marca maior. Eu lamento tê-las deixado ficar tão íntimas, Han.

– Tudo bem – disse Hanna com um fiapo de voz, sentindo-se um pouco melhor.

– Bem, então, vamos lá. – Mona pegou dois recortes de revistas. Um deles era um vestido branco, longo e plissado, com uma rosa de seda aplicada nas costas. O outro recorte era de um vestido todo estampado de saia bem curta. – Você prefere o vestido para noite Phillip Lim ou o sexy minivestido Nieves Lavi?

– Prefiro o Nieves Lavi – respondeu Hanna. – Tem gola canoa e é curto, então mostra bastante das minhas pernas e não destaca meu pescoço e meu rosto. – Ela puxou a manta até os olhos de novo.

– Falando nisso – arrulhou Mona –, olha o que eu achei para você!

Ela pegou sua bolsa creme Cynthia Rowley e tirou de lá uma delicada máscara de porcelana. Tinha o formato de um rosto feminino bonito, com maçãs altas, lábios cheios bem desenhados e um narizinho que faria a fortuna de qualquer cirurgião plástico. Era tão linda e detalhada que parecia *quase* real.

— Máscaras exatamente iguais a esta foram usadas nos desfiles Dior dos últimos anos. — Mona tomou fôlego. — Minha mãe conhece alguém do setor da empresa em Nova York que cuida das relações-públicas da Casa Dior, e nós mandamos alguém lá hoje de manhã.

— Ah, meu Deus. — Hanna se esticou e tocou a borda da máscara. Parecia com algo entre a pele macia de um bebê e cetim.

Mona segurou a máscara sobre o rosto de Hanna, que ainda estava meio coberto pela manta.

— Vai cobrir todos os hematomas. Você vai ser a garota mais linda da festa.

— Hanna já é linda — Lucas se meteu na conversa, dando a volta nos equipamentos médicos. — Mesmo sem máscara nenhuma.

Mona fez uma careta horrível, como se Lucas tivesse acabado de dizer a ela que ia aferir sua temperatura pelo método veterinário.

— Ah, Lucas — disse ela, fria —, eu não tinha visto você aí.

— Estava aqui o tempo todo — disse ele, sarcástico.

Os dois se encararam com cara de poucos amigos. Hanna percebeu algo na expressão de Mona que a deixou apreensiva. Mas num piscar de olhos, tinha desaparecido.

Mona colocou a máscara contra o vaso de flores, e era como se ele estivesse olhando diretamente para Hanna.

— Essa vai ser *a festa do ano,* Han. Mal posso esperar.

Dito isso, soprou um beijinho para a amiga e saiu gingando do quarto. Noel, Mason, Sean e Mike saíram logo atrás dela, avisando a Hanna que voltariam no dia seguinte e que era melhor que ela dividisse um pouco de sua maconha medicinal com eles.

Apenas Lucas permaneceu no quarto, encostado na parede, perto de um pôster que mostrava um campo de dentes-de-leão inspirado em Monet que deveria ter um efeito calmante. Ele tinha uma expressão inquieta no rosto.

– Bom, sabe aquele policial, Wilden? Ele me fez algumas perguntas sobre essa história toda de atropelamento e fuga, enquanto nós estávamos esperando você acordar do coma – disse ele, calmamente, sentando-se na cadeira laranja perto da cama de Hanna. – Ele perguntou coisas como... se eu tinha visto você na noite em que tudo aconteceu. Parecia que ele não acreditava que o atropelamento que você sofreu foi um acidente. Lucas engoliu em seco e encarou Hanna. – Você não acha que possa ter sido a mesma pessoa que manda aquelas mensagens esquisitas para você, acha?

Hanna ficou paralisada. Ela tinha esquecido que contara a Lucas sobre as mensagens quando eles fizeram o passeio de balão. Seu coração disparou.

– Diz que você não contou nada disso para o Wilden.

– Claro que não – garantiu Lucas a ela. – Estou só... só preocupado com você. É tão assustador que alguém tenha atropelado você... é isso.

– Não se preocupe com isso – interrompeu-o Hanna, cruzando os braços sobre o peito. – E, por favor, *por favoooor*, não diga nem uma palavras a Wilden sobre isso, pode ser?

– Tudo bem – disse Lucas. – Claro.

– Ótimo – grunhiu Hanna. Ela tomou um grande gole do copo d'água que estava próximo à cama dela. Sempre que ela ousava aceitar a verdade, que A a havia *atropelado*, sua mente se fechava, recusando-se a deixá-la pensar nisso de forma mais profunda. – Então, não é bacana que Mona esteja bolando uma festa para mim? – perguntou Hanna propositalmente tentando mudar de assunto. – Ela tem sido uma amiga maravilhosa. Todos me dizem isso.

Lucas brincava com o fecho de seu relógio Nike.

– Não estou muito certo de que você deveria confiar nela – murmurou ele.

Hanna ergueu uma sobrancelha.

– Do que é que você está falando?

Lucas hesitou por alguns segundos.

– Vamos lá – disse Hanna, irritada. – O que foi?

Lucas esticou o braço e puxou a manta de cima de Hanna, expondo o rosto dela. Ele pegou seu rosto nas mãos e a beijou. A boca de Lucas era macia e quente e encaixava-se perfeitamente na dela. Um arrepio percorreu a coluna de Hanna.

Quando Lucas se afastou dela, eles ficaram se olhando por sete longos *bips* da máquina de eletrocardiograma de Hanna, que respirava com dificuldade.

Hanna tinha certeza de que a expressão em seu rosto era de puro espanto.

– Você se lembra disso? – perguntou Lucas de olhos bem abertos.

Hanna franziu a testa.

– Lembrar... do quê?

Lucas a encarou por um longo tempo, seus olhos indo de um ponto a outro do rosto dela. E então ele lhe deu as costas.

– Eu... eu preciso ir embora – murmurou Lucas, parecendo constrangido, e saiu de repente do quarto.

Hanna ficou olhando para o vazio, os lábios machucados ainda formigando por causa do beijo.

O que tinha acabado de acontecer?

# 18

## E AGORA, SE APRESENTANDO PELA PRIMEIRA VEZ EM ROSEWOOD: JESSICA MONTGOMERY

Na mesma tarde, Aria estava do lado de fora do prédio de artes da Universidade de Hollis, olhando para um grupo de garotos lutando capoeira no gramado. Aria nunca entendera capoeira. Seu irmão descrevia aqueles movimentos melhor que ela, dizendo que parecia menos com a capoeira brasileira e mais com um bando de gente querendo cheirar os traseiros uns dos outros ou fazer xixi uns nos outros, como cachorros.

Ela sentiu alguém colocar a mão magra e fria em seu ombro.

— Você veio para a aula de artes? — sussurrou uma voz no ouvido de Aria.

Aria ficou toda tensa.

— Meredith.

Hoje, Meredith vestia um blazer de risca de giz e jeans rasgados, e trazia uma mochila verde-exército pendurada no ombro. A forma como ela encarava Aria fez com que a menina se sentisse uma formiguinha, focalizada pelos óculos chiquérrimos de Meredith.

– Você está fazendo aulas de artes, não está? – perguntou Meredith. Quando Aria concordou com a cabeça feito uma tonta, Meredith consultou o relógio. – Você precisa correr. Sua aula começa em cinco minutos.

Aria se sentiu encurralada. Ela vinha pensado seriamente em matar aquela aula – a última coisa de que precisava neste momento era passar duas horas inteirinhas com Jenna Cavanaugh. Vê-la naquele outro dia trouxera à tona toda espécie de lembrança desconfortável. Mas Aria sabia muito bem que Meredith contaria tudo para Byron, e que Byron lhe passaria um sermão sobre como isso não era nada legal da parte dela, dar as costas e desprezar o presente tão generoso de Meredith. Aria colocou sua malha em volta dos ombros.

– Você vai me acompanhar até lá em cima?

Meredith pareceu surpresa.

– Na verdade... eu não posso. Tenho outra coisa para fazer. Uma coisa... importante.

Aria desviou o olhar. Ela não estava falando sério, mas Meredith olhava para os lados com cara de quem estava mesmo escondendo um grande segredo. Um pensamento terrível ocorreu a Aria: e se Meredith estivesse fazendo alguma coisa secreta que tivesse a ver com seu *casamento*? E então, mesmo Aria não querendo imaginar de jeito nenhum, nenhum mesmo, Meredith e seu pai de frente um para o outro em algum altar, fazendo votos matrimoniais um para o outro, essa imagem odiosa invadiu seus pensamentos.

Sem nem ao menos se despedir, Aria deu as costas a Meredith e subiu os degraus do prédio, dois de cada vez. Lá em cima, Sabrina já ia começar a dar suas instruções sobre como os artistas deviam encontrar suas mesas de trabalho. O exercício proposto era uma espécie de dança das cadeiras, e quando a musica parou, Aria não tinha achado um lugar para trabalhar. A única mesa desocupada... ficava ao lado de uma menina que segurava uma bengala e que tinha um enorme golden retriever aos seus pés. É claro.

Pareceu que os olhos de Jenna seguiram Aria, que batia o salto de seus sapatinhos chineses no chão de madeira na direção de sua mesa de trabalho. O cão de Jenna olhou para Aria, animadinho, quando ela passou por eles. Jenna estava usando uma blusa preta decotada que deixava seu sutiã com lacinho preto aparecer um pouquinho. Se Mike estivesse ali, era bem provável que ele adorasse Jenna só porque podia olhar seus peitos sem que ela soubesse disso. Quando Aria se sentou, Jenna ergueu a cabeça e chegou mais perto dela.

— Qual é seu nome?

— É... Jessica — disse Aria sem pensar, antes de conseguir evitar. Ela deu uma olhada para Sabrina que estava lá na frente da sala. Metade do tempo, professores de arte desses cursos breves nem se davam ao trabalho de decorar os nomes dos alunos, e ela esperava do fundo do coração que Meredith não tivesse pedido a Sabrina que a procurasse em sua turma.

— Eu sou Jenna. — Ela estendeu a mão e Aria a cumprimentou. Depois disso, Aria se virou rapidinho, perguntando-se como, em nome de Deus, ela iria conseguir assistir ao resto da aula. Aria tivera uma nova lembrança de Jenna naquela manhã, enquanto tomava café na cozinha esquizofrênica de Meredith, provavelmente causada pelos bonecos dos personagens do jogo de RPG, WoW, que observavam a todos no alto da geladeira. Aria, Ali e as outras meninas costumavam chamar Jenna de Jenna de Neve, como a Branca de Neve do desenho da Disney.

Certa vez, a turma dela na escola tinha ido a Longwood Orchards apanhar maçãs. Ali sugeriu que elas molhassem uma maçã numa das privadas dos banheiros imundos do parque e dessem para Jenna, como a bruxa má do desenho tinha dado uma maçã envenenada para a Branca de Neve.

Ali disse que Aria deveria dar a maçã para Jenna — era a cara dela obrigar as outras a fazerem seu serviço sujo.

— Essa maçã é especial — Aria dissera a Jenna, estendendo a fruta para a menina, enquanto ouvia as risadinhas de Ali atrás de si. — O fazendeiro me disse que vem da árvore que dá as maçãs mais doces. E eu quero que você fique com ela.

Jenna pareceu ao mesmo tempo surpresa e emocionada. Assim que ela deu uma mordida grande e suculenta na fruta, Ali gritou:

— Você acaba de comer uma maçã com xixi! E agora você tem bafo de privada!

Jenna parara de mastigar, cuspindo a maçã.

Aria expulsou a lembrança de sua cabeça e se deu conta de que havia alguns trabalhos de pintura a óleo empilhados na mesa de trabalho de Jenna. Eram retratos, mostravam pessoas definidas por pinceladas cheias de energia e cores vibrantes.

— Foi você quem pintou estes? — perguntou ela a Jenna.

— O material sobre a minha mesa? — Jenna perguntou de volta, pousando as mãos no colo. — Sim, fui eu. Eu estava contando a Sabrina sobre meu trabalho, e ela quis vê-lo. Pode ser que ela queira exibi-los em alguma galeria.

Aria fechou os punhos com força. Será que esse dia *ainda* poderia piorar!? Como diabos Jenna conseguira uma exibição individual em uma galeria? Como, como, como Jenna conseguia pintar se nem ao menos conseguia enxergar?

Na frente da classe, Sabrina disse aos alunos que pegassem um saco de gesso, tiras de jornal e um balde vazio. Jenna tentou pegar tudo sozinha, mas no fim, Sabrina teve que carregar as coisas para ela. Aria notou que todos os alunos estavam olhando para Jenna pelo canto dos olhos, com medo que, se olhassem muito abertamente, alguém os criticasse por isso.

Quando todos estavam de volta a suas mesas, Sabrina limpou a garganta.

— Tudo bem. Na última aula, nós conversamos sobre "enxergar" as coisas com o tato. Agora, nós vamos fazer algo parecido. Vamos fazer máscaras a partir dos rostos uns dos outros. Todos nós usamos máscaras de um jeito ou de outro pela vida, não é assim? Todos nós fingimos. Talvez você descubra, quando vir um molde feito a partir do seu rosto, que você não é exatamente do jeito que se imagina.

— Eu já fiz isso uma vez — sussurrou Jenna no ouvido de Aria. — É muito divertido, sabe? Quer trabalhar nesse projeto comigo? Eu mostro a você como se faz.

Aria queria pular pela janela da sala de aula. Mas, em vez disso, concordou com a cabeça para depois dar-se conta que Jenna não podia ver o movimento, então disse:

— Claro, vamos lá.

— Eu vou fazer primeiro.

Quando Jenna se virou para pegar alguma coisa, algo em seu bolso emitiu um som. Ela puxou um celular LG bem fininho, que tinha um teclado dobrável e o ergueu, mostrando-o para Aria, como se soubesse que ela estaria observando.

— Ele tem um teclado que é ativado pela voz, assim eu posso enviar mensagens de texto.

—Você não tem medo de sujá-lo com pó de gesso? — perguntou Aria.

— Se isso acontecer, posso lavá-lo. Ele é à prova d'água. Eu adoro esse celular, e o trago sempre comigo.

Aria recortou as tiras de jornal para Jenna, porque teve medo de ela se machucar com as tesouras.

— Bem, e então, que escola você frequenta? — perguntou Jenna.

— Ah... Rosewood High — Aria deu o nome do colégio público da cidade, em vez de revelar a escola que ela realmente frequentava.

— Que legal — respondeu Jenna. — E essa é a primeira vez que você faz aulas de arte?

Aria ficou paralisada. Ela tinha aulas de artes desde antes de aprender a ler, mas teve que baixar a bola. Ela não era mais Aria — ela era *Jessica* agora. Quem quer que fosse Jessica.

— É. Pois é. É sim, é minha primeira aula. — Aria se atrapalhou um pouco ao responder, tentando inventar uma personagem enquanto falava com Jenna. — É uma coisa muito diferente do que estou acostumada a fazer, entende? Eu geralmente sou mais de praticar esportes, sabe, como por exemplo hóquei.

Jenna encheu sua vasilha de água.

— Em que posição você joga?

— Ah... em todas — murmurou Aria. Certa vez, Ali tentara ensinar a ela sobre hóquei, mas desistira da lição depois de cinco minutos. Ela dissera que Aria corria como uma gorila grávida. Aria se perguntava o que é que tinha dentro da sua maldita cabeça para inventar justo uma típica menina de Rosewood, o tipo de garota que ela sempre se esforçara ao máximo para *não* ser, como seu alter ego.

— Bem, eu acho muito bacana que você esteja tentando alguma coisa nova — murmurou Jenna, misturando a água e o pó de gesso. — A única vez que as meninas que jogavam hóquei na minha antiga escola tentavam alguma coisa nova, era quando iam comprar roupas na loja de algum costureiro novo sobre o qual tinham lido na *Vogue*. — Ela riu com sarcasmo.

— Havia jogadoras de hóquei na sua escola na Filadélfia? — perguntou Aria, pensando que ela se referia à escola para cegos para onde seus pais a mandaram depois do acidente.

— Ah... como é que você sabe que eu frequentei uma escola na Filadélfia?

Aria enfiou as unhas nas palmas de duas mãos. O que ela ia dizer agora, meu Deus, que ela havia lhe dado uma maçã envenenada no sexto ano? Que ela meio que estivera envolvida na morte de seu meio-irmão algumas semanas atrás? Que ela a cegara e arruinara completamente a sua vida?

— Ah, foi só um chute.

— Bem, eu quis dizer a minha escola antes dessa escola que frequentei na Filadélfia. Fica aqui perto, aliás. Chama-se Rosewood Day. Você conhece?

— É, já ouvi falar — murmurou Aria.

— Eu vou voltar para lá na próxima sexta-feira. — Jenna mergulhou uma tira de jornal na mistura de gesso e água. — Mas ainda não sei muito bem como me sinto em relação a isso. Todo mundo naquela escola é tão perfeito. Se você não estiver envolvido no tipo certo de atividades ou andando com as pessoas certas, você é um zé-ninguém. — Ela balançou a cabeça. — Desculpe. Tenho certeza que você não faz nem ideia do que eu estou falando.

— Não! Eu concordo plenamente! — protestou Aria.

Ela mesma não colocaria a questão de forma mais sucinta. E Aria teve um pensamento malvado. Jenna era bonita: alta, graciosa, descolada e boa artista. *Muito boa* artista, na verdade – se ela fosse mesmo para Rosewood Day, era bem provável que Aria não fosse mais a melhor artista da escola. E se Jenna não tivesse sofrido aquele acidente, quem sabe no que ela poderia ter se tornado? De repente, o desejo de contar a Jenna quem realmente era e como sentia muito, muito mesmo, por todas as coisas horríveis que havia feito com as outras meninas contra ela, deixou Aria tão enojada de si mesma que ela teve que usar de toda a sua força de vontade para manter a boca fechada.

Jenna chegou mais perto dela. Ela cheirava a glacê de bolo.

– Fica bem quietinha – instruiu Jenna, enquanto localizava o rosto da menina e aplicava as tiras gosmentas sobre ele. Elas estavam molhadas e frias, mas logo começaram a endurecer, tomando os contornos do rosto de Aria.

– E aí, você acha que vai usar essa máscara para alguma coisa além da aula? – perguntou Jenna. – Tipo, Halloween?

– Minha amiga vai dar um baile de máscaras – respondeu Aria, para em seguida se perguntar se ela não estava contando coisas demais. – E é provável que eu use a máscara lá.

– Isso é ótimo – disse Jenna. – Vou levar a minha comigo para Veneza. Meus pais vão me levar para lá no próximo mês, e eu vou usá-la na capital mundial das máscaras!

– Eu adoro Veneza! – Aria quase gritou. – Já estive lá com meus pais quatro vezes!

– Uau! – Jenna colocou mais tiras de papel empapado sobre a testa de Aria. – Quatro vezes? Sua família deve adorar viajar.

— Bem, nós *costumávamos* gostar — disse Aria, tentando não mexer demais o rosto.

— O que você quer dizer com costumávamos? — Jenna começou a cobrir as bochechas de Aria.

Aria tentava não contrair o rosto — as tiras de jornal estavam começando a endurecer e ela sentia coceira. Bem, ela podia contar isso para Jenna, certo? Não era como se Jenna soubesse alguma coisa sobre sua família.

— Bom, é que meus pais estão... eu não sei. Eles estão se divorciando, eu acho. Meu pai tem essa namorada, uma garota que dá aula de artes na Hollis. Eu estou morando com eles agora. Ela me odeia.

— E você a odeia também? — perguntou Jenna.

— Ah, odeio — disse Aria. — Ela está controlando a vida do meu pai. Ela o obriga a tomar vitaminas, a fazer ioga. E ela está convencida de que tem infecção estomacal, mas para mim ela parece bem. — Aria mordeu o lado de dentro da sua boca com força. Ela desejava que a suposta infecção estomacal de Meredith fosse mortal. Assim, ela não teria que passar os próximos meses tentando imaginar maneiras de impedi-la de se casar com Byron.

— Bem, pelo menos ela se importa com ele. — Jenna fez uma pausa, depois deu um meio sorriso. — Posso perceber que você está franzindo a testa, mas todas as famílias têm seus problemas. A minha certamente tem os dela.

Aria tentou não fazer mais nenhum movimento facial que indicasse como ela se sentia.

— Mas talvez você devesse dar uma chance para essa moça — continuou Jenna. — Bem, pelo menos ela é uma artista, não é?

O coração de Aria parou. Ela não conseguia controlar os músculos em torno de sua boca.

— Como é que você sabe que ela é uma artista?

Jenna parou de se mexer. Um pouco de mistura de gesso escorreu de suas mãos e pingou no chão.

— Você me disse, não disse?

Aria se sentiu meio tonta. *Ela tinha dito?* Jenna colocou mais tiras de jornal sobre as bochechas de Aria. Conforme ela movia as mãos do centro de seu rosto em direção ao queixo, testa e narina, Aria se deu conta de algo. Se Jenna podia perceber quando franzia a testa, Jenna também era capaz de sentir outras partes de seu rosto. Ela era capaz, portanto de sentir como era a aparência de Aria. E então, ela ergueu os olhos, No rosto de Jenna havia um olhar desconfortável e surpreso, como se ela também tivesse acabado de se dar conta de alguma coisa.

A sala pareceu pegajosa e quente.

— Eu tenho que... — Aria se levantou e cambaleou, desastrada, dando a volta em sua mesa de trabalho e quase derrubando o balde de água que nem usara ao tropeçar nele.

— Aonde você vai? — Jenna chamou-a de volta.

Tudo o que Aria precisava era sair dali por alguns minutos. Mas, enquanto ia em direção à porta meio desnorteada, com a máscara grudada firmemente em seu rosto, seu Treo fez um *bip*. Ela procurou por ele em sua bolsa, e o abriu com cuidado para não encher o teclado de gesso. Tinha recebido uma nova mensagem.

É um horror quando a gente está no escuro, não é? Imagine como os cegos devem se sentir! Se você contar a

QUEM QUER QUE SEJA o que eu fiz, eu vou escurecer as coisas para você também.

Mwah! – A.

Aria deu uma olhada para Jenna. Ela estava sentada em frente a sua mesa de trabalho, mexendo em seu celular, sem se dar conta de seus dedos cobertos de gesso. Outro *bip* de seu próprio celular a assustou. Ela baixou os olhos de volta para a tela. Outra mensagem de texto havia chegado.

P.S. Sua futura madrasta tinha uma identidade secreta exatamente como você! Quer saber mais a respeito? Vá ao Hooters amanhã. – A

# 19

## MENTES CURIOSAS QUEREM SABER

Na quinta-feira de manhã, enquanto Emily saía de um dos boxes individuais do vestiário de ginástica, vestindo uma camiseta branca de acordo com o regulamento do Rosewood Day, agasalho com capuz, e seu short azul de ginástica, ela ouviu um anúncio pelo sistema de alto-falantes da escola.

– Olá pessoal! – a voz de um garoto jovial e um pouco entusiasmando demais saiu das caixas de som. – Quem fala é Andrew Campbell, o representante de classe, e eu só estou aqui para lembrar a vocês que a festa de boas-vindas de Hanna Marin é amanhã à noite no Country Clube do Rosewood! Por favor, compareçam e venham mascarados. Só entra quem estiver usando máscara! Além disso, peço a todos que mandem boas vibrações para Spencer Hastings. Ela vai a Nova York hoje à noite, para a entrevista dos finalistas do prêmio Orquídea Dourada! Boa sorte, Spencer!

Várias garotas no vestiário gemeram. *Sempre* havia pelo menos um anúncio sobre Spencer Hastings. Emily estava achando bem estranho, porém, que Spencer não tivesse feito nenhuma menção sobre a viagem para a entrevista do Orquídea Dourada quando estiveram todas juntas no hospital visitando Hanna. Spencer costumava se gabar até demais de todas as suas conquistas.

Quando Emily passou em frente ao enorme quadro de avisos em formato de um tubarão-martelo, o mascote do Rosewood, e entrou no ginásio, ela ouviu gritos de urra e aplausos. Parecia que ela tinha acabado de entrar em sua própria festa surpresa.

— Nossa garota preferida voltou! — gritou Mike Montgomery, parado embaixo da cesta de basquete. E, pelo jeito, todos os calouros da turma mista de ginástica de Emily estavam reunidos logo atrás dele.

— Então, quer dizer que você estava tirando umas feriazinhas, certo?

— *O quê!?* — Emily olhava de um lado para o outro. Mike estava sendo super espalhafatoso.

— Bom, você sabe — Mike continuou instigando, e sua carinha de elfo era quase o reflexo do rosto de Aria —, você estava na Tailândia, ou sei lá... — Havia um sorriso sonhador no rosto dele.

Emily franziu o nariz.

— Eu estava em Iowa.

— Ah... — Mike parecia confuso. — Bom, Iowa também é bem legal. Tem um monte de ordenhadoras de vacas lá, não tem? — Ele piscou para ela, como se ordenhadoras e atrizes pornô fossem a mesma coisa.

Emily queria dizer alguma coisa, mas desistiu. Ela tinha certeza de que Mike não a estava zoando por maldade. Os outros meninos da gangue de calouros engasgaram, olhando para Emily como se ela fosse Angelina Jolie e Mike fosse o único com coragem o suficiente para pedir seu e-mail.

O sr. Draznowsky, o professor de ginástica, soprou seu apito. Os alunos se sentaram no chão de pernas cruzadas, reunidos em times, batendo papo antes de a aula começar de verdade. O sr. Draznowsky formou uma fila e mandou que se alongassem. Depois disso, todos se dirigiram para as quadras de tênis. Enquanto Emily escolhia uma raquete Wilson do estoque de equipamentos da escola, ela ouviu alguém atrás dela sussurrar:

– Pssst!

Maya estava ao lado de uma caixa cheia de bolas Bosu, círculos mágicos de Pilates e outros equipamentos que as meninas viciadas em exercícios usavam durante seu tempo livre.

– Oi! – guinchou ela, ruborizando de alegria.

Emily caiu nos braços de Maya, sentindo seu cheiro familiar de chiclete de banana.

– O que você está fazendo aqui!?

– Eu escapei da aula de Álgebra III para ver você – sussurrou Maya. Ela ergueu uma plaquinha de madeira, um passe de corredor em formato de pi, que significava que o professor a autorizara a sair. – Quando foi que você chegou? O que aconteceu? Você veio para ficar?

Emily hesitou. Ela estava em Rosewood já havia um dia, mas no dia anterior tinha sido tudo tão corrido – a visita a Hanna no hospital, depois o torpedo de A, depois as aulas e o treino de natação e o tempo que passara com seus pais – que ela não havia tido tempo de falar com Maya. Ela tinha visto Maya nos corredores da escola, mas se escondera numa sala vazia e esperara até que ela tivesse se afastado. E não sabia explicar muito bem o porquê disso. Não era como se ela estivesse se *escondendo* de Maya nem nada assim.

— Não faz tanto tempo assim que eu voltei — ela se explicou. — E eu voltei para ficar. Espero.

As portas para as quadras de tênis bateram com força. Emily olhou para elas com ansiedade. Quando ela saísse, todo mundo da aula de educação física já teria escolhido um parceiro para o jogo. Ela teria que bater bola com o sr. Darznowsky, que por ser também educador sexual, gostava de fazer discursinhos chatos sobre métodos anticoncepcionais. Mas então, Emily sacudiu a cabeça como se saísse de um sono pesado. Qual era *o problema* com ela? Por que ela estava preocupada com uma aula idiota de educação física quando podia estar com Maya?

Ela deu meia-volta.

— Meus pais deram uma volta de cento e oitenta graus. Eles ficaram tão preocupados com o que pudesse ter acontecido comigo depois que fugi da casa dos meus tios que decidiram me aceitar do jeito que eu sou.

Maya arregalou os olhos.

— Isso é incrível! — Ela agarrou as mãos de Emily. — Mas o que foi que aconteceu na fazenda de seus tios? Eles foram maus com você?

— Mais ou menos isso... — Emily fechou os olhos, vendo os rostos de Helene e Allen. Depois, ela pensou nela e em Trista dançando quadrilha na festa. Trista tinha dito a Emily que, se fosse uma dança, ela seria a quadrilha. Talvez ela devesse confessar a Maya tudo o que acontecera com Trista... só que, sério, o que *havia mesmo* acontecido? Nada, na verdade. Era melhor esquecer a coisa toda. — É uma longa história.

— Você vai ter que me contar os detalhes depois, agora que nós não temos mais que nos esconder! — Maya deu pulinhos de felicidade, depois olhou para o enorme relógio no placar da quadra. — Eu tenho que voltar para a aula — sussurrou ela. — Podemos nos encontrar essa noite?

Emily hesitou, dando-se conta de que essa era a primeira vez que ela podia dizer sim para Maya sem ter que agir escondido de seus pais. Mas então ela se lembrou:

— Eu não posso. Vou jantar fora com minha família.

Maya ficou desolada.

— Amanhã, então? Podemos ir juntas à festa de Hanna!

— Tu-tudo bem — gaguejou Emily. — Isso vai ser ótimo.

— Ah! Outra coisa! Eu tenho uma surpresa muito legal para você! — Maya estava animadíssima. — Scott Chin, sabe, o fotógrafo do Livro do Ano? Ele está na minha turma de história e me disse que você e eu fomos eleitas como o casal do ano! Não é engraçado?

— Ah... *casal do ano*? — repetiu Emily. Sua boca estava seca.

Maya pegou as mãos de Emily e as balançou.

— Nós temos uma sessão de fotos marcada para amanhã, lá na sala do anuário. Não é uma graça?

— É sim. — Emily torceu a barra de sua camiseta com a mão.

Maya inclinou a cabeça.

— Tem certeza que você está bem? Você não parece muito entusiasmada.

— Ah, não, eu estou sim. Muito mesmo... — No momento em que Emily respirou fundo para contar tudo a Maya, seu celular vibrou em seu bolso, fazendo seu corpo estremecer. Ela deu um pulinho e pegou o celular com o coração acelerado.

O texto na tela dizia:

1 nova mensagem

Quando pressionou LER e viu quem assinava a mensagem, seu estômago se contraiu por uma razão diferente. Ela fechou o telefone sem ler a mensagem.

— Era alguma coisa legal? — perguntou Maya, o que Emily considerou bisbilhotice.

— Não. — Emily enfiou o telefone no bolso de novo.

Maya trocou o passe de corredor em formato de pi de mão. Deu um beijinho rápido no rosto de Emily e saiu correndo do ginásio, o que fez com que suas botas de salto alto cor de areia fizessem barulho no chão de madeira.

Assim que Maya desapareceu no corredor, Emily pegou o telefone de novo, respirou fundo e olhou para a tela novamente.

Ei, Emily!
Acabo de saber que você FOI EMBORA!
Vou mesmo sentir muita saudade de você. Onde é que você mora na Pensilvânia? Se você fosse uma figura histórica famosa da Filadéfia, quem você seria? Eu seria aquele carinha das caixas de aveia... Ele conta como figura histórica, não conta?
Quem sabe eu não vou visitar você aí?
Beijinhos,
Trista

O sistema de aquecimento central do ginásio começou a funcionar, fazendo barulho. Emily fechou o telefone e, depois de uma pausa, desligou o celular. Anos atrás, antes de Emily ter beijado Ali na casa da árvore no terreno dos DiLaurentis, Ali havia confessado que estava se encontrando em segredo com um menino mais velho. Ela nunca dissera o nome dele, mas Emily agora percebia que ela devia estar falando de Ian Thomas. Ali tinha tomado as mãos de Emily, tonta de felicidade.

– Sempre que eu penso nele, meu coração salta, como se eu estivesse numa montanha-russa – dissera ela, aérea. – Estar apaixonada é a melhor coisa do mundo.

Emily amarrou a cordinha do capuz de seu moletom sob o queixo. Ela achou que estava apaixonada também, mas essa sensação certamente não parecia nada com estar em uma montanha-russa. Parecia sim que ela estava no castelo mal-assombrado: com surpresas a cada instante e sem a menor pista do que viria a seguir.

# 20

## NÃO EXISTEM SEGREDOS ENTRE AMIGAS

Na tarde de quinta-feira, Hanna olhava fixamente para sua imagem no espelho do banheiro do andar de baixo. Ela aplicou um pouco de base em alguns pontos em seu queixo e se encolheu com a dor. Por que pontos tinham que *doer* tanto? E por que o dr. Geist teve que costurar o rosto dela com fio preto, como se ela fosse o Frankenstein? Ele não podia ter usado um tom cor da pele?

Ela apanhou seu BlackBerry novinho em folha, pensativa. O aparelho estava esperando por ela na mesa da cozinha, quando seu pai a levara para casa, naquele dia de manhã. Havia um cartão na caixa do BlackBerry que dizia:

Bem-vinda de volta!
Amor, mamãe

Agora que Hanna não corria mais risco de morrer, sua mãe havia retornado para a rotina de longas horas de trabalho; negócios, como sempre.

Hanna suspirou e discou o número no rótulo do frasquinho da base.

– Alô. Central de atendimento Bobbi Brown! – cantarolou uma voz alegre do outro lado da linha.

– Aqui é Hanna Marin – disse ela, bruscamente, tentando liberar a Anna Wintour que vivia em seu interior. – Posso marcar uma hora com Bobbi para uma sessão de maquiagem?

A moça do atendimento fez uma pausa.

– Bom, você teria que falar com a agente da Bobbi para isso. Mas eu acho que ela está muito ocupada...

– Você pode me passar o telefone da agente dela?

– Eu acho que não tenho autorização para fazer isso...

– Claro que tem – disse Hanna, com voz doce. – Eu não conto para ninguém.

Depois de muita resistência da garota e insistência de Hanna, ela finalmente venceu; a garota a colocou em espera na linha, e alguém deu a ela um número com código e área de Manhattan, em Nova York. Ela o anotou com batom no espelho do banheiro e desligou, sentindo-se dividida. Por um lado, era ótimo que ela ainda fosse capaz de convencer as pessoas a fazer exatamente o que ela queria. Somente as divas, rainhas de baile, eram capazes disso. Por outro lado, e se *nem mesmo Bobbi* conseguisse consertar a bagunça que estava o seu rosto?

A campainha tocou. Hanna aplicou mais base sobre os pontos e foi para o corredor. Provavelmente era Mona, chegando para ajudar a escolher os modelos para sua festa. Ela havia dito a Hanna que queria contratar os gatos mais lindos que o dinheiro pudesse comprar.

Hanna parou no vestíbulo, perto do enorme vaso de cerâmica raku de sua mãe. O que exatamente Lucas quisera dizer, no dia anterior no hospital, quando avisara que Hanna não devia confiar em Mona? E, principalmente, o que tinha sido aquele beijo? Hanna havia pensado em muito pouca coisa além daquilo, desde que acontecera. Ela havia esperado ver Lucas no hospital naquela manhã, acordando-a com revistas e um latte da Starbucks. E quando percebera que ele não estava lá, ela ficara... decepcionada. E naquela tarde, depois que seu pai a havia deixado em casa, Hanna tinha assistido a novela *All My Children* na TV por três minutos inteiros antes de mudar de canal. Dois personagens da novela estavam se beijando apaixonadamente, e ela os havia observado, de olhos arregalados, com arrepios lhe correndo pelas costas de novo, e de repente ela conseguia entender o que eles estavam sentindo.

Não que ela *gostasse* de Lucas ou algo do tipo. Ele não estava sequer na mesma estratosfera que ela. E só pra ter certeza, ela tinha perguntado a Mona, na noite anterior, o que ela achava de Lucas, quando Mona foi levar o modelo indo-para-casa-depois-do-hospital que ela selecionara no closet de Hanna – jeans Seven apertados, uma jaqueta Moschino de lã colorida e uma camiseta superfofinha. Mona havia perguntado:

– Lucas *Beattie*? Grande perdedor, Han. Sempre foi.

Então era isso. Chega de Lucas. Ela não contaria a ninguém sobre aquele beijo, nunca.

Hanna chegou à porta da frente, notando o jeito como o cabelo louro quase branco de Mona brilhava por entre os vitrais congelados. Ela quase caiu para trás quando abriu a porta e viu Spencer de pé atrás de Mona. E Emily e Aria estavam chegando pela entrada da frente. Hanna se perguntou se havia, acidentalmente, convidado todas para virem vê-la ao mesmo tempo.

– Bem, isto é uma surpresa – disse Hanna, nervosa.

Mas foi Spencer quem passou direto por Mona e entrou na casa de Hanna primeiro.

— Nós precisamos conversar com você — disse ela.

Mona, Emily e Aria a seguiram, e as meninas se juntaram nos sofás de couro caramelo de Hanna, sentando-se nos exatos lugares em que costumavam se sentar quando eram todas amigas: Spencer na grande poltrona de couro no canto da sala, e Emily e Aria no sofá. Mona havia tomado o lugar de Ali, na *chaise* perto da janela. Quando Hanna apertava os olhos, ela quase conseguia pensar que Mona era Ali. Hanna deu uma olhada de lado para Mona para checar se ela estava zangada, mas Mona parecia... bem.

Hanna sentou-se no banquinho da poltrona de couro.

— Hum, nós precisamos conversar sobre *o quê?* — perguntou ela a Spencer. Aria e Emily pareciam um pouco confusas também.

— Nós recebemos outra mensagem de A depois que saímos do seu quarto no hospital — soltou Spencer.

— *Spencer* — sibilou Hanna. Emily e Aria também olharam espantadas para ela. Desde quando elas falavam sobre A na frente de outras pessoas?

— Está tudo bem — disse Spencer. — Mona sabe. Ela também anda recebendo mensagens de A.

Hanna de repente sentiu que ia desmaiar. Ela olhou para Mona, para confirmar, e a boca da amiga estava tensa e séria.

— *Não* — disse Hanna baixinho.

— Você? — Aria parecia engasgada.

— Quantas? — gaguejou Emily.

— Duas — admitiu Mona, olhando fixamente para o contorno de seus joelhos ossudos debaixo do vestido de jérsei laranja da C&C California. – Eu as recebi esta semana. Quando contei a Spencer sobre elas ontem, eu não podia imaginar que vocês também estavam recebendo.

– Mas isso não faz sentido – sussurrou Aria, olhando em volta, para as outras. – Eu pensei que A estivesse enviando mensagens apenas para as antigas amigas de Ali.

– Talvez tudo o que nós pensamos esteja errado – disse Spencer.

O estômago de Hanna se revirou.

– Spencer contou para você sobre a van que me atropelou?

– Ela me contou que foi A. E que você sabia quem é A. – O rosto de Mona estava pálido.

Spencer cruzou as pernas.

– E a propósito, nós recebemos outra mensagem. A obviamente não quer que você se lembre, Hanna. E se nós continuarmos a pressionar você, A vai nos machucar da próxima vez.

Emily deixou escapar um pequeno gemido.

– Isto é realmente assustador – sussurrou Mona. Ela não parava de balançar o pé, algo que fazia apenas quando estava muito tensa. – Nós devíamos chamar a polícia.

– Talvez devêssemos mesmo – concordou Emily. – Eles poderiam nos ajudar. Isto é sério.

– Não! – Aria quase gritou. – A saberia. É quase como se... A pudesse nos ver, todo o tempo.

Emily fechou a boca, olhando fixamente para as mãos.

Mona engoliu em seco.

– Eu acho que sei o que você quer dizer, Aria. Desde que comecei a receber as mensagens, tenho sentido como se alguém estivesse me observando... – Ela olhou ao redor para as outras, seus olhos arregalados e assustados. – Quem sabe? A poderia estar nos observando agora mesmo.

Hanna estremeceu. Aria olhou em volta freneticamente, fazendo uma varredura da sala de estar atravancada de Hanna. Emily espiou embaixo do grande piano de cauda como se A pudesse estar se escondendo em um dos cantos.

Então, o Sidekick de Mona vibrou, e todas deixaram escapar gritinhos assustados. Quando Mona pegou o aparelho, seu rosto ficou branco.

– Ai, meu Deus. Mais uma.

Todas se amontoaram ao redor do telefone de Mona. A mensagem mais recente era um cartão virtual de aniversário atrasado. Abaixo das imagens de balões alegres e um bolo branco confeitado, que Mona jamais comeria na vida real, a mensagem dizia:

Feliz aniversário atrasado, Mona!
Então, quando é que você vai contar a Hanna o que fez?
Eu acho que você deve esperar até DEPOIS de ela finalmente lhe entregar o presente.
Você pode perder a amizade, mas pelo menos poderá ficar com o que tiver ganhado! – A

O sangue de Hanna gelou.

– O que você *fez*? Do que é que A está falando?

O rosto de Mona ficou branco.

– Hanna... Tudo bem. Nós tivemos uma briga na noite da minha festa. Mas foi só uma briguinha. Sinceramente. Nós devíamos simplesmente esquecer.

O coração de Hanna batia alto como o motor de um carro. Sua boca ficou instantaneamente seca.

— Eu não quis falar sobre a briga depois do seu acidente porque não achei que fosse importante — disse Mona, sua voz soando estridente e desesperada. — Eu não quis chatear você. E eu me senti horrível a respeito da nossa briga na semana passada, Hanna, principalmente quando pensei que tinha perdido você para sempre. Eu só queria esquecer tudo. Eu queria me desculpar com você organizando essa festa incrível, e...

Alguns segundos dolorosos se passaram. O aquecedor ligou automaticamente, fazendo com que todas dessem um pulo. Spencer limpou a garganta.

— Vocês duas não deveriam brigar — disse ela, gentilmente. — Além do mais, A está justamente tentando distrair vocês para que parem de tentar descobrir quem está mandando essas mensagens horríveis.

Mona dirigiu um olhar agradecido para Spencer. Hanna abaixou os ombros, sentindo todos os olhos sobre ela. A última coisa que ela queria fazer era falar sobre aquilo com as outras por perto. Ela nem tinha certeza de que queria falar sobre aquilo, afinal.

— Spencer está certa. Isso *é* exatamente o que A faz.

As meninas ficaram em silêncio, olhando fixamente para o abajur quadrado de papel Noguchi, na mesinha de centro. Spencer pegou a mão de Mona e a apertou. Emily segurou a de Hanna.

— Sobre o que mais as suas mensagens falavam? — Aria perguntou a Mona em voz baixa.

Mona abaixou a cabeça.

— Só algumas coisas do passado.

Hanna eriçou-se, mas focou a atenção na fivela azul em forma de passarinho nos cabelos de Aria. Ela tinha a sensação de que sabia exatamente com o que A estava provocando Mona – o tempo antes de Hanna e Mona serem amigas, quando Mona era estudiosa e sem graça. Qual era o segredo em que A se concentrava mais? Quando Mona havia grudado em Ali, querendo ser igualzinha a ela? Quando Mona era o alvo das piadas de todos? Ela e Mona nunca discutiam o passado, mas de vez em quando Hanna sentia que as lembranças dolorosas não estavam muito longe, borbulhando pouco abaixo da superfície da amizade delas, como um gêiser subterrâneo.

– Você não precisa nos contar, se não quiser – disse Hanna, rapidamente. – Muitas das mensagens que recebemos de A também são sobre o passado. Existem muitas coisas que *todas* nós queremos esquecer.

Ela olhou a melhor amiga nos olhos, esperando que Mona compreendesse. Mona apertou a mão de Hanna. Hanna notou que Mona estava usando o anel de prata e turquesa que havia feito para ela na aula de Joalheria II, ainda que se parecesse mais com um daqueles anéis de formatura enormes da Rosewood Day, que apenas os CDF's usavam, do que com um mimo bonitinho da Tiffany. Um pequeno canto do coração acelerado de Hanna se aqueceu. A estava certa sobre uma coisa: melhores amigas compartilham tudo. E agora, ela e Mona podiam, também.

A campainha tocou, três bongs curtos, inspirados no gongo oriental. As meninas se levantaram na hora.

– Quem é? – cochichou Aria, assustada.

Mona saiu andando, sacudindo o longo cabelo louro. Ela deu um sorriso largo e rebolou até a porta da frente da casa de Hanna.

— Algo que vai nos fazer esquecer os problemas.

— Tipo, uma pizza? – perguntou Emily.

— Não, dez modelos masculinos da filial da Filadélfia da agência Wilhelmina, é claro – disse Mona, simplesmente.

Como se fosse um absurdo pensar que pudesse ser qualquer outra coisa.

## 21

COMO RESOLVER UM
PROBLEMA COMO EMILY?

Quinta à noite, depois de deixar Hanna, Emily passeou por entre os frequentadores perfumados e as consumistas carregadoras de sacola do Shopping King James. Ela estava indo encontrar seus pais no All That Jazz!, o restaurante temático inspirado nos musicais da Broadway, que ficava próximo à Nordstrom. Esse costumava ser o restaurante favorito de Emily quando ela era mais nova, e ela imaginou que seus pais acharam que ainda era. O restaurante parecia o de sempre, tinha uma marquise falsa da Broadway como fachada, uma estátua gigante de *O Fantasma da Ópera* perto do pódio da recepcionista e fotos de astros da Broadway por todas as paredes.

Emily foi a primeira a chegar e logo deslizou para um assento no grande balcão do bar recoberto de granito. Por um momento, ela olhou para a boneca de coleção da Pequena Sereia numa redoma de vidro perto do estande da recepcionista. Quando era menor, Emily desejava que pudesse trocar de lugar com Ariel, a princesa sereia: Ariel podia ficar com as pernas de

Emily e ela com as barbatanas de sereia. Ela costumava fazer as antigas amigas assistirem ao filme, até que Ali um dia disse a ela que era ridículo e infantil e que ela deveria parar com aquilo.

Uma imagem familiar chamou sua atenção na tela da TV sobre o bar. Em primeiro plano aparecia uma repórter loura e peituda com uma foto de Ali no sétimo ano da escola no canto.

– Durante o ano passado, os pais de Alison DiLaurentis estiveram morando em uma pequena cidade da Pensilvânia não muito longe do Rosewood, enquanto o filho deles, Jason, terminava sua graduação na Universidade de Yale. Eles viviam calmamente... até agora. Enquanto a investigação do assassinato de Alison segue sem nenhuma pista nova, como a família dela está enfrentando a situação?

Um imponente prédio coberto de hera apareceu na tela sob a legenda NEW HAVEN, CONNECTICUT. Outra repórter loura seguia um grupo de estudantes.

– Jason! – chamou ela. – Você acha que a polícia tem feito o suficiente para encontrar o assassino da sua irmã?

– Isso está aproximando a sua família? – gritou mais alguém.

Um garoto com boné dos Phillies se virou. Os olhos de Emily se arregalaram – ela tinha visto Jason DiLaurentis apenas algumas vezes desde que Ali havia desaparecido. Seus olhos estavam frios e impenetráveis, e os cantos de sua boca virados para baixo.

– Não falo muito com a minha família – disse Jason. – Eles são muito problemáticos.

Emily firmou os pés sob o banco. A família de Ali... problemática? Aos olhos de Emily, os DiLaurentis pareciam perfeitos. O pai de Ali tinha um bom emprego e ainda era capaz de estar em casa nos finais de semana para um churrasco com os filhos. A sra. DiLaurentis costumava levar Ali, Emily e as outras para fazer compras e fazia deliciosos biscoitos de aveia para elas. Sua casa era impecável, e quando Emily jantava lá, sempre havia muitas risadas.

Ela pensou na lembrança que Hanna havia tido mais cedo, sobre o dia anterior ao desaparecimento de Ali. Depois de Ali ter surgido no pátio dos fundos, Emily tinha pedido licença para ir ao banheiro. Enquanto passava pela cozinha e rodeava Charlotte, a gata himalaia de Ali, ela ouviu Jason cochichando com alguém na escada. Ele parecia bravo.

– É melhor você parar com isso – sibilou Jason. – Você sabe como isso os deixa irritados.

– Não estou machucando nada – outra voz cochichou de volta.

Emily tinha apertado seu corpo contra a parede do saguão, confusa. A segunda voz parecia um pouco com a de Ali.

– Só estou tentando ajudar você – continuou Jason, ficando cada vez mais agitado.

Logo depois a sra. DiLaurentis surgiu pela porta lateral, correndo até a pia para limpar as mãos.

– Oh, olá Emily – falou alegremente. Emily se afastou da escada e ouviu passos subindo para o segundo andar.

Emily olhou novamente para a tela da TV. O jornalista estava agora emitindo um alerta para os membros do Contry Clube de Rosewood, porque o perseguidor de Rosewood tinha sido localizado esgueirando-se por aquela área. A garganta de Emily coçou. Era fácil traçar paralelos entre o Perseguidor de Rosewood e A... E o Country Clube? A festa de Hanna seria lá. Emily tinha tido o cuidado de não fazer perguntas a

Hanna desde que recebera o último bilhete de A, mas ainda se perguntava se elas *deviam* procurar a polícia – isso já tinha ido longe demais. E se A tivesse não apenas atropelado Hanna, mas também assassinado Ali, como Aria havia sugerido outro dia? Mas talvez Mona estivesse certa: A estava por perto, vigiando cada passo delas. A saberia se elas contassem.

Como uma deixa, o celular dela fez um barulhão. Emily pulou, quase caindo do assento. Ela tinha uma nova mensagem de texto, mas felizmente era apenas de Trista. De novo.

Oi, Em!
O que vai fazer no final de semana?
Beijos, Trista

Emily desejava que Rita Moreno não cantasse "America" tão alto e que ela não estivesse sentada tão perto de uma foto do elenco de *Cats* – todos os felinos a encarando como se quisessem usá-la como arranhador. Ela correu os dedos pelas teclas do celular. Seria rude não responder, certo? Ela teclou:

Oi! Vou a um baile de máscaras da minha amiga nessa sexta. Vai ser divertido! – Em.

Quase imediatamente, Trista respondeu:

Ai, meu Deus! Seria tão bom se eu pudesse ir!

Emily teclou de volta:

Seria mesmo. Bj

Ela imaginou o que Trista realmente tinha planejado fazer nesse final de semana — ir a outra festa num silo? Conhecer outra garota?

— Emily?

Duas mãos geladas curvaram-se sobre seus ombros. Emily se virou, derrubando seu telefone no chão. Era Maya atrás dela. Os pais, a irmã Carolyn e o namorado dela, Topher, estavam atrás de Maya. Todos sorriam loucamente.

— Surpresa! — gritou Maya. — Sua mãe ligou esta tarde e me convidou para jantar com vocês!

— A-aahh — gaguejou Emily —, isso é... ótimo.

Ela resgatou o telefone do chão e o segurou entre as mãos, cobrindo a tela, como se Maya pudesse ver o que ela tinha acabado de escrever. Parecia haver um holofote quente e ofuscante sobre ela. Ela olhou para os pais, que estavam perto de uma foto enorme do elenco de *Les Misérables* lutando contra as barricadas. Ambos sorriam de um jeito nervoso, agindo da mesma forma que tinham agido quando conheceram o antigo namorado de Emily, Ben.

— Nossa mesa está pronta — disse a mãe de Emily. Maya pegou a mão de Emily e seguiu o restante da família. Todos se acomodaram em torno de uma enorme mesa num canto. Um garçom afeminado, que Emily tinha quase certeza de que estava usando rímel, perguntou se eles gostariam de coquetéis.

— É um prazer finalmente conhecê-los, sr. e sra. Fields — disse Maya assim que o garçom saiu, sorrindo para os pais de Emily.

A mãe de Emily sorriu de volta.

— Fico feliz por conhecê-la também.

Não havia nada além de acolhimento em sua voz. O pai de Emily sorriu também.

Maya apontou para o bracelete de Carolyn.
– Isso é tão bonito. Foi você quem fez?
Carolyn corou.
– Sim. Em Joalheria III.
Os olhos castanhos de Maya se arregalaram.
– Queria ter aprendido joalheria, mas não tenho nenhum senso de cor. Tudo nesse bracelete combina tão bem.
Carolyn olhou para o seu prato salpicado de ouro.
– Não é tão difícil assim... – Emily percebeu o quanto ela ficou lisonjeada.

Eles entraram numa conversinha sobre escola, o Perseguidor de Rosewood, o atropelamento de Hanna e depois a Califórnia – Carolyn queria saber se Maya conhecia algum dos garotos que tinham ido para Stanford, que era para onde ela pretendia ir, no próximo ano. Topher riu de uma história que Maya contou sobre sua antiga vizinha em São Francisco, que tinha oito periquitos e fez Maya de babá deles. Emily olhou para todos eles, aborrecida. Se Maya era tão facilmente gostável, por que não tinham dado uma chance a ela antes? O que era toda aquela conversa sobre Emily dever se afastar de Maya? Ela realmente precisava ter se afastado para que eles levassem sua vida a sério?

– Ah, esqueci de dizer – falou o pai de Emily assim que todos receberam seus pratos –, reservei a casa em Duck para o Dia de Ação de Graças novamente.

– Oh, que maravilha – disse a sra. Fields, radiante. – A mesma casa?

– A mesma. – O sr. Fields cortou uma minicenoura.

– Onde fica Duck? – perguntou Maya.

Emily arrastou seu garfo pelo purê de batatas.

– É uma pequena cidade litorânea nos Outer Banks da Carolina do Norte. Sempre alugamos uma casa lá em todo feriado de Ação de Graças. A água ainda é quente o suficiente para um mergulho se você tiver o traje de neoprene apropriado.

– Talvez Maya queira vir conosco – disse a sra. Fields, depois de secar sua boca com um guardanapo. – Afinal você sempre leva alguma amiga.

Emily ficou boquiaberta. Ela sempre levava um *namorado*, ou alguém próximo disso – ano passado ela levara Ben. Carolyn havia levado Topher.

Maya colocou a mão contra o peito.

– Mas é claro! Isso parece ótimo!

As paredes do falso *set* de filmagens pareciam se fechar em volta dela. Emily puxou a gola da camiseta e se levantou. Sem explicação, ela deu a volta em torno de um punhado de garçons e garçonetes vestidos como personagens do musical *Rent*. Apoiando-se numa cabine do banheiro, ela se inclinou contra a parede azulejada e fechou os olhos.

A porta do banheiro se abriu. Emily viu o sapato Mary Jane de bico quadrado de Maya embaixo da porta da sua cabine.

– Emily? – chamou Maya, suavemente.

Emily espiou através da abertura na porta metálica. Maya estava com a bolsa de crochê atravessada sobre o peito, seus lábios apertados de preocupação.

– Você está bem? – perguntou Maya.

– Só me senti um pouco tonta – balbuciou Emily, dando descarga desajeitadamente e depois andando até a pia. Ela ficou de costas para Maya, seu corpo rígido e tenso. Se Maya a tocasse agora, Emily tinha certeza de que explodiria.

Maya esticou a mão e depois recuou, como que sentindo o estado de ânimo de Emily.

— Não foi fofo seus pais terem me convidado para ir a Duck com vocês? Será tão divertido!

Emily encheu as mãos de sabonete líquido. Quando iam a Duck, Emily e Carolyn sempre passavam pelo menos três horas no mar todo dia, pegando ondas. Mais tarde, assistiam a maratonas de desenho animado no Cartoon Network, então se reabasteciam e iam para a água de novo. Ela sabia que Maya não ia curtir aquilo.

Emily voltou-se para encará-la.

— Isso é tudo meio... esquisito. Quero dizer, meus pais me *odiavam* semana passada. E agora gostam de mim. Estão tentando me ganhar, chamando você para um jantar surpresa e depois a convidando para os Outer Banks.

Maya franziu a testa.

— E isso é *ruim*?

— Bem, é sim — Emily deixou escapar. — Ou não. Claro que não.

Isso estava saindo totalmente errado. Ela limpou a garganta e encontrou os olhos de Maya no espelho.

— Maya, se você pudesse ser qualquer tipo de doce, que tipo gostaria de ser?

Maya tocou a ponta de uma caixa dourada de lenços, que ficava no meio da penteadeira do banheiro.

— Hein?

— Assim... gostaria de ser confeitos Mike and Ike? Balas Laffy Taffy? Uma barra de chocolate Snickers? O quê?

Maya a encarou.

— Está bêbada?

Emily analisou Maya no espelho. Ela tinha a pele brilhante e cor de mel. Seu brilho labial sabor amora cintilava. Emily tinha se apaixonado por Maya no momento em que pusera os olhos nela, e seus pais estavam fazendo um esforço gigantesco para aceitá-la. Qual era o problema, então? Por que, quando Emily tentava pensar em beijar Maya, em vez disso se imaginava beijando Trista?

Maya inclinou-se de costas para o balcão.

– Emily, acho que sei o que está acontecendo.

Emily desviou o olhar rapidamente, tentando não corar.

– Não, você não sabe.

Os olhos de Maya suavizaram.

– É sobre sua amiga Hanna, não é? O acidente? Você estava lá, certo? Ouvi dizer que quem a atropelou a estava perseguindo.

A bolsa de lona Banana Republic de Emily escorregou de suas mãos e caiu no chão com um estrondo.

– Onde ouviu isso? – sussurrou ela.

Maya recuou um passo, perplexa.

– Eu... eu não sei. Não consigo me lembrar – disse ela, confusa e desconcertada. – Você pode falar comigo, Em. Podemos contar qualquer coisa uma para a outra, certo?

Três longos compassos da canção de Gershwin que saía dos alto-falantes se passaram. Emily pensou no bilhete que A tinha enviado quando ela e suas três antigas amigas se encontraram com o policial Wilden na semana anterior: *não contem a NINGUÉM sobre mim, ou vão se arrepender.*

– Ninguém está perseguindo Hanna – sussurrou ela. – Foi um acidente. Fim de papo.

Maya correu os dedos pela cerâmica da bacia na pia.

— Acho que vou voltar para a mesa agora. Eu... eu vejo você lá.

Ela se afastou do banheiro vagarosamente. Emily ouviu a porta se fechar, balançando.

Agora tocava uma música da trilha de *Aida*. Emily se sentou à penteadeira, jogando a bolsa no colo.

— *Ninguém disse nada* — disse ela a si mesma. — *Ninguém sabe exceto nós. E ninguém vai contar a A.*

De repente, Emily reparou num bilhete dobrado em sua bolsa aberta. Estava escrito EMILY na frente, em letras cor-de-rosa redondas. Emily o abriu. Era um formulário de adesão ao PALG-Pais e Amigos de Lésbicas e Gays. Alguém havia abastecido os pais de Emily com informação. No rodapé havia uma caligrafia pontiaguda familiar.

> Feliz dia de sair do armário, Em! Seu pessoal deve estar tão orgulhoso! Agora que os Fields estão repletos do som do amor e da aceitação, seria uma pena se algo acontecesse com sua pequena lésbica. Então fique quieta... e eles ficarão com você! – A

A porta do banheiro ainda estava balançando após a saída de Maya. Emily olhou novamente para o bilhete, suas mãos tremendo. De repente um aroma familiar tomou o ar. Cheirava a...

Emily franziu a testa e farejou novamente. Finalmente, ela colocou o bilhete de A diretamente em seu nariz. Quando aspirou o ar, suas entranhas viraram pedra. Emily reconheceria esse cheiro em qualquer lugar. Era o perfume sedutor do chiclete de banana de Maya.

# 22

## SE AS PAREDES DO W FALASSEM...

Quinta-feira à noite, depois do jantar no Smith & Wollensky, um restaurante famoso que o pai de Spencer frequentava, ela seguiu sua família pelo carpete cinza do corredor do Hotel W. Fotografias brilhantes em preto e branco de Annie Leibovitz cobriam as paredes e o ar cheirava a uma mistura de baunilha e toalhas limpas.

Sua mãe estava ao celular.

– Não, ela vai ganhar – murmurou ela. – Por que nós já não reservamos agora? – Ela parou, como se a pessoa do outro lado estivesse dizendo algo muito importante. – Bom. Falo com você amanhã. – Ela fechou o telefone.

Spencer puxou a lapela de seu terno Armani cinza claro – ela tinha usado uma roupa profissional para jantar e assim entrar no modo ensaísta ganhadora de prêmio. Ela se perguntou com quem sua mãe falava ao telefone. Talvez estivesse planejando algo extraordinário para Spencer caso ela ganhasse o Orquídea Dourada. Uma viagem fabulosa? Um dia com um comprador da Barney's? Uma reunião com a amiga da família que trabalhava no *New York Times*? Spencer tinha implorado para seus pais deixarem que ela fizesse um estágio de verão no *Times*, mas sua mãe não havia deixado.

— Nervosa, Spence? — Melissa e Ian apareceram atrás dela, carregando malas iguais. Infelizmente, os pais de Spencer insistiram para que Melissa fosse junto, e ela tinha levado Ian. Melissa segurou uma garrafinha com uma etiqueta que dizia MARTÍNI PARA VIAGEM! — Você quer uma destas? Eu posso arranjar uma para você, se você precisar de algo para se acalmar.

— Eu estou bem — retrucou Spencer.

A presença da irmã fazia Spencer ter a sensação de que havia baratas andando debaixo de seu sutiã Malizia. Sempre que Spencer fechava os olhos, via Melissa inquieta, enquanto Wilden perguntava a ela e a Ian onde eles estavam na noite do desaparecimento de Ali e ouvia a voz de Melissa dizendo: *Só uma pessoa muito ímpar consegue matar, e essa não é você.*

Melissa parou, sacudindo a minigarrafa de martíni.

— Sim, é melhor você não beber. Você pode esquecer o ponto principal do seu artigo do Orquídea Dourada.

— É verdade — murmurou a sra. Hastings. Spencer ficou arrepiada e se virou.

O quarto de Ian e Melissa era ao lado do de Spencer e eles entraram rapidinho, gargalhando. Quando sua mãe pegou a chave do quarto de Spencer, uma menina bonita, da idade de Spencer, passou. De cabeça abaixada, ela estava olhando para um cartão de cor creme que era muito parecido com o convite para o café da manhã que Spencer tinha enfiado em sua bolsa Kate Spade de tweed.

A menina viu que Spencer a estava encarando e abriu um sorriso brilhante.

– Oi! – disse ela, animada. Ela tinha aparência de uma apresentadora da CNN: cheia de pose, altiva e agradável. Spencer ficou de boca aberta e sua língua passeava desajeitada lá dentro. Antes que ela pudesse responder, a menina deu de ombros e olhou para o outro lado.

Aquela taça de vinho que seus pais tinham permitido que ela bebesse no jantar borbulhou em seu estômago.

Ela se virou para sua mãe.

– Há muitos concorrentes inteligentes no Orquídea Dourada – sussurrou Spencer, depois de a menina ter virado a esquina no corredor. – Eu não estou com a vitória garantida, nem nada assim.

– Absurdo. – A voz da sra. Hastings foi cortante. – Você vai ganhar – Ela lhe estendeu a chave do quarto. – Esta é a sua. Nós pegamos uma suíte para você. – Com isso, ela acariciou o braço de Spencer e continuou pelo corredor até o seu quarto.

Spencer mordeu o lábio, abriu a porta de sua suíte e acendeu a luz. O quarto cheirava a canela e a carpete novo, e sua cama *king size* estava coberta por doze travesseiros. Ela arrumou os ombros e arrastou a mala até o guarda-roupa de mogno. Pendurou o terno Armani da entrevista imediatamente e colocou seu conjunto de calcinha e sutiã rosa Wolford da sorte na gaveta superior da cômoda ao lado. Depois de vestir o pijama, deu uma volta na suíte e se certificou de que todas as molduras grossas estivessem alinhadas e de que todos os enormes travesseiros azuis da cama estivessem afofados simetricamente. No banheiro, ela arrumou as toalhas para que ficassem alinhadas nos suportes. Ela arrumou o sabonete líquido Bliss, o xampu e o condicionador no frasco em formato de diamante em volta da pia. Quando voltou para o quarto, olhou sem interesse para um exemplar da revista *Time Out New York*. Na capa havia um Donald Trump com olhar confiante parado em frente à Trump Tower.

Spencer fez a respiração de fogo que aprendem na ioga, mas ainda não se sentia melhor. Finalmente, pegou seus cinco livros de economia e uma cópia do artigo de Melissa com seus comentários e os espalhou pela cama. *Você vai ganhar*, a voz de sua mãe ressoava em seu ouvido.

Depois de uma hora quebrando a cabeça e ensaiando algumas partes do artigo de Melissa em frente ao espelho, Spencer ouviu uma batida na porta que ligava seu quarto à outra suíte. Ela sentou, confusa. A porta dava no quarto de Melissa.

Outra batida.

Spencer escorregou para fora da cama e rastejou em direção à porta. Ela olhou seu telefone celular, mas estava mudo e apagado.

– Oi? – disse Spencer, baixinho.

– Spencer? – chamou Ian, com voz rouca. – Oi. Acho que nossos quartos são ligados. Posso entrar?

– Hum – hesitou Spencer. A porta que ligava os quartos fez alguns barulhos e então se abriu. Ian tinha trocado sua camisa e a calça cáqui por uma camiseta e jeans Ksubi. Spencer encolheu os dedos, de medo e animação.

Ian olhou em volta da suíte de Spencer.

– Seu quarto é *enorme* comparado ao nosso.

Spencer segurou as mãos atrás das costas, tentando não mostrar sua animação. Esta provavelmente era a primeira vez que tinha um quarto melhor do que Melissa. Ian olhou para os livros espalhados na cama de Spencer, então, os empurrou para o lado e sentou-se.

– Estudando, não?

– Mais ou menos. – Spencer ficou grudada à mesa, com medo de se mover.

– Que pena. Eu pensei que poderíamos dar uma volta ou algo assim. Melissa está dormindo, depois de apenas um daqueles coquetéis para viagem. Ela é tão fraca para bebida! – Ian deu uma piscadinha.

Do lado de fora, vários táxis buzinavam e uma luz neon piscava. O olhar no rosto de Ian era o mesmo de anos atrás, pelo que Spencer se lembrava, quando ele parou na entrada de carros da sua casa, prestes a beijá-la. Spencer encheu um copo com água gelada da jarra da mesa e tomou um gole, uma ideia se formava em sua cabeça. Ela tinha mesmo umas perguntas para Ian... Sobre Melissa, sobre Ali, sobre os pedaços que faltavam em sua memória e sobre a suspeita perigosa, quase tabu, que estava crescendo em sua mente desde domingo.

Spencer apoiou seu copo, o coração batendo forte. Ela puxou sua camiseta enorme da Universidade da Pensilvânia para que caísse em um dos ombros.

– Então, eu sei um segredo sobre você – murmurou ela.

– Sobre mim? – Ian apontou para seu peito. – Qual?

Spencer empurrou seus livros para o lado e sentou-se perto de Ian. Quando ela sentiu seu creme facial de abacaxi com mamão da Kiehl's – Spencer conhecia toda a linha de cremes da Kiehl's de cor –, gostou tanto daquilo tudo que ficou tonta.

– Eu sei que você e uma certa loirinha eram mais que apenas amigos.

Ian sorriu, preguiçoso.

— E essa loirinha seria... Você?

— Não... — Spencer fez biquinho. — Ali.

A boca de Ian tremeu.

— Ali e eu ficamos uma ou duas vezes, só isso. — Ele cutucou o joelho de Spencer. Arrepios subiram pelas costas dela. — Eu gostava mais de beijar *você*.

Spencer se reclinou para trás, perplexa. Em sua última briga, Ali tinha contado a Spencer que ela e Ian estavam *juntos* e que Ian a beijara porque Ali o tinha obrigado. Por que então Ian sempre parecia flertar com Spencer?

— Minha irmã sabia que você tinha ficado com Ali?

Ian desdenhou.

— Claro que não. Você sabe como ela é ciumenta.

Spencer olhou para a avenida Lexington, contou dez táxis em uma fila.

— Então, você e Melissa realmente ficaram juntos a noite toda no dia em que Ali desapareceu?

Ian se apoiou nos cotovelos, dando um suspiro exagerado.

— Vocês Hastings são demais. Melissa andou falando daquela noite também. Eu acho que ela está apreensiva, com medo de que o policial descubra que estávamos bebendo, já que éramos menores naquela época. Mas e daí? Foi há mais de quatro anos. Ninguém vai nos prender por aquilo agora.

— Ela tem estado... nervosa? — sussurrou Spencer, com os olhos arregalados.

Ian baixou os olhos de maneira sedutora.

— Por que você não esquece um pouco todas essas coisas de Rosewood? — Ele tirou o cabelo de Spencer da testa. — Vamos dar uns beijos em vez disso.

O desejo tomou conta dela. O rosto de Ian chegava cada vez mais perto, bloqueando a visão de Spencer dos prédios que ficavam do outro lado da rua. A mão dele apertou o joelho dela.

— Nós não deveríamos fazer isso — sussurrou ela. — Não é certo.

— Claro que é — Ian sussurrou de volta.

E então, houve outra batida na porta que ligava os quartos.

— Spencer? — a voz de Melissa estava rouca. — Você está aí?

Spencer pulou da cama, jogando seus livros e suas anotações no chão.

— S-sim.

— Você sabe onde o Ian foi? — quis saber a irmã.

Quando Spencer ouviu Melissa virando a maçaneta da porta, gesticulou feito louca para Ian sair pela porta da frente. Ele pulou da cama, arrumou suas roupas e saiu do quarto, bem na hora em que Melissa abriu a porta.

Melissa tinha subido sua venda de seda para a testa e estava vestindo calças de pijama listradas Kate Spade. Ela arrebitou um pouquinho, o nariz quase como se estivesse cheirando o creme de abacaxi e papaia da Kiehl.

— Por que seu quarto é *bem maior* que o meu? — disse Melissa finalmente.

Elas duas ouviram o barulho da chave de Ian passando na porta. Melissa se virou, seu cabelo balançou.

— Ah, *aí* está você. Onde você foi?

— Até as máquinas de refrigerante. — A voz de Ian era doce e suave. Melissa fechou a porta sem nem mesmo dizer tchau.

Spencer se jogou de volta na cama.

— Por pouco — ela rosnou alto, embora esperasse que não alto o suficiente para Melissa e Ian escutarem.

# 23

## A PORTAS FECHADAS

Quando Hanna abriu os olhos, estava atrás da direção de seu Toyota Prius. Mas os médicos não disseram que ela não deveria dirigir com o braço quebrado? Ela não deveria estar na cama, com seu pinscher, Dot, ao seu lado?

– Hanna – uma figura borrada sentou-se ao seu lado no banco do passageiro. Hanna só sabia que era uma menina de cabelos loiros, sua vista estava embaçada demais para enxergar qualquer outra coisa. – Oi, Hanna – a voz falou de novo. Soava como...

– Ali? – grunhiu Hanna.

– Isso mesmo. – Ali se inclinou para perto do rosto de Hanna. As pontas de seus cabelos tocaram o queixo dela. – *Eu sou A* – sussurrou ela.

– O quê? – gritou Hanna, de olhos esbugalhados.

Ali se sentou direito.

– Eu disse *estou bem*. – Então, ela abriu a porta do carro e correu noite adentro.

A visão de Hanna voltou a ficar normal. Ela estava sentada no estacionamento do planetário da Hollis. Um pôster grande que dizia O BIG BANG balançava com o vento.

Hanna levantou ofegante. Ela estava em seu quarto cavernoso, aconchegada debaixo de seu cobertor de *cashmere*. Dot estava enrolado como se fosse uma bolinha em sua bolsinha canina da Gucci. À sua direita, estava o closet, com prateleiras e mais prateleiras de coisas lindas e caras. Ela respirou profundamente várias vezes, tentando se orientar.

– Céus – disse ela alto.

A campainha tocou. Hanna gemeu e se sentou, com a sensação de que sua cabeça estava cheia de palha. Com o que ela estivera *sonhando*? Ali? O Big Bang? A?

A campainha tocou de novo. Dessa vez, Dot saiu de sua cama canina, dando pulinhos na frente da porta fechada de Hanna. Era sexta-feira de manhã, ela percebeu que já passava das dez horas. Sua mãe tinha saído fazia tempo, se é que ela tinha voltado para casa ontem à noite. Hanna havia caído no sono no sofá e Mona a tinha ajudado a subir e ir para a cama.

– Já vai! – disse Hanna, pegando seu roupão azul-escuro, prendendo seu cabelo em um rabo de cavalo e verificando o rosto no espelho. Ela estremeceu. Os pontos em seu queixo ainda estavam espetados e escuros. Eles a lembravam da costura em uma bola de futebol americano.

Quando ela espiou pelos painéis laterais da porta da frente, viu Lucas parado na varanda. O coração de Hanna disparou imediatamente. Ela olhou seu reflexo no espelho da entrada e acertou alguns fios de cabelo. Sentindo-se como a gorda do circo em seu roupão de seda inchado, ela pensou em correr de volta para cima e colocar uma roupa de verdade.

Então, se refreou. Soltando uma gargalhada.

O que estava *fazendo*?

Ela não podia gostar de Lucas. Ele era... *Lucas*.

Hanna girou os ombros, soltou o ar e abriu a porta de uma vez.

– Oi – disse ela, tentando parecer entediada.

– Oi – respondeu Lucas.

Eles se entreolharam pelo que pareceram décadas. Hanna tinha certeza de que Lucas podia ouvir seu coração batendo. Ela queria fazê-lo parar. Dot estava dançando entre as pernas dos dois, mas Hanna estava paralisada demais para mandá-lo para dentro.

– Não é uma boa hora? – perguntou Lucas, com cautela.

– Hum, não – disse Hanna rapidamente. – Entre.

Quando ela entrou de volta, quase tropeçou em um aparador de porta em formato de Buda que estava na entrada há dez anos. Ela tentou se equilibrar, abrindo os braços, para não cair. De repente, sentiu os braços fortes de Lucas envolverem sua cintura. Quando ele colocou Hanna de pé novamente, seus olhares se encontraram. O canto da boca de Lucas se curvou em um sorriso. Ele se inclinou até ela e sua boca tocou a dela. Hanna se encaixou nele. Eles dançaram até o sofá e caíram nas almofadas, Lucas manobrando a tipoia dela com cuidado. Depois de vários minutos de nada mais que barulhos de beijos e lambidas, Hanna se virou, tentando recuperar o fôlego. Ela deu um gemido e cobriu o rosto com as mãos.

– Desculpe. – Lucas se sentou. – Eu não deveria ter feito isso?

Hanna balançou a cabeça. Ela certamente não podia contar que pelos dois últimos dias estivera fantasiando que isso aconteceria mais uma vez. Ou que ela teve uma sensação horripilante de que já tinha beijado Lucas antes daquela vez na quarta-feira — só que, como isso seria possível?

Ela tirou as mãos do rosto.

— Eu achei que você tivesse dito que estava no clube de Percepção Extrassensorial da escola — disse ela baixinho, lembrando-se de algo que Lucas havia dito a ela no salão de baile. — Você não deveria saber telepaticamente se era para ter feito aquilo ou não?

Lucas deu um sorrisinho e cutucou o joelho dela.

— Bem, então vou adivinhar que você queria que eu tivesse feito. E que quer que eu faça de novo.

Hanna passou a língua nos lábios, tendo a sensação de que as milhares de borboletas que ela vira no Museu de História Natural alguns anos atrás estavam voando ao redor de seu estômago. Quando Lucas estendeu o braço e tocou de leve a parte de dentro de seu cotovelo, onde todos os acessos endovenosos haviam estado, Hanna achou que ia derreter e virar mingau. Ela baixou a cabeça e solto um grunhido.

— Lucas... eu não sei.

Ele se sentou.

— O que você não sabe?

— Eu só... Quer dizer... Mona... — Ela acenava com as mãos sem resultado. Isso definitivamente não estava saindo do jeito certo, não que ela tivesse ideia do que estava tentando dizer.

Lucas levantou uma sobrancelha.

— O que tem a Mona?

Hanna pegou o cachorro de pelúcia que seu pai lhe dera no hospital. Era para ser Cornelius Maximillian, um personagem que eles inventaram quando Hanna era mais nova.

— Nós acabamos de voltar a ser amigas — disse ela com uma vozinha abafada, na esperança de que Lucas soubesse o que ela queria dizer sem que ela tivesse que explicar.

Lucas se recostou.

— Hanna... Eu acho que você deveria tomar cuidado com Mona.

Hanna deixou Cornelius Maximillian cair em seu colo.

— O que você quer dizer com isso?

— Eu só quero dizer... Eu não acho que ela queira o melhor para você.

Hanna ficou boquiaberta.

— Mona ficou ao meu lado no hospital o tempo todo! E você sabe, se isso tem alguma coisa a ver com a briga na festa, ela me *contou* tudo. Eu já superei. Está tudo bem.

Lucas observou Hanna atentamente.

— Está tudo bem?

— Sim — retrucou Hanna.

— Então... Para você está tudo bem o que ela fez com você? — Lucas parecia chocado.

Hanna desviou o olhar. Ontem, depois de falarem sobre A e de entrevistar os modelos, quando as outras meninas foram embora, Hanna achou uma garrafa de vodca Stoli Vanil no mesmo armário em que sua mãe escondia a porcelana que ganhara de casamento. Ela e Mona desceram até o estúdio, puseram o DVD *Um amor inesquecível* e fizeram o jogo Mandy Moore de bebida. Todas as vezes que Mandy parecia gorda, elas bebiam. Todas as vezes que Mandy fazia bico, elas bebiam. Toda vez que Mandy soava como um robô, elas bebiam. Elas não falaram sobre a mensagem que A tinha mandado para Mona — aquela sobre a briga delas. Hanna estava certa de que elas tinham discutido por alguma coisa boba, como fotos da festa ou se Justin Timberlake era um idiota. Mona sempre achara que sim, e Hanna sempre afirmou que não.

Lucas piscou furioso.

— Ela *não* contou para você, contou?

Hanna expirou forte pelo nariz.

— Não tem *importância*, está bem?

— Tudo bem — disse Lucas, levantando as mãos como se estivesse se rendendo.

— Tudo bem — afirmou Hanna novamente, ajeitando os ombros. Mas, quando fechou os olhos, viu-se em seu Prius mais uma vez. A bandeira do planetário da Hollis balançou atrás dela. Seus olhos ardiam de tanto chorar. Alguma coisa — talvez seu BlackBerry — fez um *bip* no fundo de sua bolsa. Hanna tentou guardar tudo na memória, mas não havia como.

Ela podia sentir o calor irradiando do corpo de Lucas, ele estava sentado bem perto. Ele não cheirava a perfume, desodorante chique, nem outras coisas com as quais os meninos costumam se borrifar, mas apenas a pele e pasta de dentes. Ah, se eles ao menos vivessem em um mundo onde Hanna pudesse ter as duas coisas — Lucas *e* Mona. Mas ela sabia que, se quisesse continuar a ser o que era, isso não era possível.

Hanna esticou o braço e segurou a mão de Lucas. Um soluço veio até sua garganta, por razões que ela não conseguia explicar, nem mesmo entender completamente. Quando ela se inclinou para a frente para beijá-lo, tentou outra vez acessar sua memória do que realmente tinha acontecido na noite de seu acidente. Mas, como sempre, não havia nada lá.

# 24

## SPENCER VAI PARA A GUILHOTINA

Na manhã de sexta-feira, Spencer entrou no restaurante Daniel, na rua Sessenta e Cinco, entre as avenidas Madison e Park, um quarteirão quieto e bem cuidado entre o centro de Manhattan e o Upper East Side. Parecia que ela tinha entrado no set de filmagens de *Maria Antonieta*. As paredes do restaurante eram feitas de mármore esculpido, e faziam Spencer pensar em chocolate branco cremoso. Cortinas luxuosas, de um vermelho escuro, farfalhavam por toda parte, e pequenas e elegantes esculturas em plantas decoravam a entrada para a sala de jantar principal. Spencer decidiu que depois que ganhasse seus milhões, projetaria uma casa para que ficasse exatamente daquele jeito.

Toda a sua família estava bem atrás dela, inclusive Melissa e Ian.

— Você está com todas as suas anotações? — murmurou sua mãe, remexendo com nervosismo em um dos botões do terninho Chanel rosa de *pied-de-poule*. Ela se vestira como se fosse *ela a* entrevistada. Spencer assentiu com a cabeça. Ela não apenas estava com as anotações, mas as havia organizado em *ordem alfabética*.

Spencer tentou ignorar a sensação de estômago vazio, embora o aroma de ovos mexidos e azeite de trufas que vinha da sala de jantar não estivesse ajudando.

Havia uma placa acima da mesa da *hostess* que dizia:

*CHECK-IN* PARA AS ENTREVISTAS
DO PRÊMIO ORQUÍDEA DOURADA

— Spencer Hastings — disse ela para a garota de cabelos lustrosos, a cara da atriz Parker Posey, que estava anotando os nomes.

A garota encontrou o nome de Spencer na lista, sorriu e entregou a ela um crachá laminado.

— Você está na mesa seis — disse ela, fazendo um gesto na direção da entrada para a sala de jantar. Spencer viu garçons atarefados, arranjos de flores enormes e alguns adultos andando para um lado e para o outro, conversando ou tomando café.

— Nós a chamaremos quando estiver tudo pronto — assegurou-lhe a garota do *check-in*.

Melissa e Ian examinavam uma estatueta de mármore perto do bar. O pai de Spencer havia ido para a rua e falava com alguém no telefone. Sua mãe também estava ao celular, meio escondida atrás de uma das cortinas vermelho-sangue do restaurante.

Spencer a ouviu dizer:

— Então nós temos a reserva? Fantástico. Ela vai adorar.

*Eu vou adorar o quê?*, Spencer quis perguntar. Mas ela imaginou que sua mãe quisesse manter a surpresa até que Spencer vencesse.

Melissa escapuliu para o banheiro, e Ian se jogou na *chaise* perto de Spencer.

— Animada? — Ele sorriu. — Você deveria estar. Isto aqui é uma coisa e tanto.

Spencer desejou que, ao menos *uma vez*, Ian cheirasse a verduras podres ou bafo de cachorro — tornaria muito mais fácil para ela ficar perto dele.

— Você não contou para Melissa que esteve no meu quarto ontem à noite, contou? — sussurrou ela.

O rosto de Ian assumiu uma expressão séria.

— Claro que não.

— E ela não pareceu desconfiada, nem nada?

Ian colocou os óculos escuros de aviador, escondendo seus olhos.

— A Melissa não é *tão* assustadora assim, sabia? Ela não vai morder você.

Spencer fechou a boca. Naqueles dias, parecia que Melissa não *apenas* iria mordê-la, mas também transmitiria raiva para ela.

— Só não diga nada — grunhiu ela.

— Spencer Hastings? — chamou a garota do *check-in*. — Está tudo pronto para você.

Quando Spencer se levantou, seus pais foram para perto dela, como abelhas voando ao redor da colmeia.

— Não se esqueça de falar sobre aquela vez em que você, gripada, interpretou Eliza Doolittle em *Minha bela dama* — cochichou a Sra. Hastings.

— Não se esqueça de mencionar que eu conheço o Donald Trump — completou seu pai.

Spencer franziu a testa.

– Você o conhece?

Seu pai assentiu.

– Sentei perto dele no Cipriani uma vez, e trocamos cartões de visitas.

Spencer praticou a respiração de ioga da forma mais discreta possível.

A mesa seis era pequena e ficava num cantinho nos fundos do restaurante. Três adultos já estavam reunidos lá, bebericando café e beliscando *croissants*.

Quando viram Spencer, todos se levantaram.

– Seja bem-vinda – disse um homem quase careca, com cara de bebê. – Jeffrey Love. Orquídea Dourada de 1987. Eu trabalho na Bolsa de Valores de Nova York.

– Amanda Reed. – Uma mulher alta e esbelta apertou a mão de Spencer. – Orquídea Dourada de 1984. Eu sou editora-chefe da revista *Barron's*.

– Quentin Hugues. – Um homem negro, vestindo um lindo terno da Turnbull & Asher, fez um gesto de cabeça para ela. – 1999. Sou um dos diretores do Goldman Sachs.

– Spencer Hastings. – Ela tentou se sentar da forma mais elegante possível.

– Foi você quem escreveu o artigo sobre a Mão Invisível. – Amanda Reed deu um sorriso radiante, acomodando-se novamente em sua cadeira.

– Nós todos ficamos muito impressionados com ele – murmurou Quentin Hughes.

Spencer dobrou e desdobrou seu guardanapo de linho branco. Naturalmente, todos naquela mesa trabalhavam na área financeira. Ah, se eles tivessem enviado algum historiador, ou biólogo, ou cineasta para entrevistá-la... alguém com quem ela pudesse discutir um outro assunto. Ela tentou imaginar seus entrevistadores com as roupas de baixo. Ela tentou imaginar seus dois labradores, Rufus e Beatrice, esfregando-se nas pernas deles. E depois ela imaginou a si mesma contando-lhes a verdade: que ela não entendia nada sobre economia, que ela na verdade *odiava* economia, e que havia roubado o artigo da irmã porque tinha ficado com medo de abaixar sua média.

Inicialmente, os entrevistadores fizeram perguntas básicas para Spencer — que escola ela frequentava, o que gostava de fazer, e sobre suas experiências com voluntariado e liderança. Spencer passou pelas perguntas facilmente, enquanto os entrevistadores sorriam, assentiam e tomavam notas nos caderninhos com o logotipo do Orquídea Dourada. Ela contou a eles sobre seu papel em *A tempestade*, que ela havia sido a editora do livro do ano da escola, e que havia organizado uma viagem ecológica para a Costa Rica no segundo ano do ensino médio. Depois de alguns minutos, ela pensou: *Estou indo bem. Tudo está correndo bem.*

E então seu celular tocou.

Os entrevistadores olharam para ela; a interrupção quebrara o ritmo deles.

— Você **deveria** ter desligado o telefone antes de começar a entrevista — disse Amanda, num tom severo.

— Desculpe, eu pensei que tinha desligado — Spencer remexeu a bolsa, procurando o celular para colocá-lo em modo silencioso. Então a tela chamou-lhe a atenção. Ela havia recebido uma mensagem de alguém chamado AAAAAA.

Uma dica útil para os que não são muito espertos:

Você não está enganando ninguém.
Os juízes podem ver que você é mais falsa que uma bolsa Vuitton pirata.

P.S.: Foi ela, você sabe. E ela não vai pensar duas vezes antes de fazer o mesmo com você.

Spencer desligou rapidamente o telefone, mordendo o lábio com força. Será que A estava sugerindo o que Spencer *achava* que estava?

*Foi ela, você sabe.*

Quando ela olhou novamente para seus entrevistadores, eles pareciam pessoas completamente diferentes – tensos e sérios, prontos para partir para as perguntas de *verdade*. Spencer começou a dobrar o guardanapo de novo.
*Eles não sabem que eu sou uma fraude*, disse ela a si mesma.
Quentin cruzou as mãos ao lado de seu prato.
– Você sempre se interessou por economia, srta. Hastings?
– Hum, é claro – a voz de Spencer estava soando arranhada e seca. – Eu sempre achei... hum... economia, dinheiro, tudo isso muito fascinante.
– E quem você considera seus mentores filosóficos? – perguntou Amanda.
A mente de Spencer parecia ter se esvaziado. *Mentores filosóficos?* Que diabos aquilo queria dizer? Apenas uma pessoa lhe veio à cabeça.
– Donald Trump?

Os entrevistadores ficaram atordoados por um momento. Então, Quentin começou a rir. E depois Jeffrey, e depois Amanda. Todos estavam sorrindo, e então Spencer sorriu também. Até que Jeffrey disse:

– Você está brincando, certo?

Spencer piscou.

– *Claro* que eu estou brincando! – Os entrevistadores riram de novo.

Spencer estava com uma vontade enorme de reorganizar os *croissants* no centro da mesa em uma pirâmide mais perfeita. Ela fechou os olhos, tentando se concentrar, mas tudo o que viu foi a imagem de um avião despencando do céu, com o nariz e a cauda em chamas.

– Mas a respeito de inspirações... bem, eu tenho tantas. É difícil falar de apenas uma – ela conseguiu dizer.

Os entrevistadores não pareciam particularmente impressionados.

– Depois da faculdade, qual seria o seu primeiro emprego ideal? – perguntou Jeffrey.

Spencer falou antes de pensar.

– Trabalhar como repórter no *The New York Times*.

Os entrevistadores pareciam confusos.

– Repórter no setor de economia, certo? – Amanda quis esclarecer.

Spencer piscou de novo.

– Não sei. Talvez?

Ela não se sentia tão estranha e nervosa desde... bem, ela nunca tinha se sentido assim. Suas anotações para a entrevista permaneciam em uma pilha organizada em suas mãos. Sua mente parecia um quadro-negro recém-apagado. Uma explosão de risos se ouviu da mesa dez. Spencer olhou para lá e viu a garota morena da W com um sorriso tranquilo no rosto, seus entrevistadores sorrindo de volta alegremente. Atrás dela havia uma parede de janelas; e do lado de fora, na rua, Spencer viu uma garota olhando para dentro. Era... Melissa. Ela estava simplesmente *parada* lá, olhando para Spencer sem expressão alguma.

*E ela não vai pensar duas vezes antes de fazer o mesmo com você.*

– Então – Amanda adicionou mais leite ao seu café. – O que você diria que foi a coisa mais significativa que lhe aconteceu durante os tempos de escola?

– Bem... – Os olhos de Spencer se desviaram novamente para a janela, mas Melissa havia desaparecido. Ela respirou fundo, muito nervosa, e tentou se controlar. O Rolex de Quentin brilhava sob a luz do candelabro. Alguém tinha exagerado no perfume. Uma garçonete com ar francês serviu outra rodada de café na mesa três. Spencer sabia qual era a resposta certa: competir no concurso de matemática financeira na nona série. O estágio de verão no departamento de comércio exterior do escritório da J. P. Morgan na Filadélfia. Só que aquelas não eram as conquistas *dela*, eram as de Melissa, a vencedora de direito daquele prêmio. As palavras estavam na ponta da língua de Spencer, mas de repente, algo completamente diferente e inesperado saiu de sua boca.

– Minha melhor amiga desapareceu na sétima série – Spencer soltou. – Alison DiLaurentis. Vocês devem ter ouvido falar dela. Durante anos, eu tive que conviver com a dúvida sobre o que teria acontecido com ela, para onde ela teria ido. Em setembro do ano passado, encontraram o corpo dela. Ela foi assassinada. Eu acho que a minha maior conquista foi ter passado por isso. Eu não sei como todas nós conseguimos, como continuamos a ir para a escola, vivemos nossas vidas, e *seguimos em frente*. Eu e ela podemos ter tido nossas diferenças, mas ela era tudo para mim.

Spencer fechou os olhos, lembrando da noite em que Ali desapareceu, de quando ela empurrara Ali com força, e como Ali escorregara. Um ruído horrível cortara o ar. E de repente, a memória de Spencer se abriu um ou dois centímetros a mais. Ela viu algo diferente... algo novo. Logo depois de ter empurrado Ali, ela ouvira um som engasgado, baixo, quase feminino. O som viera de perto, como se a pessoa que o emitira estivesse parada bem atrás dela, respirando em seu pescoço.

*Foi ela, você sabe.*

Os olhos de Spencer se abriram de uma vez. Seus entrevistadores pareciam ter feito uma pausa. Quentin examinava um *croissant* a dois centímetros do rosto. A cabeça de Amanda estava inclinada em um ângulo estranho. Jeffrey segurava o guardanapo perto da boca. Spencer se perguntou, de repente, se não havia falado sobre sua recém-recuperada lembrança em voz alta.

– Bem – disse Jeffrey, finalmente. – Obrigado, Spencer.

Amanda se levantou, colocando o guardanapo no prato.

– Isto foi realmente muito interessante.

Spencer estava bastante convencida de que aquilo era um eufemismo para *Você não tem a menor chance de vencer*.

Os outros entrevistadores se afastaram, como a maioria dos outros candidatos. Quentin foi o único que permaneceu sentado. Ele a observou cuidadosamente, com um sorriso orgulhoso no rosto.

— Você é como um sopro de ar fresco, nos dando uma resposta honesta como essa — disse ele em tom baixo, meio confidencial. — Eu tenho acompanhado o caso da sua amiga por algum tempo. É realmente terrível. A polícia tem algum suspeito?

A saída do ar-condicionado acima da cabeça de Spencer atirava ar gelado sobre ela com força total, e a imagem de Melissa decepando a cabeça de uma Barbie apareceu em sua mente.

— Não, não tem — murmurou ela.

*Mas pode ser que eu tenha.*

# 25

## DESGRAÇA POUCA É BOBAGEM

Na sexta-feira após as aulas, Emily torceu seu cabelo ainda molhado do treino de natação e foi para a sala do Livro do Ano, que estava forrada com fotos do melhor de Rosewood Day. Havia Spencer no ano anterior, na cerimônia de graduação aceitando o prêmio de "Aluno de Matemática do Ano". E havia Hanna comandando o desfile beneficente de Rosewood Day no ano passado, quando ela mesma deveria estar desfilando.

Duas mãos fecharam-se sobre os olhos de Emily.

— Olá — sussurrou Maya em seu ouvido —, como foi o treino? — perguntou de uma forma provocante, quase como um acalanto.

— Bem. — Emily sentiu os lábios de Maya roçando contra os dela, mas não pôde beijá-la de volta.

Scott Chin, o fotógrafo do Livro do Ano que se fazia de enrustido entrou na sala.

— Pessoal! Parabéns! — Ele cumprimentou as duas beijando o ar e depois estendeu a mão para virar a gola de Emily e tirar um cabelo rebelde do rosto de Maya.

— Perfeito — disse ele.

Scott encaminhou Maya e Emily em direção ao fundo branco na parede distante.

— Estamos tirando as fotos dos "provavelmente" ali. Pessoalmente, eu *adoraria* ver vocês duas contra um fundo de arco-íris. Não seria demais? Mas temos que ser coerentes.

Emily franziu a testa.

— "Provavelmente"... O quê? Pensei que tivéssemos sido eleitas o casal do ano.

O boné xadrez de Scott escorregou sobre um de seus olhos quando ele se inclinou sobre o tripé da câmera.

— Não, vocês foram votadas como "Casal que provavelmente continuará junto no quinto aniversário de formatura".

Emily ficou de queixo caído. No *quinto aniversário*? Não era um pouco demais?

Ela massageou a parte de trás do pescoço, tentando se acalmar. Mas não se sentia calma desde que encontrara o bilhete de A no banheiro do restaurante. Sem saber o que fazer com ele, o guardara no bolso da frente da sua bolsa. Ela o tirava de vez em quando durante as aulas, pressionando-o contra o nariz toda vez para sentir o aroma de chiclete de banana.

— Digam *xiiiiiis*! — gritou Scott, e Emily se moveu em direção a Maya tentando sorrir. O flash da câmera de Scott ofuscou os olhos delas e deixou a sala de repente cheirando a aparelhos eletrônicos queimados. Na foto seguinte, Maya beijou Emily no rosto; e, na seguinte, Emily permitiu-se beijar os lábios de Maya.

— Quente! — estimulou Scott.

Ele olhou a prévia da foto pelo visor da câmera.

— Estão liberadas — disse ele. Depois fez uma pausa, olhando com curiosidade para Emily. — Na verdade, antes de irem, há algo que talvez queiram ver.

Ele mostrou a Emily uma enorme prancheta e apontou algumas fotos diagramadas em duas páginas. *Saudade Eterna*, dizia o título no topo do esboço. Uma foto familiar do sétimo ano olhava para Emily — ela não só tinha uma cópia na gaveta de cima do seu criado-mudo, mas também a vira quase todas as noites nos noticiários há alguns meses.

— A escola nunca fez nenhuma página para Alison quando ela desapareceu — explicou Scott —, e agora que ela... Bem... Nós achamos que era nosso dever. Devemos ter também um evento comemorativo para mostrar todas essas fotos antigas de Ali. Algo como uma retrospectiva dela, por assim dizer.

Emily tocou a borda de uma das fotos. Ela, Ali, Spencer, Aria e Hanna estavam numa mesa do refeitório. Na foto, todas estavam agarradas às suas *Diet Cokes,* com as cabeças jogadas para trás num riso histérico.

Perto dessa, havia uma foto somente de Ali e Emily andando pelo corredor com seus livros apertados contra o peito. Emily inclinada sobre a pequena Ali, e Ali se apoiando nela, cochichando algo em seu ouvido. Emily mordeu o nó dos dedos. Mesmo achando muitas coisas sobre Ali, coisas que ela desejava que Ali tivesse dividido com ela há anos, ela ainda sentia tanta falta da amiga que chegava a doer.

Havia algo mais em segundo plano na foto, que a princípio Emily não havia notado. Ela tinha longos e negros cabelos compridos e um rosto familiar com maças salientes. Seus olhos eram arredondados e verdes e seus lábios eram cor-de-rosa e arqueados. Jenna Cavanaugh.

A cabeça de Jenna estava virada na direção de alguém ao lado dela, mas Emily só podia ver a extremidade do braço pálido e fino da outra garota. Era estranho ver Jenna... quando ainda era capaz de enxergar. Emily olhou para Maya, que já estava vendo a foto seguinte, obviamente não percebendo a relevância dessa foto em particular. Havia muita coisa que Emily não tinha contado a ela.

— Essa é Ali? — perguntou Maya, apontando para uma foto de Ali e seu irmão, Jason, abraçados no refeitório de Rosewood Day.

— Hum, é. — Emily não conseguia controlar a irritação em sua voz.

— Ah — Maya fez uma pausa —, é que não parece com ela.

— Parece com todas as *outras* fotos de Ali aqui — Emily se controlou para não revirar os olhos diante da visão da foto. Ali parecia impossivelmente jovem, talvez somente dez ou onze anos. Havia sido tirada antes de elas se tornarem amigas. Era difícil acreditar que algum dia Ali já havia sido a líder de uma turma completamente diferente: Naomi Zeigler e Riley Wolfe haviam sido suas subordinadas. Elas haviam até mesmo provocado Emily e as outras garotas de tempos em tempos, zombando do cabelo de Emily, que ficava verde graças às horas passadas na água clorada.

Emily estudou o rosto de Jason. Ele parecia tão contente por estar dando um abraço de urso em Ali. O que, pelo amor de Deus, ele quisera dizer na entrevista do dia anterior quando afirmara que sua família era problemática?

— O que é isso? — Maya apontou para as fotos na mesa ao lado.

— Ah, é o projeto de Brenna. — Scott mostrou a língua e Emily não conseguiu conter o riso. A amarga rivalidade entre

Scott e Brenna Richardson, outra fotógrafa do Livro do Ano, era coisa de programa de televisão. – Mas desta vez achei uma boa ideia. Ela tirou fotos do interior das bolsas das pessoas para mostrar o que um típico aluno do Rosewood carrega por aí todo dia. Spencer ainda não viu, em todo o caso, então talvez ela não aprove.

Emily se inclinou sobre a mesa. O comitê do anuário havia escrito o nome do dono de cada bolsa próximo às fotos. Dentro da bolsa de lacrosse de Noel Kahn havia uma toalha que era um foco de bactérias, o esquilo de pelúcia da sorte, do qual ele sempre falava, e desodorante Axe. Eca. A sacola xadrez cinza-elefante de Naomi Zeigler continha um iPod Nano, um estojo de óculos Dolce & Gabbana e um objeto quadrado que podia ser uma câmera ou uma lupa de joalheiro. Mona Vanderwaal carregava por aí brilho labial da marca M.A.C., um pacote de lenços de papel e três organizadores diferentes. Parte de uma foto mostrando um braço magro com uma manga puída no punho aparecia do nada. A mochila de Andrew Campbell continha oito livros didáticos, uma agenda com capa de couro e o mesmo modelo de celular Nokia que Emily tinha. A foto mostrava o começo de uma mensagem de texto que ele estava recebendo ou enviando, mas Emily não conseguiu ler o que estava escrito.

Quando Emily olhou para cima, viu Scott mexendo em sua câmera, mas não viu Maya em parte alguma na sala. Logo em seguida, seu celular começou a vibrar. Ela tinha uma nova mensagem de texto.

> Tsc, tsc, Emily! Sua namorada sabe sobre sua fraqueza por loiras? Eu guardarei o seu segredo... se você guardar o meu. Beijos! – A

O coração de Emily martelava. Fraqueza por loiras? E... Aonde Maya tinha se metido?

— *Emily?*

Uma garota estava na porta da sala, vestindo uma batinha transparente, como se fosse impermeável ao frio do meio de outubro. Seu cabelo loiro chicoteava pelo ar como o de uma modelo de biquíni em frente a um ventilador.

— Trista? — Emily deixou escapar.

Maya reapareceu no corredor, franzindo a testa e depois sorrindo.

— Em! Quem é essa?

Emily virou sua cabeça para Maya.

— Onde você estava ainda agora?

Maya levantou a cabeça.

— Eu estava... no saguão.

— O que você estava fazendo? — quis saber Emily.

Maya olhou para ela como se dissesse: *E daí, o que isso importa?* Emily piscou com força. Ela sentiu como se estivesse ficando maluca, suspeitando de Maya. Ela olhou para trás, para Trista, que estava caminhando pela sala.

— Que bom encontrar você! — gritou Trista. Ela deu um enorme abraço em Emily. — Acabei de saltar do avião! Surpresa!

— É — grunhiu Emily, sua voz era praticamente um sussurro. Por sobre o ombro de Trista, Emily pode ver Maya olhando para ela. — Surpresa.

# 26

## DELICIOSAMENTE PEGAJOSO, AINDA QUE NÃO REFINADO

Depois da aula, na sexta-feira, Aria dirigiu pela avenida Lancaster passando pela frente de uma fileira de lojas: Fresh Fields, A Pea in the Pod e Home Depot. A tarde estava nublada, fazendo as árvores coloridas que margeavam a estrada parecerem desbotadas e simples.

Mike estava sentado ao lado dela, de mau humor, abrindo e fechando a tampa automática da sua garrafa Nalgene.

— Estou perdendo o treino de lacrosse — resmungou ele. — Quando você vai me contar o que estamos fazendo?

— Estamos indo a um lugar para acertar as coisas — disse Aria firmemente. — E não se preocupe, você vai amar.

Enquanto ela parava num cruzamento, um fluxo de prazer corria através dela. As dicas de A sobre Meredith — que ela tinha um segredinho sujo sobre o Hooters — faziam todo sentido. Meredith estava agindo de forma estranha desde que Aria a havia visto em Hollis outro dia, dizendo que tinha que ir a algum lugar, mas não contando onde era. E apenas duas noites atrás, Meredith tinha comentado que o aluguel da casa de Hollis tinha aumentado e ela não estava conseguindo ganhar muito com sua arte ultimamente, então ela precisaria arrumar um segundo emprego para remediar a situação. As garotas do restaurante Hooters provavelmente ganhavam ótimas gorjetas.

*Hooters.* Aria apertou os lábios para não cair na gargalhada. Ela mal podia esperar para revelar tudo a Byron. Toda vez que eles passavam em frente a esse lugar, Byron dizia que somente homens que mais pareciam macacos, brutamontes abobados, o frequentavam. Na noite anterior, Aria havia dado a Meredith a chance de ela mesma admitir seus pecados perante Byron, dizendo:

— Sei o que está escondendo. E sabe do que mais? Contarei tudo para Byron se você não contar.

Meredith havia recuado, derrubando o pano de prato de suas mãos. Então, ela se *sentia* culpada a respeito de alguma coisa! Ainda assim, ela ainda não havia dito nada claramente a respeito para Byron. Naquela manhã mesmo eles haviam compartilhado a mesa do café da manhã, tão felizes quanto antes.

Então, Aria decidiu fazer justiça com as próprias mãos.

Mesmo sendo meio de tarde, o estacionamento do Hooters estava quase lotado. Aria notou quatro carros de polícia alinhados — o lugar era notoriamente um ponto de encontro de policiais, já que era vizinho do posto de polícia. A coruja na placa Hooters sorriu para eles e Aria já podia ver as garotas em camisetas coladas e minishorts cor de laranja através das janelas coloridas. Mas quando ela olhou para Mike, ele não estava babando nem ficando excitado ou qualquer coisa que os garotos normalmente faziam quando paravam naquele lugar. Pelo contrário, ele parecia irritado.

— Que diabos nós estamos fazendo aqui? — esbravejou ele.

— Meredith trabalha aqui — explicou Aria —, e eu queria que você viesse comigo para que pudéssemos confrontá-la juntos.

A boca de Mike se abriu tanto que Aria conseguiu enxergar um chiclete alojado entre os molares dele.

—Você quer dizer... a Mcredith do papai...?

— Isso mesmo.

Aria procurou pelo seu celular Treo na bolsa — ela queria tirar fotos de Meredith para provar — mas não o encontrou no lugar de sempre. O estômago dela se revirou. Ela tinha perdido? Tinha esquecido seu telefone na mesa depois de ter recebido o bilhete de A na aula de artes, correndo para fora da sala e despindo a máscara na entrada do banheiro da Hollis. Ela tinha se esquecido de pegá-lo? Fez um lembrete mental para passar na sala de aula mais tarde e procurar por ele.

Quando Aria e Mike entraram pela porta dupla, foram saudados por uma barulhenta música dos Rolling Stones. As narinas de Aria foram invadidas pelo cheiro de frango frito. Uma garota loura, superbronzeada os recepcionou:

— Olá! — disse ela alegremente. — Bem-vindos ao Hooters!

Aria deu seu nome e a garota se virou para procurar uma mesa disponível, rebolando enquanto se afastava. Aria cutucou Mike.

—Você viu os peitos dela? *Gigantes!*

Ela não podia acreditar nas coisas que estavam saindo de sua boca. Mike, no entanto, não deu nem mesmo um sorriso. Ele estava agindo como se Aria o tivesse arrastado para um sarau de poesia em vez de um paraíso de peitudas. A recepcionista voltou e os levou para a mesa. Quando se sentaram diante dos talheres prateados, Aria viu diretamente através da camiseta da garota o sutiã fúcsia que ela usava. Os olhos de Mike permaneciam fixos no carpete laranja, como se esse tipo de coisa fosse contra a sua religião.

Depois que a recepcionista saiu, Aria olhou em volta. Reparou num grupo de policiais do outro lado da sala, empurrando pratos enormes de costelas e batatas fritas, olhando alternadamente para o jogo de futebol americano na televisão e para as garçonetes que passavam pela mesa. Entre eles estava o policial Wilden. Aria escorregou no assento. Não que ele não pudesse estar ali – o Hooters sempre insistira na propaganda de que era um *restaurante familiar* – mas ela também não se sentia à vontade para ver Wilden neste momento.

Mike olhava com azedume para o cardápio enquanto mais seis garçonetes passavam por eles, cada uma mais rebolativa que a outra. Aria imaginou se, de alguma forma, instantaneamente, Mike tinha virado gay. Ela se afastou – se ele ia agir assim, tudo bem. Ela procuraria por Meredith sozinha.

Todas as garotas estavam vestidas da mesma maneira, suas camisetas e shorts em tamanho mínimo e seus tênis do mesmo tipo que as garotas do time de torcida organizada haviam usado no jogo daquele dia. Todas elas tinham um rosto semelhante, também, o que deveria facilitar a busca por Meredith entre elas. Só que ela não via nenhuma morena ali, muito menos uma com tatuagem de teia de aranha. No momento em que a garçonete trouxe uma enorme travessa de batatas fritas, Aria finalmente tomou coragem de perguntar.

– Você sabe se alguém chamada Meredith Gates trabalha aqui?

A garçonete piscou.

— Não reconheço esse nome. Apesar que muitas vezes as garotas daqui usam outros nomes. Você sabe, coisas mais... — ela parou, procurando por um adjetivo.

— Hooter-escas? — sugeriu Aria, brincando.

— Sim! — A garota sorriu. Quando ela se afastou rebolando novamente, Aria torceu o nariz e cutucou Mike com uma batata.

— Que nome você acha que Meredith usa aqui? Randy? Fifi? Já sei! Que tal Caitlin? Isso é realmente ousado, não é?

— Quer parar com isso? — Mike explodiu. — Não quero ouvir nada sobre... sobre *ela*, está bem?

Aria piscou e se recostou no assento.

O rosto de Mike ficou afogueado.

— Você pensa que essa é a grande coisa que vai consertar tudo? Esfregar o fato de que o papai está com outra mulher na minha cara, *outra vez*? — Ele enfiou um punhado de batatas fritas na boca de uma vez só e desviou o olhar. — Não importa. Já superei isso.

— Eu quero compensar tudo para você — gritou Aria. — Quero fazer tudo melhorar.

Mike soltou uma gargalhada.

— Não há nada que você possa fazer, Aria. Você arruinou a minha vida.

— Eu não arruinei nada! — Aria arfou.

Os olhos azuis e frios de Mike se estreitaram. Ele jogou seu guardanapo na mesa, se levantou e enfiou o braço na manga do blusão.

— Preciso voltar para o treino de lacrosse.

— Espere! — Aria o agarrou pela cintura.

De repente, ela sentiu vontade de chorar.

— Não vá — Aria gemeu. — Mike, por favor. Minha vida está arruinada também. E não só por causa do papai e de Meredith. Por causa de... uma outra coisa.

Mike olhou para ela sobre o ombro.

— Do que você está falando?

— Sente-se — disse Aria, desesperada. Um longo tempo se passou. Mike resmungou, depois se sentou. Aria olhou para a travessa de batatas, reunindo coragem para falar. Ela escutou dois homens conversando sobre a defesa tática dos Eagles ao fundo. Um comercial de loja de carros usados na TV de tela plana sobre o bar mostrava um homem fantasiado de galinha tagarelando qualquer coisa sobre os preços deles serem canja de galinha.

— Tenho recebido ameaças de alguém — sussurrou Aria. — Alguém que conhece *tudo* sobre mim. A pessoa que está me ameaçando foi inclusive quem contou a Ella sobre o relacionamento entre Byron e Meredith. Algumas das minhas amigas também estão recebendo mensagens e nós achamos que a pessoa por trás delas também está por trás do atropelamento de Hanna. Eu mesma recebi uma mensagem avisando sobre Meredith estar trabalhando aqui. Não sei como essa pessoa sabe todas essas coisas mas, simplesmente... sabe. — Ela encolheu os ombros.

Mais dois comerciais passaram antes que Mike falasse.

— Você tem um *perseguidor*?

Aria assentiu, miseravelmente.

Mike piscou, confuso. Ele apontou para a mesa dos policiais.

— Você contou a algum *deles*?

Aria sacudiu a cabeça.

— Não posso.

— É claro que pode. Podemos falar com eles agora mesmo.

— Está tudo sob controle — disse Aria entre os dentes, apertando os dedos contra suas têmporas. — Talvez eu não devesse ter contado a você.

Mike se inclinou para a frente.

—Você não se lembra de todas as coisas esquisitas que aconteceram nessa cidade? Você precisa contar a alguém.

— Por que você se importa? — Aria rangeu os dentes, seu corpo se enchendo de raiva. — Achei que você me odiasse. Pensei que tinha arruinado a sua vida.

O rosto de Mike ficou relaxado. Seu pomo de adão balançou quando ele engoliu e quando ele se levantou, parecia mais alto do que Aria se lembrava. E mais forte, também. Talvez fosse todo o lacrosse que ele vinha jogando, ou talvez porque ele estava sendo o homem da casa nos últimos tempos. Ele pegou Aria pelo pulso e a ergueu.

—Você vai contar a eles.

O lábio de Aria tremeu.

— Mas e se não for seguro?

— Inseguro é *não* contar — argumentou Mike. — E... eu vou mantê-la segura. Está bem?

O coração de Aria parecia um brownie recém-saído do forno — todo quente, grudento e um pouco derretido. Ela sorriu desajeitadamente, então olhou para o letreiro de neon abaixo do nome do restaurante. Dizia DELICIOSAMENTE PEGAJOSO, AINDA QUE NÃO REFINADO. Mas o letreiro estava quebrado; todas as letras estavam escuras exceto o A de *pegajoso* em letra minúscula, que piscava ameaçadoramente. Quando Aria fechou os olhos o A permaneceu, brilhando como o sol.

Ela inspirou profundamente.

— Tudo bem — sussurrou ela.

Enquanto ela se afastava de Mike e caminhava em direção aos policiais, a garçonete voltou com a conta. Assim que a garota se virou para sair, Mike ficou com um ar sorrateiro, estendeu as duas mãos e apertou o ar, como se estivesse apertando o traseiro da garota no short de seda cor de laranja. Ele percebeu o olhar de Aria e piscou.

Parecia que o verdadeiro Mike Montgomery estava de volta.

Aria tinha sentido saudades.

# 27

## TRIÂNGULO AMOROSO BIZARRO

Sexta-feira à noite, logo antes de a limusine que deveria escoltá-la à sua festa chegar, Hanna estava em seu quarto dando voltas com seu vestido Nieves Lavi, brilhantemente estampado. Finalmente, ela cabia perfeitamente no tamanho 36, graças a uma dieta de alimentação intravenosa e pontos em seu rosto, o que tornava dolorido demais mastigar alimentos sólidos.

– Isso fica ótimo em você – falou uma voz. – Exceto por eu achar que você está magra demais.

Hanna virou-se. Em seu terno de lã preta, gravata de um tom roxo escuro e camisa listrada de roxo, seu pai parecia George Clooney em *Onze homens e um segredo*.

– Eu não estou tão magra – respondeu ela rapidamente, tentando esconder sua empolgação. – Kate é muito mais magra que eu.

O rosto de seu pai se anuviou, talvez pela menção à sua perfeita, equilibrada – e ainda assim incrivelmente má – quase enteada.

— O que você está fazendo aqui, afinal? — inquiriu Hanna.

— Sua mãe me deixou entrar. — Ele entrou no quarto da filha e se sentou na cama dela. O estômago de Hanna se revirou. Seu pai não havia estado em seu quarto desde que ela tinha doze anos, logo depois de se mudar.

— Ela disse que eu poderia me trocar aqui antes da sua grande festa.

— *Você* vai? — guinchou Hanna.

— Posso? — perguntou ele.

— Eu... Eu acho que sim. — Os pais de Spencer iam, assim como alguns professores e funcionários do colégio Rosewood Day. — Mas, quero dizer, acho que você vai querer voltar para Annapolis... E para Kate e Isabel. Afinal de contas, você está longe delas há quase *uma semana*.

Ela não conseguia esconder a amargura em sua voz.

— Hanna... — seu pai começou. Hanna se afastou. De repente, ela sentiu tanta raiva por seu pai ter deixado a família, por ele estar ali agora, por ele talvez amar mais a Kate do que ela... isso sem falar nas cicatrizes que tinha por todo o resto e no fato de sua memória sobre os acontecimentos da noite de sábado ainda não ter retornado. Ela sentiu lágrimas em seus olhos, o que a fez sentir ainda mais raiva.

— Venha aqui. — Seu pai pôs seus braços fortes em torno dela e quando ela apoiou sua cabeça contra o peito dele, ela pôde ouvir seu coração batendo.

— Você está bem? — perguntou ele.

Uma buzina tocou do lado de fora. Hanna puxou o cortinado de bambu e viu a limusine que Mona havia arranjado esperando por ela na rua, seus limpadores de para-brisa movendo-se furiosamente para afastar a chuva.

— Estou ótima — disse ela repentinamente, o mundo parecia ter voltado ao lugar certo novamente. Ela deslizou sua máscara Dior sobre o rosto. — Eu sou Hanna Marin e sou fabulosa.

Seu pai lhe entregou um enorme guarda-chuva preto.

—Você certamente é — disse ele. E, pela primeira vez, Hanna achou que devia mesmo acreditar nele.

No que pareceram apenas alguns segundos depois, Hanna estava empoleirada sobre uma liteira, tentando evitar que as borlas da ornamentação arrancassem sua máscara Dior. Quatro escravos maravilhosos a haviam içado e agora estavam começando seu lento desfile em direção à tenda da festa no décimo quinto buraco do campo de golfe do Contry Clube de Rosewood.

— Apresentando... No seu grande retorno a Rosewood... A fabulosa Hanna Marin! — gritou Mona num microfone.

Enquanto a multidão aplaudia loucamente, Hanna acenava cheia de excitação. Todos os convidados estavam usando máscaras e Mona e Spencer haviam transformado a tenda em um *Salon de l'Europe at Le Casino* de Monte Carlo, Mônaco. Tinha falsas paredes de mármore, afrescos dramáticos, roletas e mesas de jogos. Elegantes e lindos rapazes circulavam pela sala com bandejas de canapés, ocupavam os dois bares da tenda e agiam como crupiês nas mesas de apostas. Hanna havia exigido que ninguém da equipe da festa fosse mulher.

O DJ tinha passado para a nova música da dupla White Stripes e todos começaram a dançar. Uma mão magra e pálida pegou Hanna pelo braço e Mona a arrastou pela multidão lhe dando um grande abraço.

– Você adorou? – Mona gritou por trás da sua máscara sem expressão, que era bem parecida com a obra-prima da Dior, de Hanna.

– Claro! – Hanna bateu seu quadril contra o de Mona. – E *adorei* as mesas de jogos. Alguém ganha alguma coisa?

– Eles ganham uma noite quente com uma garota quente: você, Hanna! – gritou Spencer, empinando-se atrás delas. Mona agarrou a mão dela também e a as três deram pulinhos de alegria. Spencer parecia uma Audrey Hepburn loira no seu vestido trapézio de cetim e adoráveis sapatos baixos de bico redondo. Quando Spencer colocou seu braço em torno dos ombros de Mona, o coração de Hanna pulou. Por mais que ela não quisesse dar crédito a A por nada, os bilhetes para Mona haviam feito com que ela aceitasse as antigas amigas de Hanna. No dia anterior, entre rodadas do jogo de beber da Mandy Moore, Mona dissera à Hanna:

– Sabe, Spencer é legal mesmo. Acho que ela pode ser das nossas. – Hanna havia esperado que Mona dissesse algo assim por *anos*.

– Você está ótima – disse uma voz no ouvido de Hanna. Um garoto estava atrás delas, vestido num terno de risca de giz alugado com camisa de manga longa combinando e uma máscara de ave com bico longo. O cabelo louro claro de Lucas, que o denunciava, escapava pelo alto da máscara. Quando ele estendeu sua mão e apertou a dela, o coração de Hanna acelerou. Ela a segurou por um segundo, apertou e soltou antes que alguém pudesse ver.

– A festa está excelente – disse Lucas.

– Obrigada, não é nada de mais – intrometeu-se Mona. Ela cutucou Hanna. – Apesar de que, eu não sei, Han. Você acha que essa coisa horrorosa que Lucas está usando se qualifica como máscara?

Hanna olhou para Mona, desejando que ela pudesse ver seu rosto. Ela olhou sobre os ombros de Lucas, fingindo estar distraída com algo que estava acontecendo na mesa de vinte e um.

– E aí, Hanna, posso falar com você um minuto? – perguntou Lucas. – A sós?

Mona agora estava conversando com um dos garçons.

– Hum, tudo bem – murmurou Hanna.

Lucas a levou para um canto recluso e tirou sua máscara. Hanna tentou conter a tempestade de nervos que se formava em suas entranhas, evitando olhar para qualquer coisa próxima dos lábios super-rosa e superbeijáveis de Lucas.

– Posso tirar a sua também? – perguntou ele.

Hanna assegurou-se que estavam mesmo a sós e de que ninguém mais poderia ver seu rosto cheio de cicatrizes e então ela deixou que ele levantasse sua máscara. Lucas beijou suavemente seus pontos.

– Senti sua falta – murmurou ele.

– Faz apenas duas horas que você me viu – riu Hanna.

Lucas deu um sorriso torto.

– Isso parece que foi há muito tempo.

Eles se beijaram por alguns minutos a mais, se aconchegando juntos sobre uma almofada de poltrona, alheios à cacofonia de ruídos da festa. Depois Hanna ouviu seu nome através das cortinas transparentes da tenda.

– Hanna? – chamou a voz de Mona. – Han? Cadê você?

Hanna surtou.

– Preciso voltar pra lá. – Ela pegou a máscara de Lucas pelo bico e enfiou de novo nele. – E você precisa colocar isso de volta.

Lucas franziu a testa.

— Está quente debaixo desta coisa. Acho que vou ficar sem.

Hanna amarrou sua máscara bem apertada.

— É um baile de máscaras, Lucas. Se Mona vir que você tirou a sua, ela põe você para fora, e isso é sério.

O olhar de Lucas endureceu.

—Você sempre faz o que Mona diz?

Hanna ficou tensa.

— *Não.*

— Bom. Você não devia.

Hanna brincou com as franjas de uma das almofadas. Ela olhou para Lucas novamente.

— O que você quer que eu diga, Lucas? Ela é minha melhor amiga.

— Ela já disse o que fez com você? — cutucou Lucas. — Quero dizer, na festa dela.

Hanna se levantou, contrariada.

— Eu já te disse, não importa.

Ele baixou os olhos.

— Eu me importo com você, Hanna. Não acho que ela se importe com alguém. Não deixe a peteca cair, certo? Peça a ela para lhe contar a verdade. Acho que você merece saber.

Hanna o encarou durante por algum tempo. Os olhos de Lucas estavam brilhando e seus lábios tremeram um pouco. Havia um vergão roxo em seu pescoço da sessão de beijos que acontecera mais cedo. Ela queria estender a mão e tocá-lo com seu polegar.

Sem dizer mais nada, ela abriu a cortina e correu de volta para a pista de dança. O irmão de Aria, Mike, estava demonstrando sua melhor dança erótica para uma garota da escola Quaker. Andrew Campbell e seus amigos nerds dos torneios de ciências estavam conversando sobre contar cartas no vinte e um. Hanna sorriu ao ver seu pai conversando com sua antiga treinadora da torcida organizada, uma mulher que ela e Mona apelidaram secretamente de The Rock, por causa da sua semelhança com o lutador profissional.

Ela finalmente encontrou Mona recostada em uma liteira. O irmão mais velho de Eric Kahn, Noel, se inclinava sobre ela, sussurrando em seu ouvido. Mona reparou em Hanna e se sentou.

— Graças a *Deus* você se livrou do otário do Lucas — vociferou ela. — Por que ele estava rondando você, afinal?

Hanna coçou seus pontos sob a máscara, seu coração subitamente palpitando. De repente, ela sentiu necessidade de perguntar a Mona. Ela precisava ter certeza.

— Lucas disse que eu não deveria confiar em você. — Ela forçou uma risada. — Ele disse que há algo que você não me contou, como se houvesse algo que *algum dia* você não fosse me contar. — Ela revirou os olhos. — Quero dizer, ele está mentindo descaradamente para mim. É tão ridículo.

Mona cruzou as pernas e suspirou.

— Acho que sei do que ele está falando.

Hanna engoliu em seco. A sala subitamente cheirava fortemente a incenso e grama recém-cortada. Houve uma explosão de aplausos na mesa de *blackjack*; alguém havia ganhado. Mona chegou perto dela, falando diretamente no ouvido de Hanna.

— Eu nunca contei isso a você, mas Lucas e eu saímos no verão entre o sétimo e o oitavo ano. Eu fui o primeiro beijo dele. Eu o dispensei quando você e eu ficamos amigas. Ele continuou me ligando por mais ou menos uns seis meses depois disso. Não tenho certeza se ele já superou.

Hanna sentou-se, atordoada. Ela de repente se sentia como num daqueles balanços de parque de diversões, que mudavam bruscamente de direção no meio do passeio.

—Você e Lucas... saíram?

Mona baixou os olhos e tirou um cacho de cabelo dourado para fora da máscara.

— Sinto muito por não ter contado nada a respeito antes. É só que... Lucas é um perdedor, Han. Eu não queria que você pensasse que *eu* era perdedora também.

Hanna correu as mãos pelo cabelo, pensando na sua conversa com Lucas no balão de ar quente. Ela tinha contado *tudo* a ele, e ele tinha parecido tão franco e inocente. Ela pensou em como o beijo deles tinha sido intenso e nos gemidos que ele deu quando ela passou seus dedos pelo pescoço dele.

— Quer dizer que ele estava tentando ser meu amigo para dizer coisas ruins sobre você... E se vingar por você tê-lo dispensado? – balbuciou Hanna.

— Acho que sim – disse Mona, tristemente. – É *nele* que você não deve confiar, Hanna.

Hanna se levantou. Ela se lembrou de como Lucas havia dito que ela era tão bonita e como tinha sido *bom* ouvir isso. Como ele leu para ela os desabafos no blog DoceDiário enquanto as enfermeiras trocavam suas bolsas de soro. Como, depois dele tê-la beijado na cama do hospital, seu ritmo cardíaco se elevou por meia hora completa – ela olhou no monitor que media a frequência. Hanna havia contado a Lucas sobre seus problemas com comida. Sobre Kate. Sobre sua amizade com Ali. *Sobre A!* Por que ele nunca tinha contado a ela sobre Mona?

Lucas agora estava sentado em outro sofá, conversando com Andrew Campbell. Hanna foi diretamente em direção a ele, e Mona a seguiu, segurando seu braço.

— Deixe isso para depois. Por que eu simplesmente não o expulso? Você deveria estar curtindo sua grande noite.

Hanna afastou Mona. Ela cutucou Lucas nas costas do seu terno risca de giz. Quando Lucas se virou, parecia genuinamente feliz em vê-la, abrindo um sorriso doce, maravilhado.

— Mona me contou a verdade sobre você — sibilou Hanna, colocando as mãos nos quadris. — Vocês já saíram juntos.

Os lábios de Lucas estremeceram. Ele fechou os olhos com força, abriu sua boca e depois a fechou novamente.

— Oh.

— Era *disso* que você falava, não era? — inquiriu ela. — É por isso que você quer que eu a odeie.

— Claro que não — Lucas olhou para ela, suas sobrancelhas se enrugaram. — Não foi nada sério.

— *Certo* — zombou Hanna.

— Hanna não gosta de garotos que mentem — completou Mona, aparecendo atrás da amiga.

Lucas ficou boquiaberto. Um fluxo de rubor subiu do seu pescoço até as faces.

— Mas suponho que ela goste de *garotas* que mentem, não é?

Mona cruzou os braços contra o peito.

— Não estou mentindo sobre nada, Lucas.

— Não? Então você contou a Hanna o que realmente aconteceu na sua festa?

— Isso não *importa* — guinchou Hanna.

— Claro que eu contei a ela — disse Mona ao mesmo tempo.

Lucas olhou para Hanna, seu rosto cada vez mais avermelhado.

– Ela fez algo horrível com você.

Mona se colocou na frente dele.

– Ele está com *ciúme*.

– Ela *humilhou* você – completou Lucas. – *Eu* fui o único que a defendeu.

– O quê? – grunhiu Hanna baixinho.

– Hanna... – Mona tomou as mãos dela. – É tudo um mal-entendido.

O DJ mudou para uma música da cantora Lexi. Era uma música que Hanna não ouvia com frequência e a princípio não tinha muita certeza de quando fora a última vez. Então, de repente, ela se lembrou. Lexi tinha sido a atração especial da festa de Mona.

Uma lembrança subitamente incendiou a mente de Hanna. Ela se viu usando um vestido colado de cor champanhe, lutando para andar pelo planetário sem que seu traje arrebentasse como parecia que estava prestes a acontecer. Ela viu Mona rindo dela e depois sentiu seu joelho e o cotovelo atingindo o duro chão de mármore. Houve um longo e doloroso som de tecido se rasgando enquanto seu vestido cedia e todos se juntaram ao redor dela, gargalhando. Mona foi a que mais riu.

Sob sua máscara a boca de Hanna se escancarou e seus olhos se arregalaram. *Não*. Não podia ser verdade. Sua memória estava bagunçada desde o acidente. E, mesmo que fosse verdade, isso importava agora? Ela olhou para o seu novíssimo bracelete Paul & Joe, uma delicada corrente de ouro com o pingente na forma de uma linda borboleta. Mona havia comprado para ela como presente de boas-vindas do hospital, presenteando-a logo após A ter enviado aquele ameaçador cartão-postal eletrônico.

— Não quero que briguemos nunca mais — Mona havia dito enquanto Hanna abria a caixa da joia.

Lucas a encarou com expectativa. Mona tinha as mãos na cintura, esperando. Hanna fez um nó mais forte no laço que prendia a máscara.

— Você está apenas com ciúme — disse ela a Lucas, colocando seu braço em torno de Mona — Nós somos melhores amigas. E sempre seremos.

O rosto de Lucas se contorceu.

— Tudo bem. — Ele se virou e saiu correndo porta afora.

— *Que* babaca — disse Mona, escorregando o braço até a curva do cotovelo de Hanna.

— É — disse Hanna, mas sua voz saiu tão baixa que ela duvidou de que Mona tivesse ouvido.

# 28

## POBRE MENININHA MORTA

O céu estava escurecendo na noite de sexta-feira, quando a sra. Fields deixou Emily e Trista na entrada principal do Country Clube

— Agora, vocês conhecem as regras — disse a sra. Fields, em tom severo, esticando um braço por sobre o banco de Emily. — Nada de beber. Estejam em casa à meia-noite. Carolyn vai dar uma carona para vocês até em casa. Entendido?

Emily assentiu. Era até um alívio que sua mãe estivesse impondo aquelas regras. Seus pais andavam tão condescendentes desde que voltara para casa que ela estava começando a pensar que os dois tinham tumores no cérebro ou tinham sido substituídos por clones.

Enquanto o carro da mãe de Emily se afastava rapidamente, ela ajeitou o vestido preto de jérsei, que pegara emprestado no *closet* de Carolyn, e tentou se equilibrar nos sapatos de salto alto de couro vermelho. A distância, ela conseguia ver a enorme e iluminada tenda da festa. Os alto-falantes tocavam uma música da Fergie em som altíssimo, e Emily ouviu a inconfundível voz de Noel Kahn comentando, aos gritos:

— Isto aqui é *demais*!

— Eu estou tão animada para esta noite — disse Trista, agarrando o braço de Emily.

— Eu também. — Emily abotoou melhor a jaqueta, observando o esqueleto de pano dançar ao vento, pendurado na entrada principal do clube. — Se você pudesse ser qualquer personagem do Dia das Bruxas, qual seria? — perguntou ela. Ultimamente, Emily andava pensando tudo em termos de "Tristismos", tentando imaginar com que tipo de macarrão ela se identificaria mais, que tipo de montanha-russa, que espécie de árvore antiga de Rosewood.

— Mulher-gato — respondeu Trista, prontamente. — E você?

Emily desviou o olhar. Naquele momento, ela se sentia como algum tipo de bruxa. Depois que Trista a havia surpreendido na sala do livro do ano, ela tinha explicado que, como seu pai era piloto da US Air, conseguia ótimos descontos, mesmo comprando as passagens na última hora. Depois da mensagem de Emily na noite anterior, ela tinha decidido pegar um avião, acompanhar Emily ao baile de máscaras de Hanna e acampar no chão do quarto de Emily. Emily não sabia como dizer "Você não deveria ter vindo", e também não tinha a menor vontade de dizer aquilo.

— Quando é que a sua amiga vem encontrar a gente? — perguntou Trista.

— Hum, ela provavelmente já está aqui. — Emily começou a atravessar o estacionamento, passando por oito carros BMW Série 7 em seguida.

— Legal — disse Trista, passando *gloss* ChapStick nos lábios. Ela o passou para Emily, e seus dedos se tocaram suavemente. Emily sentiu arrepios correndo por seu corpo, e quando olhou nos olhos de Trista, a expressão amorosa em seu rosto indicou que ela sentia algo parecido.

Emily parou perto da cabine do manobrista.

— Escute. Eu tenho que confessar uma coisa. Maya é, tipo, minha namorada.

Trista dirigiu um olhar sem expressão para ela.

— E eu, tipo, disse para ela... e para os meus pais... que você era minha amiga por correspondência — continuou Emily. — E que nós escrevemos uma para a outra já faz alguns anos.

— Oh, é *mesmo*? — Trista lhe deu um empurrãozinho de brincadeira. — E por que você simplesmente não contou a verdade para ela?

Emily engoliu em seco, esmagando algumas folhas secas com o pé.

— Bem... Quero dizer, se eu tivesse contado a ela o que realmente aconteceu... Em Iowa... Ela poderia não entender.

Trista arrumou o cabelo com as mãos.

— Mas não aconteceu *nada*. Nós só dançamos. — Ela cutucou o braço de Emily. — Caramba, ela é *tão* possessiva assim?

— Não. — Emily olhou fixamente para o espantalho no jardim de entrada do Country Clube. Era um dos três espantalhos espalhados pelo terreno, e mesmo assim havia um corvo pousado em um mastro de bandeira perto dali, nem um pouco assustado. — Não exatamente.

— É um problema eu estar aqui? — perguntou Trista, de forma direta.

Os lábios de Trista eram exatamente do mesmo tom de rosa da saia de balé preferida de Emily, quando ela dançava. O vestido dela, de um azul pálido, contornava seu busto bem-feito e acentuava a cintura fina e o quadril redondo. Ela era como uma fruta madura e suculenta, e Emily sentia vontade de mordê-la.

— É claro que não é um problema você estar aqui — sussurrou Emily.

— Que bom! — Trista colocou a máscara sobre o rosto. — Então eu vou guardar o seu segredo.

Quando elas entraram na tenda, Maya viu Emily imediatamente, tirou a máscara de coelhinho e puxou Emily contra si para um beijo superapaixonado. Emily abriu os olhos no meio do beijo e percebeu que Maya estava olhando diretamente para Trista, parecendo jogar na cara da garota o que ela e Emily estavam fazendo.

— Quando é que você vai se livrar dela? — sussurrou Maya no ouvido de Emily. Emily desviou o olhar, fingindo não ter ouvido.

Enquanto elas andavam pela tenda da festa, Trista não parava de agarrar o braço de Emily e comentar:

— Isto aqui é tão bonito! Olhem para todas essas almofadas! E... tem tantos *gatos* aqui na Pensilvânia! E... tantas meninas usam diamantes aqui! — Sua boca estava escancarada como a de uma criança na primeira viagem para a Disney. Quando elas foram separadas por um grupo de garotos perto do bar, Maya tirou a máscara.

— Essa garota foi criada em uma estufa hermeticamente fechada? — Os olhos de Maya se arregalaram. — Sinceramente, por que ela acha tudo tão *incrível*?

Emily olhou para Trista, que estava debruçada sobre o balcão do bar. Noel Kahn tinha se aproximado dela, e agora estava passando a mão pelo seu braço de modo sedutor.

— Ela só está animada por estar aqui — resmungou Emily. — As coisas são meio tediosas em Iowa.

Maya inclinou a cabeça e deu um passo para trás.

— É mesmo uma grande coincidência que você tenha uma amiga por correspondência *exatamente* na mesma cidade de Iowa para onde você foi banida na semana passada.

— Não exatamente — grunhiu Emily, olhando para a bola luminosa que decorava o teto no centro da tenda. — Ela é da mesma cidade dos meus primos, e Rosewood Day fez um intercâmbio com a escola dela. Nós começamos a nos corresponder há uns dois anos.

Maya apertou os lábios, o maxilar tenso.

— Ela é terrivelmente *linda*. Vocês escolheram as parceiras de correspondência por fotos?

— Não era nada parecido com o Match.com. — Emily deu de ombros, tentando parecer indiferente.

Maya lançou para Emily um olhar de quem sabe das coisas.

— Faria todo sentido. Você era apaixonada pela Alison DiLaurentis, e Trista se parece muito com ela.

Emily ficou tensa, seus olhos se voltando para um lado e para o outro.

— Não, não parece.

Maya olhou para o outro lado.

— Como quiser.

Emily ponderou o que falaria em seguida com muito cuidado.

— Aquele chiclete de banana que você gosta, Maya. Onde você compra?

Maya pareceu confusa.

— Meu pai comprou uma caixa para mim em Londres.

— Dá para achar aqui nos Estados Unidos? Você conhece alguém que saiba? — O coração de Emily estava martelando.

Maya olhou para ela.

— Por que diabos você está me perguntando sobre *chiclete de banana*? — Antes que Emily pudesse responder, Maya se virou. — Olha, eu vou ao banheiro, tá? Não vá a lugar nenhum sem mim. Nós podemos conversar quando eu voltar.

Emily observou Maya se afastar por entre as mesas de *baccarat*, sentindo-se como se tivesse carvão quente no estômago. Quase imediatamente, Trista emergiu por entre a multidão, segurando três copos de plástico.

— Tem álcool nas bebidas — sussurrou ela, excitada, apontando para Noel, que ainda estava parado perto do bar. — Aquele garoto tinha uma garrafinha com alguma coisa, e me deu um pouco! — Ela olhou em volta. — Cadê a Maya?

Emily deu de ombros.

— Por aí, de mau humor.

Trista havia tirado a máscara, e sua pele brilhava sob as luzes da pista de dança. Com os lábios cor-de-rosa fazendo biquinho, os enormes olhos azuis e as maçãs do rosto altas, talvez ela se parecesse mesmo um pouco com Ali. Emily sacudiu a cabeça e pegou um dos copos — primeiro ela iria beber, depois tentaria entender as coisas. O dedo de Trista acariciou o pulso de Emily, sedutoramente. Emily tentou manter o rosto impassível, mesmo que se sentisse prestes a derreter.

— Então, se você fosse uma cor agora, que cor você seria? — sussurrou Trista.

Emily desviou os olhos.

— Eu seria vermelho — sussurrou Trista. — Mas não um vermelho de raiva. Um vermelho profundo, escuro, bonito. Um vermelho *sexy*.

— Acho que eu também — admitiu Emily.

O ritmo da música pulsava. Emily deu um gole grande na bebida, seu nariz coçando com o sabor forte do rum. Quando Trista segurou a mão de Emily, o coração dela deu um pulo. Elas se aproximaram, e chegaram ainda mais perto, até que seus lábios estavam quase se tocando.

— Talvez nós não devêssemos fazer isso — murmurou Trista.

Mas Emily chegou mais perto assim mesmo, seu corpo tremendo de excitação.

Uma mão bateu nas costas de Emily.

— Que *diabos*...

Maya estava parada atrás delas, as narinas tremendo. Emily se afastou rapidamente de Trista, abrindo e fechando a boca como um peixinho dourado.

— Eu pensei que você tinha ido ao banheiro. — Foi tudo o que Emily conseguiu dizer.

Maya piscou, o rosto vermelho de raiva. Então, ela se virou e saiu da tenda, empurrando as pessoas para fora de seu caminho.

— Maya! — Emily a seguiu na direção da porta. Mas pouco antes de sair, sentiu uma mão lhe tocando o ombro. Era um homem, que ela não reconheceu, vestindo um uniforme da polícia. Ele tinha cabelos muito curtos e arrepiados, e era alto e magro. Sua plaquinha de identificação dizia SIMMONS.

—Você é Emily Fields? – perguntou o policial.

Emily assentiu lentamente, seu coração acelerando de repente.

— Eu preciso lhe fazer algumas perguntas – O policial colocou a mão gentilmente no ombro de Emily. – Você... Você tem recebido algumas mensagens ameaçadoras?

O queixo de Emily caiu. As luzes estroboscópicas da tenda a deixavam tonta.

— P-por quê?

— Sua amiga, Aria Montgomery, nos contou sobre elas esta tarde – disse o policial.

— O quê? – gritou Emily.

— Vai ficar tudo bem – tranquilizou-a o policial. – Eu só quero saber o que você sabe, certo? Provavelmente é alguém que você conhece, alguém que está bem debaixo do seu nariz. Se você cooperar conosco, talvez possamos descobrir juntos.

Emily olhou para fora da entrada da tenda. Maya estava correndo pela grama, os saltos altos afundando na terra fofa. Uma sensação horrível se apoderou de Emily. Ela pensou em como Maya havia olhado para ela quando dissera *Eu ouvi dizer que a pessoa que atropelou Hanna a está perseguindo*. Como Maya podia saber sobre aquilo?

— Eu não posso falar agora – sussurrou Emily, um nó se formando em sua garganta. – Eu preciso cuidar de uma coisa primeiro.

— Eu estarei aqui – disse o policial, afastando-se para que Emily pudesse passar. – Leve o tempo que precisar. Eu preciso falar com outras pessoas, de qualquer forma.

Emily mal podia ver a silhueta de Maya correndo em direção ao prédio principal do Country Clube. Saiu correndo atrás dela, passando por duas portas francesas e um longo corredor. Ela olhou pela última porta para o final do corredor, que levava até a piscina coberta. A janela estava embaçada, e Emily mal podia ver o pequenino corpo de Maya andando em direção à borda da piscina, olhando para o próprio reflexo.

Ela empurrou a porta e contornou uma parede azulejada que separava a entrada e a área da piscina. A água da piscina estava parada, e o ar estava denso e úmido. Embora Maya certamente tivesse ouvido Emily entrar, não se virou. Se as coisas tivessem sido diferentes, Emily poderia empurrar Maya na água de brincadeira, e depois pular também. Ela limpou a garganta.

– Maya, esse lance com a Trista não é o que parece.

– Não? – Maya olhou por sobre os ombros. – Pareceu bem óbvio para mim.

– É que... ela é divertida – admitiu Emily. – Ela não me pressiona.

– E eu pressiono você? – gritou Maya, virando-se. Lágrimas escorriam por seu rosto.

Emily engoliu em seco, reunindo forças.

– Maya... Você anda me mandando... torpedos? Bilhetes? Você anda... me espionando?

A sobrancelha de Maya se franziu.

– Por que eu espionaria você?

– Bem, eu não sei – começou Emily. – Mas se você estiver... a polícia sabe.

Maya sacudiu a cabeça lentamente.

– O que você está dizendo não faz sentido.

– Eu não vou contar, se for você – implorou Emily. – Eu só quero saber *por quê*.

Maya deu de ombros e deixou escapar um pequeno suspiro de frustração.

— Eu não tenho a menor ideia do que você está falando. — Uma lágrima escorreu pelo rosto dela. Ela sacudiu a cabeça, enojada. — Eu te amo — disse ela, de súbito. — E pensei que você me amasse também. — Ela se virou, abriu a porta de vidro que dava para a piscina de uma vez, e então, a bateu com força.

As luzes da piscina diminuíram, transformando o reflexo que vinha da água de branco-dourado para amarelo-alaranjado. Gotas de umidade se acumulavam em cima do trampolim. De repente, a ficha caiu para Emily, como o choque de mergulhar em água gelada em um dia já muito frio. É claro que Maya não era A. Isso tudo fora planejado por A para que Maya parecesse suspeita, e para que as coisas entre as duas fossem arruinadas para sempre.

O celular dela tocou. Emily o agarrou, as mãos tremendo.

Emilinda: Tem uma garota esperando por você na banheira de hidromassagem. Divirta-se! – A.

Emily deixou o celular cair para o lado, o coração disparando. A banheira de hidromassagem estava separada da piscina apenas por uma divisão, e tinha uma porta particular que levava para o corredor. Emily se dirigiu silenciosamente para a banheira. Ela borbulhava como um caldeirão, e vapor subia da superfície da água. De repente, ela viu alguma coisa vermelha na água borbulhante e recuou aterrorizada. Olhando novamente, ela percebeu que era apenas uma boneca, flutuando com o rosto para baixo, o longo cabelo ruivo espalhado ao seu redor.

Ela esticou o braço e pegou a boneca. Era uma Ariel, do desenho *A Pequena Sereia*. A boneca tinha escamas verdes e guelras roxas, mas em vez de um biquíni feito de conchinhas do mar, Ariel vestia um uniforme de corrida que dizia TUBARÕES DE ROSEWOOD DAY no peito. Havia dois X nos olhos dela, como se ela tivesse se afogado, e havia algo escrito com um pilot preto e grosso, em sua testa.

**Abra a boca e você morre. – A**

As mãos de Emily começaram a tremer, e ela deixou a boneca cair no chão de azulejos escorregadios. Enquanto se afastava da borda da banheira, uma porta bateu.

Emily se assustou e seus olhos se arregalaram.

– Quem está aí? – sussurrou ela.

Silêncio.

# 29

## NINGUÉM PODE OUVIR VOCÊ GRITAR

Aria conduziu seu Subaru amassado até o prédio de artes da Hollis. Uma tempestade estava se formando no horizonte, e a chuva já havia começado a cair. Ela tinha acabado de contar aos policiais sobre A, poucos minutos antes, e apesar de ter tentado ligar para suas velhas amigas do telefone de Wilden, nenhuma delas havia atendido – provavelmente porque não reconheceram o número. Agora, ela estava no prédio de artes da Hollis, indo verificar se havia deixado seu Treo em algum lugar por ali; sem ele, não tinha nada de concreto para provar o que A estava fazendo com ela. Mike havia se oferecido para ir ao prédio com ela, mas ela lhe dissera que o encontraria mais tarde, na festa de Hanna.

Enquanto Aria apertava o botão para chamar o elevador, jogou seu blazer de Rosewood Day nos ombros – ela ainda não havia tido tempo de se trocar. A insistência de Mike para que ela contasse a Wilden sobre A havia sido uma sacudidela para que acordasse, mas será que tinha feito a coisa certa? Wilden quisera saber os detalhes das últimas mensagens de texto, e-mails e bilhetes que A tinha enviado. Ele perguntou repetidas vezes:

— Existe alguém que vocês quatro tenham magoado? Há alguém que poderia querer machucar vocês?

Aria havia feito uma pausa, balançado sua cabeça, sem querer responder. Quem elas *não tinham* machucado, no passado, com Ali no comando? Mas havia uma claramente na liderança da "categoria mágoas"... Jenna.

Ela pensou nos bilhetes de A: *Eu sei de* TUDO. *Estou mais perto do que você pensa.* Ela pensou em Jenna mexendo com nervosismo em seu celular, toda *"eu sou tão sensitiva que até consigo enviar mensagens de texto!"*. Mas Jenna seria realmente capaz de fazer algo assim? Ela era cega — e A obviamente não era.

A porta do elevador deslizou e abriu, e Aria entrou. Enquanto era levada ao terceiro andar, ela pensou na lembrança que Hanna havia mencionado logo que acordara do coma — aquela sobre a tarde anterior ao desaparecimento de Ali. Ali havia agido de uma forma muito estranha aquele dia, primeiro lendo um diário que não podia mostrar às outras, e em seguida aparecendo no andar inferior momentos depois, completamente desorientada. Aria havia permanecido sozinha na varanda de Ali por alguns minutos depois que as outras tinham saído, tricotando as últimas carreiras de um dos braceletes que ela estava planejando dar a cada uma delas como presente de primeiro-de-todos-os-dias-do-verão. Enquanto andava em volta da casa para pegar sua bicicleta, ela viu Ali de pé no meio do jardim da frente, paralisada. Os olhos de Ali ardiam indo da janela, protegida por uma cortina da sala de jantar do DiLaurentis, em direção à casa dos Cavanaugh, do outro lado da rua.

— Ali? — sussurrara Aria. — Você está bem?

Ali não se moveu.

— Às vezes — disse ela, com uma voz ausente —, eu apenas gostaria que ela saísse da minha vida para sempre.

— O quê? — sussurrou Aria. — Quem?

Ali parecia atordoada, como se Aria a tivesse acertado com alguma coisa. Havia um lampejo de algo na janela dos DiLaurentis — ou talvez fosse apenas um reflexo. E quando Aria olhou para o pátio dos Cavanaugh, viu alguém espreitando atrás do grande arbusto da antiga casa na árvore de Toby. Isso fez Aria se lembrar do vulto que jurava ter visto parado no pátio dos Cavanaugh, na noite em que elas haviam deixado Jenna cega.

O elevador fez *ding*, e Aria saltou. Sobre quem Ali estaria se referindo quando dissera: *Eu apenas gostaria que ela saísse da minha vida para sempre?* Naquela época, ela havia pensado que Ali se referia a Spencer, já elas brigavam constantemente. Agora, não estava mais tão certa disso. Havia muitas coisas que ela não sabia sobre Ali.

O corredor que levava até o ateliê de arte conceitual estava escuro, salvo por um breve instante quando o zigue-zague de um relâmpago chegou perigosamente perto da janela. Quando Aria conseguiu abrir a porta de sua sala de aula, acendeu a luz e piscou com a súbita claridade. Os armários abertos, onde o material era guardado, ficavam ao longo da parede do fundo da sala, e por mais incrível que pudesse parecer, o Treo de Aria estava dentro de um escaninho vazio, parecendo intocado. Ela correu até ele e o embalou em seus braços, deixando escapar um suspiro de alívio.

Então, ela notou as máscaras que sua classe havia terminado, secando em um dos armários vazados. O armário de Aria, com o nome dela escrito em fita crepe na parte de baixo, estava vazio, mas o de Jenna não. Alguém tinha que ter ajudado Jenna a fazer sua máscara, porque ela estava ali, virada para cima e perfeitamente moldada, o espaço vazio, a cavidade dos olhos encarando fixamente o teto do armário. Aria a ergueu devagar. Jenna havia pintado sua máscara com a aparência de uma floresta encantada. Videiras em espiral ao redor do nariz, uma flor exuberante acima de seu olho esquerdo, e havia uma maravilhosa borboleta em sua face direita. A pintura detalhada era impecável – talvez impecável demais. Ela não parecia ter sido feita por alguém que não podia enxergar.

O estrondo de um trovão soou como se fosse partir a terra ao meio. Aria gritou, deixando a máscara cair na mesa. Quando ela olhou para a janela, viu a silhueta de alguma coisa girando a manivela na parte de cima da janela. Ela parecia com uma pequena... pessoa.

Aria chegou mais perto. Era uma boneca de pelúcia da Rainha Má da *Branca de Neve*. Ela usava um longo manto negro e uma coroa dourada na cabeça, e seu rosto carrancudo era fantasmagoricamente pálido. Ela pendia de uma corda ao redor de seu pescoço, e alguém havia traçado negros e grandes X's sobre seus olhos. Havia um bilhete pregado com alfinete no longo vestido da boneca.

> Espelho, espelho meu, quem é a mais desobediente de todas? Você contou. Então, você é a próxima. – A

Galhos de árvores batiam violentamente contra a janela. Mais relâmpagos formavam círculos de fogo no céu. Enquanto outro estrondo de trovão soava, a luz do estúdio apagou.

Aria gritou.

As luzes da rua também haviam se apagado e, em algum lugar ao longe, Aria ouviu um alarme de incêndio tocando. *Fique calma*, disse a si mesma. Ela agarrou-se ao seu Treo e discou o número da polícia rapidamente. Quando alguém atendeu, a luz de um relâmpago que mais parecia uma faca pareceu explodir do lado de fora da janela. O telefone de Aria escorregou de seus dedos e caiu em cheio no chão. Ela o apanhou, e então tentou ligar novamente. Mas o telefone já não estava mais dando sinal.

Outro relâmpago clareou a sala novamente, iluminando o contorno das carteiras, das cabines, a Rainha Má na janela e, finalmente, a porta. Aria arregalou os olhos, um grito preso em sua garganta.

*Havia alguém lá.*

– O-Olá? – gritou ela.

Com outro clarão de um relâmpago, o estranho se fora.

Aria apertou as articulações de seus dedos, seus dentes batendo.

– Olá? – chamou ela.

Um relâmpago reluziu novamente. Uma garota estava de pé a poucos centímetros de seu rosto. Aria se sentiu tonta de medo. Era...

– Olá – disse a garota.

Era Jenna.

# 30

## TRÊS PALAVRINHAS PODEM MUDAR TUDO

Spencer sentou em frente à mesa da roleta, mudando as fichas de plástico brilhante de mão, nervosa. Enquanto colocava algumas fichas sobre os números 4, 5, 6 e 7, ela sentiu os empurrões da multidão que agora se aglomerava às suas costas. Parecia que toda Rosewood estava lá nesta noite – todo mundo do colégio Rosewood Day e mais o pessoal dos colégios particulares rivais, que era público cativo das festinhas de Noel Kahn. Havia até mesmo um policial lá, patrulhando o perímetro. Spencer se perguntou por quê.

Quando a roleta parou de girar, a bolinha estacionou no número 6. Era a terceira vez seguida que ela ganhava.

– Bom trabalho! – disse alguém em seu ouvido. Spencer olhou em volta, mas não soube dizer quem tinha feito o comentário. Parecia com a voz de sua irmã. Só que... por que Melissa estaria aqui? Não havia ninguém da faculdade ali e, antes da entrevista com os jurados do Prêmio Orquídea Dourada, Melissa tinha dito que a festa de Hanna era ridícula.

*Foi ela, você sabe.*

Spencer não conseguia tirar a mensagem de A da cabeça.

Ela olhou pela tenda com atenção. Alguém com cabelo louro na altura do queixo estava se esgueirando na direção do palco, mas quando Spencer se levantou, a pessoa desapareceu na multidão. Ela esfregou os olhos. Talvez estivesse ficando louca.

De repente, Mona Vanderwaal agarrou seu braço.

— Ei, queridinha. Você tem um segundo para mim? Tenho uma surpresa para você!

Ela guiou Spencer através da multidão até um lugar mais tranquilo e estalou os dedos, o que fez um garçom aparecer num passe de mágica e lhe servir uma taça longa cheia de um líquido borbulhante.

— É champanhe de verdade — disse Mona. — Eu queria propor um brinde para agradecê-la, Spencer. Por planejar essa festa incrível comigo... E também por ficar ao meu lado. Naquele... Você sabe, naquele assunto. As mensagens.

— Ah, mas claro! — disse Spencer, baixinho.

Elas brindaram e deram um gole no champanhe.

— A festa está mesmo demais — continuou Mona. — E eu não poderia ter feito nada disso sem você.

Spencer fez um gesto de modéstia.

— Ah, imagine. Foi você que bolou tudo. Tudo o que eu fiz foram algumas ligações. Você tem talento para organizar festas.

— *Nós duas* temos — disse Mona, girando a bebida na taça. — Nós deveríamos montar uma empresa de promoção de eventos.

— E nós ainda poderíamos nos exibir para os rapazes dos Country Clubes de toda parte — brincou Spencer.

— Claro! — concordou Mona, dando uma batidinha com seu quadril no de Mona.

Spencer passou o dedo pela borda de sua taça. Ela queria contar a Mona tudo sobre a mensagem mais recente de A — aquela sobre Melissa. Mona entenderia. Mas o DJ trocou a música para uma de ritmo acelerado da banda OK GO e, antes que Spencer pudesse dizer uma palavra, Mona deu um gritinho e saiu correndo para a pista de dança. Ela deu uma olhadinha por cima do ombro para Spencer, como se dissesse *Você vem?* Spencer sacudiu a cabeça.

Aqueles poucos goles de champanhe deixaram Spencer tonta. Depois de alguns minutos abrindo caminho através da multidão, ela conseguiu sair da tenda para respirar o ar fresco da noite. Exceto pelos *spots* de luz que circundavam a festa, o gramado de golfe estava às escuras. Os montinhos artificiais de grama e os bancos de areia não estavam visíveis, e Spencer só conseguia enxergar as silhuetas das árvores lá longe. Seus galhos oscilavam como dedos esqueléticos. Em algum lugar, grilos cantavam.

*Na verdade, A não sabe coisa alguma sobre o assassino de Ali*, disse Spencer a si mesma, olhando para trás para observar as sombras das pessoas da festa projetadas na tenda. E, de qualquer forma, não fazia sentido: Melissa não arruinaria todo o seu futuro matando alguém por causa de um garoto. Essa foi apenas mais uma estratégia de A para fazer Spencer acreditar em uma mentira.

Ela suspirou e foi até o banheiro, que ficava em um trailer fora da tenda. Spencer subiu a rampa para deficientes físicos e empurrou a porta fina de plástico. Das três cabines que havia ali, uma estava ocupada e duas estavam vazias. Enquanto ela dava descarga e arrumava o vestido, a porta do banheiro bateu com força. Sapatos prateados Loeffer Randall abriram caminho até a pia minúscula. Spencer tapou a boca com a mão. Ela já havia visto aqueles sapatos muitas e muitas vezes antes – aquele era o par favorito de Melissa.

– Ah... Oi? – disse Spencer quando saiu da cabine. Melissa estava encostada contra a pia, as mãos nos quadris, um sorrisinho nos lábios. Ela usava um vestido preto longo e justo, com uma abertura do lado. Spencer tentou respirar devagar. – O que você está fazendo aqui?

Sua irmã não disse nada, só continuou encarando. Uma gota de água bateu contra a pia, o que fez Spencer dar um pulinho.

– *O que foi?* – Spencer perdeu a calma. – Por que você está me olhando assim?

– Por que você mentiu para mim de novo? – rosnou Melissa.

Spencer pressionou as costas contra a porta de uma das cabines. Ela olhava em volta tentando encontrar algo que pudesse servir de arma. A única coisa que ela pôde pensar em usar foi o salto de seu sapato, e bem devagarzinho ela começou a escorregar o pé para fora do sapato.

– Menti?

– Ian me disse que ele estava em seu quarto de hotel na noite passada – sussurrou Melissa, as narinas acompanhando sua respiração. – Eu bem que avisei a você que ele não era muito bom em guardar segredos.

Spencer arregalou os olhos.

– Nós não fizemos nada. Eu juro.

Melissa deu um passo na direção dela. Spencer protegeu o rosto com uma de suas mãos e com a outra tirou o sapato do pé.

– *Por favor!* – implorou ela, segurando o sapato como se fosse um escudo.

Melissa parou a milímetros do rosto da irmã.

– Depois de tudo que você me confessou na praia, pensei que tínhamos um acordo. Mas, pelo jeito, não temos. – Ela deu meia-volta e saiu do banheiro com passadas firmes. Spencer ouviu seus passos descendo a rampa e se dirigindo para o gramado.

Spencer se inclinou sobre a pia e encostou a testa no espelho frio. De repente, um barulho de descarga. Depois de uma pausa, a porta da terceira cabine se escancarou e Mona Vanderwaal apareceu. Ela estava horrorizada.

– Aquela era a sua *irmã*? – sussurrou ela.

– É, era – balbuciou Spencer, virando-se.

Mona agarrou Spencer pelos pulsos.

– O que está acontecendo? Você está legal?

– Acho que sim. – Spencer recuou. – Preciso ficar um pouco sozinha, só isso.

– Claro – disse Mona, os olhos arregalados de susto. – Vou estar lá fora se você precisar de mim.

Spencer sorriu para Mona com gratidão. Depois de certo tempo, ela ouviu o barulhinho de um isqueiro, e o som de faíscas e da tragada que Mona deu em seu cigarro. Spencer olhou para o espelho e tentou dar um jeito no cabelo. Suas mãos tremiam enquanto ela vasculhava dentro da bolsinha de festa, rezando para haver Aspirinas lá dentro. Suas mãos tateavam às cegas, sentido os objetos dentro da bolsa, sua carteira, o *gloss*, suas fichas de pôquer... E então, ela percebeu que havia outra coisa, algo quadrado e liso. Spencer tirou o objeto da bolsa com cuidado.

Era uma fotografia. Ali e Ian estavam de pé, bem próximos um do outro, com os braços enlaçados. Atrás deles havia um prédio circular de pedras e atrás da construção havia uma fila de ônibus escolares amarelos. Pelo modo como o cabelo de Ali estava bagunçado e pela camiseta estampada de manga comprida J. Crew que ela usava, Spencer tinha certeza que aquela foto havia sido tirada durante a viagem da classe para assistir a *Romeu e Julieta* no teatro People's Light, que ficava a algumas cidadezinhas de distância. Um grupo de alunos de Rosewood Day havia comparecido junto – Spencer, Ali, suas outras amigas e um punhado de alunos das mais variadas turmas de ensino médio, como Ian e Melissa. Alguém havia escrito algo com letras grandes e bem desenhadas sobre o sorriso de Ali.

**Você está morta, sua vaca.**

Spencer identificou a caligrafia que via no mesmo instante. Não havia muitas pessoas no mundo que faziam seus 'as' minúsculos parecidos com um número 2 enroladinho. Caligrafia era praticamente a única matéria na qual Melissa já tirara um B na vida. A professora dela no ensino médio estava sempre tirando pontos por isso, mas fazer 'as' minúsculos engraçadinhos era um hábito que Melissa nunca conseguira abandonar.

Spencer deixou a foto escorregar de suas mãos e deu um gemido e dor e de descrença.

– Spencer? – chamou Mona lá de fora. – Tudo bem aí?

– Tudo bem – disse Spencer depois de uma longa pausa. Então, ela olhou para o chão. A foto tinha caído com a imagem virada para baixo. Na parte de trás, havia algo escrito.

É melhor você se cuidar... Caso contrário, será uma vaca morta também. – A

# 31

## ALGUNS SEGREDOS VÃO MAIS ALÉM

Quando Aria abriu os olhos, alguma coisa molhada e malcheirosa estava lambendo seu rosto. Ela tentou afastar a coisa e sua mão tocou num pelo fofo e quentinho. Por alguma razão, ela agora estava no chão do ateliê. Um relâmpago iluminou a sala, e ela viu Jenna Cavanaugh e seu cão sentados ali no chão, perto dela.

Aria se levantou um pouco e gritou.

– Está tudo bem! – gritou Jenna, pegando em seu braço. – Não se preocupe! Está tudo bem!

Aria recuou, afastando-se de Jenna e batendo a cabeça no pé de uma mesa que estava próxima.

– Não me machuque – disse ela. – Por favor.

– Você está a salvo – tranquilizou-a Jenna. – Acho que você teve um ataque de pânico. Eu vim apanhar meu caderno de esboços, mas ouvi você e, quando me aproximei, você caiu. – Aria podia ouvir a si mesma engolindo em seco no escuro.

— Uma mulher no curso de treinamento de cães-guias que eu frequento tem ataques de pânico, então eu entendo um pouco do assunto. Tentei chamar ajuda, mas meu telefone celular estava sem sinal, então eu fiquei aqui ao seu lado.

Uma brisa soprava pela sala, trazendo até ela o cheiro do asfalto recém-molhado pela chuva, um cheiro que costumava acalmar Aria. Bem, era certo que Aria *sentia* mesmo como se tivesse acabado de ter um ataque de pânico – ela estava coberta de suor e desorientada, e seu coração batia descontroladamente.

— Quanto tempo fiquei desacordada? – resmungou ela, alisando sua saia plissada do uniforme para que cobrisse suas coxas.

— Mais ou menos meia hora – disse Jenna. – Você pode ter batido a cabeça.

— Ou, talvez, eu só precisasse tirar um cochilo – brincou Aria, mas, logo em seguida, achou que fosse cair no choro. Jenna não tinha tentado machucá-la. Jenna tinha *sentado* ao lado dela, uma estranha completa, enquanto ela estava jogada no chão como um pano molhado. Até onde Aria sabia, ela havia babado no colo de Jenna e falado enquanto dormia. De repente, ela se sentiu enjoada de tanta culpa e vergonha.

— Tenho que contar uma coisa para você – falou Aria sem pensar. – Meu nome não é Jessica. É Aria. Aria Montgomery.

O cachorro de Jenna espirrou.

— Eu sei – admitiu Jenna.

— Você... *sabe*?

— Eu simplesmente... Podia saber que era você. Pela sua voz – Jenna usou um tom de quem pedia desculpas. – Mas por que você simplesmente não disse quem era?

Aria fechou os olhos com bastante força e escondeu o rosto nas mãos. Outro clarão iluminou a sala e Aria viu Jenna sentada de pernas cruzadas no chão, as mãos em tornos dos tornozelos. Aria respirou fundo, talvez o mais profundamente que já respirara em sua vida.

— Eu não contei nada a você porque... Há mais uma coisa que você deve saber sobre a noite do seu acidente. Algo que nunca contaram a você. Eu acho que você não se lembra direito do que aconteceu naquela noite, mas...

— Isso é mentira — interrompeu Jenna. — Eu me lembro de tudo.

Um trovão ecoou a distância. Mais perto dali, o alarme de um carro disparou e começou a fazer uma barulheira, uma sequência alta e irritante de sirenes. Aria mal podia respirar.

— O que você quer dizer com isso? — sussurrou Aria, atônita.

— Eu me lembro de tudo — repetiu Jenna. Ela sentiu a sola de seu sapato com o dedo. — Alison e eu combinamos tudo juntas.

Cada músculo do rosto de Aria perdeu a força.

— O *quê*?

— Meu meio-irmão costumava soltar fogos de artifício do telhado de sua casa na árvore o tempo todo — explicou Jenna, franzindo a testa. — Meus pais viviam dizendo a ele que isso era muito perigoso, que ele podia fazer alguma bobagem e mandar um rojão direto para a nossa casa, causando um incêndio. Eles diziam que da próxima vez em que ele brincasse com fogos de artifício, seria mandado para um colégio interno. E que não haveria discussão.

"Então, Ali concordou em roubar fogos de artifício do estoque que Toby mantinha escondido e fazer parecer que ele havia soltado alguns do telhado da casa na árvore. Eu queria que ela fizesse isso naquela noite porque meus pais estavam em casa, e eles já estavam loucos da vida com Toby por algum outro motivo. Eu o queria fora da minha vida o mais rápido possível – sua voz falhou. – Ele... Ele não era um bom meio-irmão.

Aria abriu e fechou o punho.

– Ah, meu Deus.

Ela tentou entender tudo o que Jenna estava contando.

– Só que... as coisas deram errado – continuou Jenna, a voz oscilando. – Eu estava na casa da árvore com Toby naquela noite. E logo antes de tudo acontecer, ele olhou lá para baixo e disse com raiva: "Tem alguém no nosso gramado". Eu olhei para baixo também, fingindo surpresa... E então houve um flash de luz e depois... Eu senti uma dor horrível. Meus olhos... meu rosto.... senti como se estivessem derretendo. Acho que desmaiei. Mais tarde, Ali me disse que obrigou Toby a assumir a culpa.

– É verdade – a voz de Aria era pouco mais que um sussurro.

– Ali pensou rápido. – Jenna se ajeitou, fazendo o chão debaixo dela estalar. – Estou feliz que ela tenha feito o que fez. Eu não queria que ela arrumasse confusão. E a coisa toda meio que acabou funcionando como eu queria. Toby foi embora. Ele saiu da minha vida.

Aria mexeu o maxilar devagar. *Mas... Você ficou cega!* Aria queria gritar. *Realmente valeu a pena!?* A cabeça dela doía, tentando processar tudo que Jenna havia acabado de contar. Todo o seu mundo parecia estar dilacerado. Era como se alguém tivesse acabado de declarar que os animais podiam falar, e que os cães e as aranhas agora estavam encarregados de dirigir o planeta. Depois, ela se deu conta de mais uma coisa: Ali tinha feito tudo de modo que as amigas achassem que toda a armação fora ideia *delas* para pregar uma peça em Toby, mas na verdade Ali e Jenna haviam planejado tudo *juntas*. Ali não havia apenas preparado uma armadilha para Toby, ela havia enganado as amigas também. Aria se sentiu enjoada.

– Então você e Ali eram amigas – a voz de Aria estava fraca com a descrença.

– Bem, não exatamente – disse Jenna. – Não até esse... Não até que eu contasse a ela o que Toby estava fazendo comigo. Eu sabia que Ali ia entender. Ela também tinha problemas com o irmão.

Um clarão expôs o rosto de Jenna, exibindo sua expressão de calma e resignação. Antes que Aria pudesse perguntar a Jenna o que ela queria dizer com aquilo, a outra acrescentou:

– Há mais uma coisa que você deve saber. Outra pessoa estava lá naquela noite. Alguém mais viu.

Aria engasgou. Uma imagem daquela noite passou pela sua cabeça. A explosão dos fogos de artifício dentro da casa na árvore, iluminando todo o quintal. Aria sempre pensara que ela havia visto uma figura escura rastejando perto da varanda de trás dos Cavanaugh – mas Ali insistira inúmeras vezes que tudo não passara da sua imaginação.

Eu ainda estou aqui, suas vacas. E eu sei de tudo. – A

–Você sabe quem era? – sussurrou Aria, seu coração batendo acelerado.

Jenna se afastou rispidamente.

– Eu não posso contar.

– Jenna! – Aria deu um grito agudo. – Por favor! Você tem que me contar! Eu preciso saber!

De repente, a luz voltou. O ateliê foi inundado por uma luz tão brilhante que feriu os olhos de Aria. As lâmpadas fluorescentes zuniram. Aria viu que tinha um pouco de sangue na mão e sentiu um corte na testa. O conteúdo de sua bolsa estava todo espalhado pelo chão, e o cachorro de Jenna tinha comido a metade de uma barra Balance.

Jenna havia tirado os óculos escuros. Seus olhos parados encaravam o vazio, e havia cicatrizes enrugadas das queimaduras sobre o osso do seu nariz e na base de sua testa. Aria estremeceu e desviou o olhar.

– Por favor, Jenna, você não entende – disse Aria baixinho. – Alguma coisa horrível está acontecendo. Você tem que me contar quem mais estava lá!

Jenna se levantou, apoiando-se nas costas de seu cão para ter equilíbrio.

– Eu já falei demais – disse, com a voz baixa e áspera, meio insegura. – Preciso ir embora.

– Jenna, por favor! – implorou Aria. – *Quem mais estava lá?*

Jenna fez uma pausa para recolocar os óculos escuros.

– Desculpe – sussurrou ela, puxando a coleira de seu cão. Ela bateu sua bengala uma, duas, três vezes, tateando para encontrar a porta. E então, se foi.

# 32

## O INFERNO NÃO CONHECE FÚRIA IGUAL...

Depois de pegar Trista ficando com Noel, Emily saiu correndo da área das piscinas, procurando por Spencer ou Hanna. Ela precisava contar a alguém que Aria havia contado à polícia sobre A... E mostrar a elas a boneca que acabara de encontrar. Conforme ela dava a volta nas mesas de jogos de dados pela segunda vez, Emily sentiu que alguém colocava uma mão fria em seu ombro e gritou, assustada. Spencer e Mona estavam ali, logo atrás dela. Spencer segurava uma fotografia pequena com firmeza.

– Emily, precisamos conversar.

– Eu preciso falar com vocês também – balbuciou Emily.

Spencer a levou em silêncio através da pista de dança. Mason Byers estava no centro da pista, fazendo papel de idiota. Hanna estava conversando com o pai e com a sra. Cho, sua professora de fotografia. Ela ergueu o rosto quando Spencer, Mona e Emily se aproximaram e sua expressão se anuviou.

– Você tem um segundo? – perguntou Spencer.

Elas encontraram uma cabine vazia e se enfiaram nela. Sem dizer uma palavra, Spencer mexeu em sua bolsa de lantejoulas e tirou de lá uma fotografia que mostrava Ali e Ian Thomas. Alguém tinha feito um X sobre o rosto de Ali e escrito:

Você está morta, sua vaca.

Emily tampou a boca com a mão. Havia alguma coisa muito familiar naquela fotografia. Onde ela a vira antes?

– Encontrei isso em minha bolsa quando estava no banheiro. – Spencer virou a foto. *É melhor você se cuidar... Caso contrário, será uma vaca morta também.* – A Emily reconheceu a letra pontiaguda na hora em que a viu. Ela a havia visto no formulário de inscrição da PALG – Pais e Amigos de Lésbicas e Gays – fazia poucos dias.

– Isso estava na sua bolsa? – espantou-se Hanna. – Então quer dizer que A está *aqui*?

– A definitivamente está aqui – disse Emily, olhando em volta. Os modelos-garçons circulavam. Um bando de garotas usando minivestidos passou correndo, sussurrando que Noel Kahn havia contrabandeado bebida alcoólica para a festa.

– Eu acabei de receber uma mensagem, um tipo de mensagem, dizendo isso – continuou Emily. – E... meninas. *Aria* contou aos policiais tudo sobre A. Um policial veio até mim, dizendo que queria fazer umas perguntas. Então, acho que A também sabe disso.

– Ah, meu Deus – sussurrou Mona de olhos arregalados. Ela olhou de uma garota para a outra. – Isso é ruim, certo?

– Isso pode ser *realmente muito ruim* – disse Emily. Alguém abrindo caminho às cotoveladas a acertou na nuca e ela esfregou a cabeça, irritada. – Esta festa não é exatamente o melhor lugar para falar sobre isso.

Spencer passou as mãos pelo assento de veludo do sofá.

– Tudo bem. Não vamos entrar em pânico. A polícia está aqui, certo? Então estamos a salvo. Vamos ver onde estão os policiais e ficar junto deles. Mas isso... – Ela mostrou o X enorme sobre o rosto de Ali na fotografia e depois a frase "Você está morta, sua vaca". Eu sei quem escreveu esta frase aqui – ela olhou em volta e deu um longo suspiro. – Melissa.

– Sua irmã? – perguntou Hanna, com um gritinho.

Spencer concordou, séria, as luzes estroboscópicas da festa fazendo seu rosto brilhar.

– Eu acho... Eu acho que Melissa matou Ali. Fazia sentido. Ela sabia que Ali e Ian estavam juntos. E ela não ia aguentar isso.

– Espera aí um pouquinho. – Mona colou sua lata de Red Bull sobre a mesa. – Alison e... Ian Thomas? Eles estavam ficando? – Ela estalou a língua, fazendo um barulhinho de desaprovação. – Eca. Vocês sabiam disso, meninas?

– Nós só nos demos conta dias atrás – murmurou Emily. Ela estreitou o casaco em torno de seu corpo. De repente estava com muito frio.

Hanna comparou com atenção a assinatura de Melissa em seu gesso com a letra da foto.

– A caligrafia *é* parecida.

Mona olhou para Spencer com cara de medo.

– E ela estava agindo de uma forma tão estranha agora há pouco, no banheiro.

– Ela ainda está aqui? – Hanna esticou o pescoço. Atrás dela, um garçom derrubou uma bandeja cheia de taças. Um bando de garotos aplaudiu com entusiasmo.

— Procurei por ela em todo canto — disse Spencer. — E não encontrei em lugar nenhum.

— Bem, então, o que vamos fazer? — perguntou Emily, o coração cada vez mais acelerado.

— Eu vou contar a Wilden sobre essa história da Melissa — disse Spencer, muito decidida.

— Mas, Spencer — argumentou Emily —, A sabe o que nós estamos fazendo. E A sabe que Aria falou com a polícia. E se isso tudo não passa de um jogo psicológico?

— Ela tem razão — concordou Mona, cruzando as pernas. — Pode ser uma armadilha.

Spencer balançou a cabeça.

— É Melissa. Tenho certeza. Tenho que entregá-la. Temos que fazer isso por Ali. — Ela remexeu em sua bolsa de lantejoulas e pegou seu telefone. — Vou ligar para a polícia. É provável que consiga falar com Wilden. — Ela digitou e colocou o telefone contra a orelha.

Atrás delas, o DJ gritou:

— Estão todos tendo uma grande noite!!??

E a multidão na pista de dança berrou:

— Sim!!!

Emily fechou os olhos. *Melissa.* Desde que a polícia havia considerado a morte de Ali como assassinato, Emily não tinha conseguido parar de pensar em como o assassino tinha feito aquilo. Ela imaginava uma cena onde Toby Cavanaugh agarrava Ali por trás, batia na cabeça dela e a atirava no buraco que havia sido cavado para o gazebo dos DiLaurentis. Ela tentara imaginar Spencer fazendo o mesmo com Ali, louca de ciúme por causa do namoro de Ali com Ian Thomas. E agora, ela podia ver Melissa Hastings agarrando Ali pela cintura, e a arrastando até o buraco. Só que... Melissa era tão magrinha que Emily não podia acreditar que ela tivesse força suficiente para coagir Ali a fazer o que ela mandasse. Talvez ela tivesse uma arma, como uma faca de cozinha ou um estilete. Emily estremeceu, imaginando um estilete encostado contra a garganta delicada de Ali.

– Wilden não está atendendo. – Spencer jogou seu telefone de volta na bolsa. – Eu vou até a delegacia. – Ela fez uma pausa e deu um tapa em sua testa. – Droga. Meus pais me trouxeram. Nós viemos direto de Nova York. Estou sem carro.

– Eu levo você até lá. – Mona se levantou.

Emily ficou em pé.

– Eu também vou.

– Vamos todas juntas – disse Hanna.

Spencer sacudiu a cabeça.

– Hanna, esta é a *sua* festa. Você deveria ficar.

– É mesmo – disse Mona.

Hanna ajeitou a tipoia.

– A festa está uma delícia, mas isso é mais importante.

Mona mordeu o lábio inferior, aflita.

– Eu acho que você deveria ficar por aqui mais um pouco.

Hanna ergueu a sobrancelha.

– Por quê?

Mona oscilou para a frente e para trás sobre seus calcanhares.

– Porque nós contratamos o Justin Timberlake para cantar na sua festa.

Hanna colocou a mão no peito, como se Mona tivesse atirado nela.

– O *quê*?

– Ele foi cliente do meu pai quando estava começando a carreira, então ele devia um favor ao meu velho. Acontece que ele está meio atrasado. Tenho certeza de que ele estará aqui logo e não quero que você perca a apresentação. – Ela sorriu com doçura.

– Uau! – Spencer arregalou os olhos. – Sério? Você não contou isso nem para *mim*.

– E você *detesta* o Justin Timberlake, Mon! – Hanna estava sem fôlego.

Mona deu de ombros.

– Bom, a festa não é minha, é sua. Ele vai pedir para você subir no palco para dançar com ele, Han. Eu não quero que você perca isso de jeito nenhum.

Hanna adorava Justin Timberlake desde que Emily a conhecia. Sempre que Hanna dizia que Justin deveria estar *com ela* e não com qualquer outra garota, Ali dava uma risada escandalosa e respondia: "Bem, com você ele teria *duas* garotas pelo preço de uma. Você tem o dobro do tamanho!" Então Hanna se afastava, magoada, até que Ali ia até lá e insistia que ela não deveria ser tão sensível.

– Eu fico com você, Hanna – disse Emily, agarrando o braço da amiga. – Nós vamos ficar por Justin. Vamos ficar juntas, perto daquele policial ali. Certo?

– Eu não sei – disse Hanna, insegura. Apesar de Emily saber que ela queria ficar. – Talvez nós devêssemos ir.

– *Fique!* – disse Spencer. – Depois você encontra com a gente lá. Vocês ficarão bem aqui. A não pode machucá-las enquanto estiverem perto de um policial. É só tomar cuidado para não irem ao banheiro ou a qualquer outro lugar sozinhas.

Mona pegou no braço de Spencer e elas abriram caminho pela multidão, em direção à saída principal da tenda. Emily deu um sorriso encorajador para Hanna, com o coração apertado.

— Não me deixe — disse Hanna baixinho, aterrorizada.

— Eu não deixarei — garantiu Emily. Ela pegou a mão de Hanna e a apertou com força, mas não pôde deixar de observar a multidão, nervosa. Spencer tinha dito que encontrara Melissa no banheiro. Aquilo significava que a assassina de Ali estava ali na festa com elas, *naquele instante*.

# 33

## UM MOMENTO DE CLAREZA

Ficar ali, de pé, no meio do palco, onde estaria o *verdadeiro* Justin Timberlake — não um boneco de cera de Madame Tussaud ou um *cover* do Cassino Taj Mahal em Atlantic City — seria surreal. Seria a boca do Justin de verdade dando um grande sorriso para ela, seriam os olhos do Justin de verdade observando o corpo de Hanna enquanto ela dançava, seriam as mãos do Justin de verdade aplaudindo Hanna por ela ter tido a força de superar um acidente tão devastador.

Infelizmente, Justin ainda não tinha aparecido. Hanna e Emily vigiavam uma das aberturas da tenda, mantendo os olhos à espreita de um comboio de limusines.

— Isso vai ser tão excitante — murmurou Emily.

— Vai sim — disse Hanna. Mas ela se perguntava se seria capaz de curtir tudo. Ela sentia que alguma coisa estava muito, muito errada. Havia algo dentro dela lutando para sair, como uma mariposa que teimava em se libertar do casulo.

De repente, Aria se materializou na multidão, seu cabelo escuro estava emaranhado e ela tinha um machucado na bochecha. Ela ainda estava usando o blazer e a saia plissada de Rosewood Day, e parecia muito deslocada no meio daquele pessoal com roupa de festa.

— Meninas — disse ela, sem fôlego —, preciso falar com vocês.

— E nós precisamos falar com *você*! — gritou Emily. — Você contou a Wilden sobre A!

Aria piscou.

— Eu... contei sim. Foi isso mesmo. Achei que era a coisa certa a fazer.

— *Não era não!* — explodiu Hanna, cheia de ódio. — A já sabe de tudo, Aria. A está atrás de nós. Que diabos há de errado com você?

— Eu sei que A sabe de tudo — disse Aria, parecendo distraída. — Eu tenho que contar mais uma coisa para vocês. Onde está Spencer?

— Spencer foi para a delegacia — disse Emily. As luzes da pista de dança as alcançando de novo, fazendo com que seu rosto ficasse rosa e depois azul. — Tentamos ligar para você, mas você não atendeu.

Aria desabou em um sofá próximo, parecendo trêmula e confusa. Ela pegou uma garrafa de água com gás e se serviu num copo grande.

— Ela foi para a delegacia por causa de... A? Os policiais queriam nos fazer mais perguntas.

— Não, não foi isso — disse Hanna. — Ela foi até lá porque ela sabe quem matou Ali.

Os olhos de Aria ficaram sem vida. Ela parecia não ter entendido o que Hanna dissera.

— Uma coisa muito estranha aconteceu comigo agora há pouco. — Ela bebeu toda a água. — Tive uma longa conversa com Jenna Cavanaugh. E... Ela sabe o que aconteceu naquela noite.

– No que você estava pensando para conversar com a Jenna? – rosnou Hanna.

Mas, então, o resto da frase de Aria foi finalmente assimilado e entendido, da mesma forma que, como seu professor de física havia explicado, leva anos para que as ondas de rádio alcancem o espaço sideral.

O queixo de Hanna caiu e ela ficou branca como um fantasma.

– *O que foi que você acabou de dizer?*

Aria pressionou a testa.

– Eu estava tendo algumas aulas de arte e Jenna estava na turma. Hoje à noite eu fui até o ateliê e... Jenna estava lá. Quase morri de medo pensando que ela fosse A... E que ela fosse me machucar. Tive um ataque de pânico... Mas quando voltei a mim, Jenna ainda estava ali. Ela tinha *me ajudado*! Eu me senti péssima e comecei a falar sem pensar, eu ia contar a ela tudo o que fizemos. Mas, antes que eu pudesse começar a contar o que aconteceu, ela me interrompeu, dizendo que se lembrava de tudo sobre aquela noite. – Aria olhou para Hanna e para Emily. – Ela e Ali tramaram tudo juntas.

Houve uma longa pausa. Hanna podia sentir a pulsação de seu sangue nas têmporas.

– Isso é impossível – disse Emily, finalmente, ficando em pé de repente. – Isso *não pode* ser verdade.

– Isso não pode ser verdade – ecoou Hanna, com um fio de voz. O que Aria estava dizendo?

Aria colocou uma mecha de cabelo atrás das orelhas.

— Jenna disse que ela foi até Ali com um plano para machucar Toby. Ela queria que ele fosse embora. — Estou certa que ela queria isso porque ele estava... Vocês sabem. Abusando dela. Ali disse que a ajudaria. Só que as coisas deram errado. Mas Jenna manteve a boca fechada de qualquer forma... Ela disse que as coisas saíram do jeito que ela queria. Seu irmão foi mandado embora. Só que... Ela disse que mais alguém viu tudo o que aconteceu naquela noite. Além de Ali, além de nós. Uma outra pessoa.

Emily engasgou.

— *Não!*

— Quem? — Hanna quis saber, sentindo as pernas enfraquecerem.

Aria balançou a cabeça.

— Ela não me disse.

As meninas ficaram em silêncio. A batida do contrabaixo de uma música de Ciara pulsava ao fundo. Hanna olhou a agitação da festa, atônita por verificar que todos pareciam alegres e inconscientes sobre tudo o que acontecia. Mike Montgomery dando uns amassos em uma garota do colégio Quaker; os adultos todos conversando e se embebedando em volta do bar; e uma turma de meninas do ano dela fofocavam aos sussurros sobre como todas as garotas, menos elas mesmas, estavam horrorosas em seus vestidos. Hanna quase desejou mandar todo mundo embora, explicar que o universo tinha sido virado do avesso e que agora diversão estava fora de questão.

— Por que Jenna foi pedir ajuda a *Ali*, entre todas as pessoas do planeta? — perguntou Emily meio alterada. — Ali a odiava.

Aria passou os dedos pelo cabelo, que estava molhado por causa da chuva.

— Ela disse que Ali a entenderia, pois também tinha problemas com o irmão.

Hanna franziu a testa, confusa.

— Problemas com o irmão? Você quer dizer, com Jason?

— Eu... Eu acho que sim — disse Aria, pensativa. — Talvez Jason estivesse fazendo com ela a mesma coisa que Toby fazia com Jenna.

Hanna franziu o nariz, lembrando do rabugento irmão mais velho de Ali, que tinha um traseiro tão bonito.

— Jason *sempre foi* meio... esquisito.

— Ah, meninas, *não* digam isso — as mãos de Emily estavam em seu colo. — Jason era mal-humorado, mas não era um molestador. Ele e Ali sempre pareceram felizes um com o outro.

— Toby e Jenna pareciam felizes quando estavam juntos também — lembrou Aria.

— Eu ouvi que, tipo, um em cada quatro garotos abusam de suas irmãs — disse Hanna.

— Isso é ridículo — disse Emily perdendo a calma. — Não acredite em tudo que você ouve.

Hanna ficou paralisada. Ela virou-se para olhar para Emily.

— O que foi que você acabou de dizer?

A boca de Emily tremeu.

— Eu disse... Não acredite em tudo que você ouve.

As palavras atingiram Hanna como os sinais de um radar. Hanna as ouvia de novo e então de novo, colidindo para a frente e para trás em sua cabeça.

Os alicerces que davam sustentação ao seu cérebro começaram a ruir. *Não acredite em tudo que ouve.* Fora a última mensagem que ela havia recebido. De A. Em uma noite da qual ela não conseguia se lembrar.

Hanna deve ter feito algum tipo de barulho, porque Aria se voltou para ela.

— Hanna... O que foi?

As lembranças começaram a vir de encontro a ela, como uma fileira de dominós caindo um depois do outro. Hanna voltou a ver-se, insegura, indo para a festa de Mona em seu vestido da corte, quase louca porque o vestido não cabia nela. Mona havia rido na cara dela e depois a chamara de baleia. E Hanna percebeu que não havia sido Mona quem lhe enviara o vestido — tinha sido A.

Ela se viu dando um passo para trás, seu tornozelo se dobrando e ela caindo no chão. O som apavorante do tecido se rasgando. Os sons de riso acima dela, a risada de Mona mais alta que as outras. Então, Hanna viu a si mesma algum tempo depois, sentada sozinha em seu Toyota Prius no estacionamento do planetário da Universidade de Hollis, vestindo moletom e shorts de ginástica, os olhos inchados de tanto chorar. Ela ouviu seu BlackBerry tocar e viu quando atendia ao telefone. *Ops, acho que não era lipo! Não acredite em tudo que ouve! — A*

Mas acontece que a mensagem não tinha vindo de A. Viera de um telefone celular com número comum. Um número que Hanna conhecia muito bem.

Hanna soltou um grito agudo. Os rostos voltados para ela pareciam sem contorno, irreais, como se fossem hologramas.

— Hanna... O que aconteceu? — gritou Emily, assustada.

— Ah, não. Ah, meu Deus — sussurrou Hanna, a cabeça rodando. — É... Mona.

Emily franziu a testa.

— O que *é que tem* a Mona?

Hanna arrancou a máscara. O ar pareceu fresco e libertador. Sua cicatriz latejava, como se fosse algo separado de seu queixo. Ela nem sequer olhou em volta para ver quantas pessoas encaravam seu rosto machucado e feio, porque, naquele momento, nada importava.

– Eu me lembro que estava indo contar isso para vocês naquela noite, aquela em que marcamos de nos encontrar nos balanços de Rosewood Day – disse Hanna, com lágrimas brilhando em seus olhos. – A é Mona.

Emily e Aria olharam para ela tão sem expressão, que Hanna se perguntou se elas a haviam escutado. Finalmente, Aria disse:

– Você tem certeza?

Hanna fez que sim com a cabeça.

– Mas Mona está com... Spencer – disse Emily devagar.

– Eu sei – sussurrou Hanna. Ela jogou sua máscara no sofá e ficou de pé. – Temos que encontrá-la. Agora.

# 34

## VOU PEGAR VOCÊS, BELEZOCAS...

Levou quase dez minutos para que Spencer e Mona cruzassem o gramado do Country Clube, conseguissem chegar ao estacionamento, entrassem na picape Hummer de Mona, amarela como um táxi de Nova York e saíssem de lá. Spencer deu uma olhada para a tenda da festa de Hanna. Ela havia sido erguida como um bolo de festa, e a vibração produzida pela música era quase visível.

– O que você fez foi incrível... Dispensar Justin Timberlake por Hanna – murmurou Spencer.

– Hanna é minha melhor amiga – respondeu Mona. – Ela passou por tanta coisa. Quero que a festa dela seja especial.

– Ela falava sobre Justin Timberlake o tempo todo quando éramos mais novas – disse Spencer, olhando pela janela, enquanto uma casa de fazenda antiga, que pertencera aos DuPonts, mas que agora era um restaurante, podia ser vista lá fora. Algumas pessoas que tinham acabado de jantar estavam de pé na varanda, conversando alegremente. – Mas eu não sabia que ela ainda gostava tanto dele.

Mona deu um meio sorriso.

— Eu sei um monte de coisas sobre Hanna. Às vezes, acho que conheço Hanna melhor que ela mesma. — Ela deu uma olhada para Spencer. — Você tem que tentar agradar as pessoas de que gosta, sabe?

Spencer balançou a cabeça um pouquinho, concordando enquanto roía as unhas. Mona diminuiu a velocidade por causa de uma placa em que se lia PARE e mexeu em sua bolsa, tirando de lá um pacote de chicletes. Um cheiro artificial de banana invadiu o carro imediatamente.

— Quer um pedaço? — perguntou ela a Spencer, desembrulhando uma tira de chiclete comprida e enfiando-a na boca. — Estou obcecada por essa coisa. Acho que só vendem na Europa, mas uma garota da minha turma de história me deu uma caixa inteira. — Ela mastigou, pensativa. Spencer gesticulou para dizer que não queria. Ela não estava muito a fim de chiclete naquele momento.

Quando Mona passou na frente da Hípica Fairview, Spencer deu um tapa na perna.

— Eu não posso fazer isso! — lamentou-se ela. — Nós precisamos voltar, Mona. Eu não posso entregar Melissa.

Mona olhou para ela, depois entrou no estacionamento da hípica. Elas entraram na vaga de deficientes e Mona virou a picape Hummer para estacionar.

— Tudo bem...

— Ela é minha *irmã*! — Spencer olhou para a frente sem expressão nenhuma no rosto. Estava um breu lá fora e o ar cheirava a feno. Ela ouviu um relincho ao longe. — Se Melissa fez mesmo tudo isso, eu não devia estar tentando protegê-la?

Mona pegou sua bolsa e tirou um maço de Marlboro Light. Ela ofereceu um a Spencer, mas Spencer sacudiu a cabeça. Enquanto Mona acendia seu cigarro, Spencer observou a ponta cor de laranja do cigarro brilhar e os anéis de fumaça subirem, primeiro pela cabine da Hummer, depois pela abertura na parte de cima da janela do lado de Mona.

— O que Melissa quis dizer com aquela história no banheiro? — perguntou Mona, com calma. — Ela disse que, depois do que você contou na praia, ela achou que vocês duas tinham se entendido. O que você contou a ela?

Spencer enfiou as unhas nas palmas das mãos.

— Eu me lembrei de uma coisa sobre a noite em que Ali desapareceu — admitiu ela. — Ali e eu tivemos uma briga... E eu a empurrei. A cabeça dela bateu contra o muro de pedras. Mas eu bloqueei a cena por anos. — Ela olhou para Mona, mas a garota não tinha expressão nenhuma no rosto. — Eu contei tudo a Melissa naquele dia. Eu tinha que contar a *alguém*.

— Opa! — sussurrou Mona, dando uma olhada cuidadosa para Spencer. — Você acha que foi *você* que matou Ali?

Spencer colocou as mãos na testa.

— Olha, eu estava com muita raiva dela mesmo.

Mona se ajeitou no assento, soltando fumaça pelo nariz.

— Foi A que colocou aquela foto de Ali e Ian na sua bolsa, certo? E se A forneceu alguma pista para Melissa também, e a convenceu a entregar você? Melissa pode estar indo agora mesmo até a delegacia.

Spencer arregalou os olhos. Ela se lembrava do que Melissa havia dito sobre elas não terem mais um "acordo".

— Droga — falou, baixinho. — Você acha mesmo?

— Eu não sei — Mona pegou a mão de Spencer. — Eu acho que você está fazendo a coisa certa. Mas se você quiser que eu dê meia-volta e leve a gente de volta para a festa, eu farei isso.

Spencer brincou com as lantejoulas de sua bolsa. Isso *era mesmo* a coisa certa a fazer? Ela desejou não ter sido a pessoa a descobrir que Melissa era a assassina. Ela desejou que alguém tivesse descoberto isso em vez dela. Depois, pensou em como havia percorrido toda a tenda, desesperada, procurando por Melissa. Aonde ela tinha ido? O que ela estava fazendo naquele momento?

— Você tem razão — sussurrou ela, numa voz contida. — É a coisa certa a fazer.

Mona concordou, engatou a ré e saiu do estacionamento da hípica. Ela jogou seu cigarro pela janela e Spencer olhou para aquilo enquanto elas se afastavam, uma pequena luz brilhando entre as placas de grama.

Quando elas já tinham percorrido um bom pedaço de estrada, o Sidekick de Spencer tocou. Ela abriu a bolsa e o apanhou.

— Talvez seja Wilden — murmurou ela. Mas não era Wilden, era uma mensagem de Emily.

**Hanna se lembrou de tudo. Mona é A! Escreva de volta para sabermos que você leu.**

O telefone escorregou das mãos de Spencer para o seu colo. Ela leu o texto de novo. E de novo. As palavras poderiam muito bem ter sido escritas em árabe, Spencer não conseguia processar o que havia acabado de ler. Ela perguntou:

Tem certeza?

Emily respondeu:

Sim. Dê o fora daí. AGORA!

Spencer olhou para um *outdoor* do café Wawa, a placa de uma construtora, e depois para uma igreja enorme em formato triangular. Ela tentou respirar o mais calmamente possível, contando de um até cem, de cinco em cinco números, torcendo para que isso a acalmasse. Mona dirigia prestando atenção na estrada, cuidadosa e prestativa. O corpete de seu vestido era pequeno para seus seios. Ela tinha uma cicatriz no ombro direito, provavelmente marca de catapora. Parecia impossível que ela tivesse feito todas aquelas coisas ruins.

– E então, era Wilden? – perguntou Mona.

– Ah... Não... – A voz de Spencer saiu esganiçada e abafada, como se ela estivesse falando através de uma lata. – Era... Era a minha mãe.

Mona concordou brevemente, mantendo a mesma velocidade. O telefone de Spencer acendeu de novo. Outra mensagem de texto havia chegado. Depois outra, e outra, e mais outra.

Spencer, o q tá acontecendo?

Spencer, por favor, escreve de volta.

Spencer, vc tá em PERIGO.

Por favor, avise se tá td ok.

Mona sorriu, seus dentes caninos brilhavam por causa da luz fraca do painel da Hummer.

– Você é mesmo muito popular. O que está acontecendo?

Spencer tentou dar uma risada.

– Ah... Nada.

Mona deu uma olhada para a tela do telefone de Spencer.

– Emily, hein? Justin já apareceu?

– Ah... – Spencer engoliu em seco de forma audível, sua garganta arranhava.

O sorriso de Mona evaporou.

– Por que você não me conta o que está acontecendo?

– N-não está acontecendo nada – gaguejou Spencer.

A pele pálida de Mona brilhava na escuridão. Jogando o cabelo para trás, Mona zombou:

– Que foi? É um segredo? Eu não sou boa o suficiente para saber de alguma coisa secreta?

– Claro que não! Não é isso – desafinou Spencer. – É só... Eu...

Elas pararam num semáforo vermelho. Spencer olhou para os lados, depois apertou o botão para destravar a porta bem devagar. Quando ela estava começando a mover a maçaneta para abrir a porta, Mona agarrou seu pulso.

– O que é que você está *fazendo*!? – Os olhos de Mona brilhavam com as luzes do semáforo. Seus olhos iam do telefone de Spencer para o rosto em pânico da garota. Spencer podia ver Mona se dando conta do que estava acontecendo; era como assistir as imagens em preto e branco se tornarem coloridas em O MÁGICO DE OZ. A expressão no rosto de Mona passou de confusão e choque para... felicidade. Ela pressionou o botão de trancar as portas de todo o carro. Quando a luz verde do semáforo acendeu, engatou a primeira e fez uma curva fechada e repentina no cruzamento, para depois se enfiar por uma estradinha esburacada de duas pistas.

Spencer observava o velocímetro mostrando que a velocidade ia de oitenta quilômetros por hora para noventa, e depois para mais de cem. Ela mexeu na maçaneta com força.

— Onde você está indo? — perguntou ela, a voz abafada e trêmula de terror.

Mona olhou para Spencer, com um sorriso sinistro nos lábios.

— Paciência nunca foi o seu forte. — Ela piscou e soprou um beijo para Spencer. — Mas desta vez você vai ter que esperar para ver.

# 35

## COMEÇA A PERSEGUIÇÃO

Como Hanna tinha chegado à festa de limusine e a mãe de Emily a tinha levado de carro, o único veículo disponível era o desengonçado e imprevisível Subaru de Aria. Ela liderou as outras até o estacionamento, seus sapatos baixos de camurça verde martelando pelo caminho. Destravou manualmente a porta e despencou no assento do motorista. Hanna se sentou na frente, no banco do passageiro e Emily afastou todos os livros de Aria, copos vazios de café, mudas de roupa, novelos de lã e um par de botas de salto alto, e sentou atrás. Aria estava com o celular enfiado entre o queixo e o ombro tentando ligar para Wilden, para saber se Spencer e Mona tinham aparecido no posto policial, mas depois de oito toques sem resposta, ela desligou, frustrada.

— Wilden não está na mesa dele — disse ela —, e também não atende o celular.

Elas ficaram quietas por um momento, perdidas em seus próprios pensamentos. *Como Mona pode ser A?* pensou Aria.

*Como Mona pode saber tanto sobre nós?* Aria repassou tudo o que Mona havia feito: a ameaçara com a boneca da Rainha Má, enviara para Sean as fotos que causaram a prisão de Ezra, e, para Ella, a carta que causou a separação da sua família. Mona tinha atropelado Hanna, fizera com que Emily fosse obrigada a sair da escola e fizera todas pensarem que Spencer havia assassinado Ali. Mona tinha um dedo na morte de Toby Cavanaugh... E talvez na de Ali, também.

Hanna estava olhando o vazio, seus olhos arregalados, como se estivesse possuída. Aria tocou sua mão.

— Está *certa* disso?

Hanna sacudiu a cabeça.

— Sim. — Seu rosto estava pálido e seus lábios estavam secos.

— Acha que foi uma boa ideia ter enviado uma mensagem para o celular de Spencer? — perguntou Emily, checando seu telefone pela bilionésima vez. — Ela ainda não escreveu de volta.

— Talvez elas estejam na delegacia agora — respondeu Aria, tentando ficar calma. — Talvez Spencer tenha desligado o celular e é por isso também que Wilden não está atendendo.

Aria olhou para Hanna. Havia uma enorme e brilhante lágrima descendo pelo seu rosto, passando pelas contusões e pelos pontos.

— Se Spencer se machucar, vai ser minha culpa — murmurou Hanna. — Eu devia ter me lembrado antes.

— Não é culpa sua, de forma alguma — disse Aria, severamente. — Você não pode *controlar* quando vai se lembrar das coisas.

Ela colocou a mão no braço de Hanna, que se esquivou, cobrindo o rosto com as mãos. Aria não sabia como consolá-la. Como seria descobrir que sua melhor amiga era também sua pior inimiga? A melhor amiga de Hanna tinha tentado *matá-la*.

De repente, Emily também arfou.

– Aquela foto – sussurrou ela.

– Que foto? – perguntou Aria, ligando o carro e deixando o estacionamento a toda velocidade.

– Aquela... Aquela foto que Spencer nos mostrou, de Ali e Ian. Aquela que tinha algo escrito atrás? Eu *sabia* que já a tinha visto. Agora sei onde! – Emily soltou um riso de descrença. – Eu estava na sala do livro do ano há alguns dias, e lá havia fotos do interior da bolsa das pessoas. Foi onde vi essa foto. – Ela levantou os olhos, olhando de uma para outra. – Na bolsa de *Mona*. Mas só vi o braço de Ali. A manga cor-de-rosa estava desgastada e tinha um pequeno rasgo.

A delegacia ficava apenas a cerca de dois quilômetros adiante, bem ao lado do Hooters. Era incrível que Aria e Mike tivessem estado ali há apenas algumas horas. Quando estacionaram, as três se inclinaram sobre o painel.

– Droga! – Havia quatro viaturas no estacionamento, e só. – Elas não estão aqui!

– Calma. – Aria desligou o carro e as três saltaram, em direção à entrada da delegacia. A luz fluorescente do interior era esverdeada e árida, e vários policiais pararam e ficaram olhando para elas de boca entreaberta. Os bancos de espera verdes estavam vazios, exceto por alguns panfletos instrutivos espalhados neles.

Wilden surgiu de um canto, com o telefone numa das mãos e uma caneca de café na outra. Quando viu Hanna e Emily em seus vestidos de festa, com as máscaras penduradas no pulso e

Aria em seu uniforme da escola com um enorme hematoma na cabeça, ficou desconcertado.

— Oi, meninas — disse ele vagarosamente. — O que houve?

— Você precisa nos ajudar — disse Aria. — Spencer está em perigo.

Wilden deu um passo adiante, gesticulando para que elas se sentassem.

— Como assim?

— As mensagens de texto que estávamos recebendo — explicou Aria. — Das quais eu falei mais cedo. Nós sabemos quem as enviou.

Wilden se levantou, alarmado.

— Vocês *sabem*?

— É Mona Vanderwaal — disse Hanna, sua voz embargada em um soluço. — Foi do que me lembrei. É minha maldita melhor *amiga*.

— Mona... Vanderwaal? — Os olhos de Wilden corriam de uma garota para a outra. — A menina que planejou a sua festa?

— Spencer Hastings está no carro com Mona agora — disse Emily. — Elas deveriam ter vindo para cá, porque Spencer tinha algo para contar a você. Mas depois eu mandei uma mensagem para o celular dela, alertando-a sobre Mona... E agora não sabemos onde elas estão. O telefone de Spencer está desligado.

— Você tentou localizar Mona? — perguntou Wilden.

Hanna encarou o piso de linóleo. Na base policial um telefone tocou, depois outro.

— Tentei. Ela também não atendeu.

De repente, o telefone de Wilden acendeu em sua mão. Aria viu a tela de relance e reconheceu o número que chamava.

– É Spencer! – gritou ela.

Wilden atendeu, mas não disse "alô". Ele colocou no "viva voz" e olhou para as garotas, o indicador entre os lábios.

– *Shhh* – murmurou ele.

Aria e suas antigas melhores amigas se aglomeraram em torno do telefone. A princípio, só havia ruído, depois ouviram a voz de Spencer. Parecia muito distante.

– Sempre achei a estrada Swedesford tão bonita – disse ela. – Tantas árvores, especialmente nessa parte isolada da cidade.

Aria e Emily trocaram olhares confusos. E então, Aria compreendeu – ela tinha visto isso num seriado de TV. Mona deve ter descoberto tudo e Spencer conseguiu dar um jeito de ligar para Wilden secretamente e dar pistas de aonde Mona a estava levando

– E... Por que estamos virando em direção à estrada Brainard? – perguntou Spencer, alta e claramente. – Este não é o caminho para a delegacia.

– *Dã*, Spencer – eles ouviram Mona dizer em resposta.

Wilden abriu seu bloco de anotações e escreveu *Estrada Brainard*. Alguns policiais se juntaram a eles. Emily explicou o que estava acontecendo quase sussurrando e um dos policiais desdobrou um enorme mapa da região, assinalando o cruzamento entre as estradas Brainard e Swedesford com um marcador amarelo.

– Nós vamos para o riacho? – a voz de Spencer soou novamente.

– Talvez – cantarolou Mona.

Os olhos de Aria se arregalaram. O riacho Morrel estava mais para um rio caudaloso.

– Eu adoro o riacho – Spencer falou bem alto.

Então, houve um arfar e um grito. Eles ouviram alguns barulhos de solavanco, um guinchar de pneus e o tom dissonante de vários botões de telefone apertados de uma só vez... E depois, mais nada. A tela do celular de Wilden piscou. *Chamada encerrada.*

Aria olhou para os outros. Hanna tinha a cabeça entre as mãos, Emily parecia prestes a desmaiar. Wilden se levantou, pôs o telefone no coldre e tirou as chaves do carro do bolso.

— Vamos procurar em todas as entradas para o riacho naquela área.

Ele apontou para um policial corpulento sentado atrás de uma mesa:

— Veja se consegue fazer um rastreamento por GPS dessa ligação. — Depois se virou em direção ao seu carro.

— Espere — disse Aria, correndo atrás dele, que se virou. — Nós vamos junto.

Wilden soltou os ombros.

— Isso não é...

— Nós *vamos* junto — disse Hanna, atrás de Aria, sua voz forte e firme.

Wilden levantou um ombro e suspirou. Ele apontou para a parte de trás da viatura.

— Tudo bem, podem entrar.

# 36

## UMA OFERTA IRRECUSÁVEL PARA SPENCER

Mona arrancou o celular das mãos de Spencer, apertou FIM e o atirou para fora da janela, tudo isso sem diminuir a velocidade da picape Hummer. Depois fez um retorno abrupto em U, voltando pela estreita e acidentada estrada Brainard, e pegou a rodovia em direção ao sul. Dirigiram por cerca de oito quilômetros e pegaram a saída próxima à clínica Bill Beach para queimados. Mais haras e casas em construção, então a paisagem se transformou em florestas. Quando passaram voando pela velha e dilapidada igreja Quaker é que Spencer se deu conta de para onde estavam indo – à pedreira do Homem Flutuante.

Spencer costumava brincar no grande lago na base da pedreira do Homem Flutuante. As crianças mergulhavam das rochas mais altas, mas no último ano, durante um verão seco, um garoto da escola pública tinha batido nas rochas ao mergulhar e morreu, o que fez com que o nome Homem Flutuante parecesse sinistro e profético. Atualmente havia rumores de que o fantasma do garoto assombrava o perímetro da pedreira, guardando o lago. Spencer tinha inclusive ouvido murmúrios de que o perseguidor de Rosewood tinha seu covil aqui. Olhou de relance para Mona, sentindo um arrepio percorrer sua espinha. Ela tinha a impressão de que o perseguidor de Rosewood estava dirigindo o Hummer.

As unhas de Spencer estavam cravadas tão profundamente no apoio de braço que ela tinha certeza de que deixariam marcas permanentes. Ligar para Wilden e dar a sua localização tinha sido seu único plano, e agora ela estava completamente perdida.

Mona deu uma olhada de canto de olho para Spencer.

– Quer dizer que Hanna se lembrou, hein?

Spencer balançou a cabeça quase que imperceptivelmente.

– Ela não deveria ter lembrado – cantarolou Mona. – Ela sabia que isso colocaria todas vocês em perigo. Assim como Aria não devia ter contado aos policiais. Mandei que ela fosse ao Hooters para testá-la, para ver se ela realmente tinha prestado atenção aos meus avisos, afinal o Hooters é tão perto da polícia. Os policiais estão sempre por lá. Seria bem tentador contar tudo a eles. E obviamente foi o que ela fez.

Mona agitou suas mãos.

– Por que vocês meninas continuam fazendo coisas tão estúpidas?

Spencer fechou os olhos, desejando que pudesse simplesmente desmaiar de medo.

Mona suspirou dramaticamente.

– Mas é claro, vocês vêm fazendo coisas estúpidas por anos, não? Começando com a boa e velha Jenna Cavanaugh.

A boca de Spencer se abriu em surpresa. Mona... *Sabia?*

Claro que sim. Ela era A.

Mona viu o terror no rosto de Spencer e fez uma expressão de falsa surpresa como resposta. Depois puxou para baixo o zíper lateral do seu vestido frente única, revelando um sutiã de seda preta e boa parte da sua barriga. Havia uma enorme e enrugada cicatriz circulando a base de sua caixa torácica. Spencer a encarou por poucos segundos até que teve que desviar o olhar.

– Eu estava lá na noite em que vocês machucaram Jenna – sussurrou Mona, com uma voz rouca. – Jenna e eu éramos amigas, o que vocês saberiam se não fossem tão egoístas. Fui até a casa de Jenna para surpreendê-la naquela noite. Eu vi Ali...Vi tudo... Ganhei até uma lembrancinha. – Ela acariciou suas cicatrizes de queimadura. – Eu tentei avisar às pessoas que tinha sido Ali, mas ninguém acreditou em mim. Toby assumiu a culpa tão rapidamente que meus pais pensaram que eu estava culpando Ali por ter *inveja* dela.

Mona sacudiu a cabeça, seu cabelo loiro indo de um lado para o outro. Assim que ela terminou o cigarro e o jogou pela janela, acendeu outro, tragando o filtro brutalmente.

– Tentei até mesmo falar com Jenna a respeito, mas ela se recusou a ouvir. Ela continuava dizendo: "Você está errada. Foi o meu meio-irmão." – Mona imitou a voz de Jenna num tom mais agudo.

"Jenna e eu deixamos de ser amigas depois disso – continuou Mona –, mas toda vez em que estou na frente do espelho em casa e olho para o meu corpo, que antes era perfeito, me lembro do que vocês, suas vacas, fizeram. Eu sei o que vi. E eu... jamais... vou... esquecer. – Sua boca se contorceu num sorriso misterioso.

– Neste verão arrumei um jeito de dar o troco em vocês, vacas. Descobri o diário de Ali no meio de todo aquele lixo que os novatos estavam jogando fora. Sabia que era de Ali assim que o vi. Ela escreveu toneladas de segredos sobre todas *vocês*. Prejudicando algumas para valer, na verdade. É como se ela quisesse que o diário caísse em mãos inimigas.

Uma lembrança ocorreu a Spencer: no dia anterior ao sumiço de Ali, elas surpreenderam Ali em seu quarto, devorando um caderno, um divertido e ávido sorriso em seu rosto.

— Como os policiais não encontraram o diário no dia em que ela desapareceu? — balbuciou ela.

Mona conduziu o carro até um amontoado de árvores e parou. Havia apenas escuridão diante delas, mas Spencer podia ouvir a água corrente e sentir o cheiro do musgo e da relva molhada.

— Quem diabos vai saber? Mas fico feliz que eles não o tenham encontrado e sim, eu. — Mona fechou o vestido e encarou Spencer, seus olhos brilhando. — Ali escreveu cada coisa horrível que vocês fizeram. Como torturaram Jenna Cavanaugh, que Emily a beijou em sua casa da árvore, que *você*, Spencer, beijou o namorado da sua irmã. Foi tão fácil para mim, simplesmente... Sei lá, me *tornar* ela. Tudo o que me custou foi ter um segundo telefone com o número bloqueado. E a princípio eu realmente deixei você achar que era Ali te chamando, não foi? — Mona agarrou a mão de Spencer e gargalhou.

Spencer evitou o toque.

— Não acredito que era você o tempo todo.

— Não é surpreendente?! E deve ter sido muito chato não saber! — Mona aplaudiu alegremente. — Era *tão divertido* observar vocês ficando doidas... Então o corpo de Ali apareceu e vocês ficaram realmente doidas. Enviar bilhetes para *mim mesma*, porém, foi pura genialidade... — Ela a alcançou e deu um tapinha em sua omoplata esquerda. – Tive uma trabalheira danada em antecipar seus movimentos, antes mesmo de *vocês* saberem quais seriam. Mas a coisa toda ficou tão elegantemente bem-feita, quase como um vestido de alta-costura, você não acha?

Os olhos de Mona observaram Spencer à espera de uma reação. Então, lentamente, ela estendeu a mão e a socou jocosamente no braço.

– Você parece tão assustada agora. Como se eu fosse machucar você, ou algo assim. Mas não tem que ser desse jeito.

– Ser... de que jeito? – sussurrou Spencer.

– Quero dizer, no começo eu odiava você, Spencer, mais que todas. Você era a mais próxima de Ali, e você tinha *tudo*. – Mona acendeu outro cigarro. – Mas então... Ficamos amigas. Foi tão divertido planejar a festa para Hanna, passar tempo juntas. Você não se divertiu flertando com aqueles meninos? Fala sério, não foi agradável? Então pensei... Talvez eu possa ser tão filantrópica como a Angelina Jolie.

Spencer piscou, abismada.

– Decidi ajudá-la – explicou Mona. – O lance do Orquídea Dourada foi um golpe de sorte, mas isso... Eu honestamente quero fazer sua vida melhor, Spencer. Porque eu verdadeira e honestamente *me importo* com você.

Spencer franziu a testa.

– D-do que você está falando?

– Melissa, sua boba! – exclamou Mona. – Incriminá-la como assassina. É *perfeito*. Não é o que você sempre quis? Sua irmã na cadeia, presa por assassinato e fora da sua vida para sempre. Você pareceria tão perfeita em comparação!

Spencer a encarou:

– Mas... Melissa tinha um motivo.

— Tinha mesmo? — Mona sorriu. — Ou é nisso que você quer acreditar?

Spencer abriu a boca, mas não emitiu nenhum som. Mona tinha mandado a mensagem que dizia: *O assassino de Ali está na sua frente*. E a outra que dizia: *Foi ela, você sabe*.

Ela tinha plantado a foto na bolsa de Spencer.

Mona deu a Spencer um olhar depravado.

— Nós podemos virar isso a nosso favor. Podemos voltar à delegacia e dizer a Hanna que foi tudo um tremendo mal-entendido, que ela não está se lembrando das coisas corretamente. Podemos fazer com que A seja outra pessoa, alguém de que você não goste. Que tal Andrew Campbell? Você sempre o odiou, não é?

— E-eu... — gaguejou Spencer.

— Podemos colocar sua irmã na cadeia — sussurrou Mona —, e nós *duas* podemos ser A. Podemos controlar todo mundo. Você é tão minha cúmplice quanto Ali era, Spence. E você é mais bonita, esperta e rica. *Você* deveria ser a líder do grupo, não ela. Estou lhe dando a chance, agora, de ser a líder que você está destinada a ser. Sua vida em casa seria perfeita. Sua vida na escola seria perfeita.

Seus lábios se abriram num sorriso.

— E eu sei o quanto você deseja ser perfeita.

— Mas você machucou minhas amigas — sussurrou Spencer.

— Tem certeza de que são suas amigas? — Os olhos de Mona brilharam. — Você sabe quem eu armei para ser a assassina antes de Melissa? *Você*, Spencer. Alimentei sua boa amiga Aria com todo tipo de pista incriminando *você*: que ouvi, atrás da parede, você brigando com Ali na noite em que ela desapareceu. E o que fez Aria, sua melhor amiga? Ela acreditou. Ela estava pronta para entregá-la.

— Aria não faria isso — gritou Spencer.

— Não? — Mona ergueu uma sobrancelha. — Então por que eu a ouvi contar a Wilden exatamente isso no hospital, domingo de manhã, no dia seguinte ao acidente da Hanna? — Ela gesticulou as aspas frisando "acidente". — Ela não perdeu tempo, Spence. Sorte sua que Wilden não acreditou. Agora, por que você chamaria alguém que fez *isso* com você de amiga?

Spencer inspirou profundamente algumas vezes, sem saber no que acreditar. Um pensamento se desenrolava em sua cabeça.

— Espere... se Melissa não matou Ali, então *você* matou.

Mona recostou em seu assento, o couro enrugando embaixo dela.

— Não. — ela sacudiu a cabeça. — Mas sei quem foi. Ali escreveu a respeito na última página do seu diário. Pobrezinha, a última coisa que ela escreveu antes de morrer — disse Mona, fazendo beicinho.

— Estava escrito: "Ian e eu vamos ter um encontro supersecreto esta noite." Mona imitou a voz de Ali também, mas soou mais como uma boneca diabólica num filme de terror: "E eu dei a ele um ultimato. Disse que era melhor que ele terminasse com Melissa antes que ela fosse para Praga ou eu contaria a ela e a todo mundo sobre nós" — Mona suspirou, soando entediada. — É bem óbvio o que aconteceu: ela forçou Ian até o limite e ele a matou.

O vento levantou as pontas do cabelo de Mona.

— Eu me inspirei em Ali. Ela era a vadia perfeita. Ninguém estava a salvo de suas chantagens. E, se você quisesse, ninguém estaria a salvo das suas, também.

Spencer balançou a cabeça lentamente.

— Mas... Mas você atropelou Hanna.

Mona encolheu os ombros.

— Eu precisei. Ela sabia demais.

— Eu... Eu sinto muito – sussurrou Spencer – Sem chance de eu querer... Ser A com você. Mandar na escola com você. Ou qualquer coisa que você esteja me oferecendo. Isso é loucura.

A expressão desapontada de Mona se transformou em algo mais sinistro. Ela franziu o cenho, juntando as sobrancelhas.

— Tudo bem. Como queira, então.

A voz de Mona pareceu uma faca cortando a pele de Spencer. Os grilos cantavam histericamente. A água correndo abaixo soava como sangue correndo por uma veia. Em um rápido movimento, Mona voou para a frente e enrolou as mãos em torno do pescoço de Spencer. Spencer gritou e jogou-se para trás, batendo para acertar o botão e destravar a porta de novo. Ela chutou o peito de Mona. Enquanto Mona gritava e recuava, Spencer puxou a maçaneta da porta e a empurrou, rolando para fora do carro sobre a relva espinhosa. Imediatamente ficou de pé e começou a correr na escuridão. Sentia a relva sob seus pés, depois cascalho, sujeira e então lama. O barulho da água ficava cada vez mais alto. Spencer podia sentir a proximidade dos limites da pedreira e ouvia os passos de Mona logo atrás dela. Logo depois os braços de Mona agarraram sua cintura. Ela caiu pesadamente no chão. Mona subiu em cima dela e agarrou seu pescoço com as mãos. Spencer chutou, lutou e engasgou. Mona gargalhou, como se tudo fosse um jogo.

— Pensei que fôssemos amigas, Spencer – falou, fazendo uma careta, tentando manter Spencer parada.

Spencer lutava para respirar.

— Parece que não! — gritou ela.

Usando toda a sua força, Spencer empurrou suas pernas contra o corpo de Mona, jogando-a para trás. Mona caiu sentada a poucos metros, seu chiclete amarelo voando de sua boca. Spencer rapidamente se pôs de pé. Mona se levantou também, enfurecida, os dentes cerrados. O tempo parecia ter ficado mais lento conforme Mona avançava sobre ela, sua boca um triângulo de fúria. Spencer fechou os olhos e apenas... Reagiu. Ela agarrou Mona pelas pernas e seus pés saíram do chão, então ela começou a cair. Spencer sentiu seus braços pressionando o estômago de Mona, empurrando o máximo que conseguiu. Ela viu o branco dos olhos de Mona se alargar e ouviu os gritos dela em seus ouvidos. Mona caiu para trás e, num piscar de olhos, sumiu.

Spencer não percebeu a princípio, mas estava caindo também. Então, atingiu o solo. Ouviu um grito ecoar pelo desfiladeiro e pensou por um momento que era o dela. Sua cabeça acertou o chão e fez um *crack*... E seus olhos se fecharam.

# 37

## VER É CRER

Hanna se espremeu na traseira da viatura de Wilden, junto de Aria e Emily. Era onde criminosos – não que Rosewood tivesse muitos – geralmente se sentavam. Mesmo mal podendo enxergar Wilden através das barras de metal atrás do banco da frente, ela percebia pelo tom da voz em seu rádio que ele estava tão preocupado e tenso quanto ela.

– Alguém já encontrou alguma coisa? – perguntou ele no *walkie-talkie*. Eles estavam bem devagar, num sinal fechado enquanto Wilden decidia que caminho tomar. Eles tinham dirigido apenas em torno da principal desembocadura do riacho Morrel, mas encontraram somente alguns garotos da escola pública estendidos no mato, chapados. Não havia nem sinal da Hummer de Mona.

– Nada – disse a voz no rádio.

Aria pegou a mão de Hanna e a apertou com força. Emily chorava silenciosamente em seu ombro.

— Talvez ela quisesse dizer outro riacho — sugeriu Hanna. — Talvez seja o riacho na trilha Marwyn.

E enquanto ela estava nessa, talvez Spencer e Mona estivessem só passando tempo e conversando. Talvez Hanna tivesse se enganado e Mona não fosse A.

Outra voz estalou no rádio:

— Recebemos uma ligação informando uma perturbação na pedreira do Homem Flutuante.

Hanna enterrou suas unhas na mão de Aria. Emily arfou.

— A caminho — disse Wilden.

— Pedreira... Homem Flutuante? — repetiu Hanna. Mas a pedreira do Homem Flutuante era um lugar alegre: não muito depois da transformação delas, Hanna e Mona tinham encontrado garotos da Academia Drury ali. Elas tinham feito um desfile de roupa de banho para eles ao longo das pedras, considerando que era muito mais atraente *provocar* um garoto do que realmente beijá-lo. Logo em seguida, tinham pintado HM + MV = MAPTS no teto da garagem de Mona, jurando que seriam próximas para sempre.

Então era tudo mentira? Mona tinha planejado isso desde o começo? Mona estivera esperando pelo dia em que pudesse atropelar Hanna com seu carro? Hanna sentiu uma incontrolável vontade de pedir a Wilden que parasse o carro para que ela pudesse vomitar.

Quando chegaram à entrada da pedreira do Homem Flutuante, a picape Hummer amarelo-brilhante de Mona era como a luz de um farol. Hanna agarrou a maçaneta, ignorando o carro em movimento. A porta se abriu e ela se lançou para fora e foi correndo em direção ao Hummer, seus tornozelos dançando no cascalho irregular.

— Hanna, não! – gritou Wilden. – Não é seguro!

Hanna ouviu Wilden parar o carro e mais portas se escancararam. Folhas estalaram atrás dela. Ao chegar ao carro, ela notou alguém encurvado próximo ao pneu dianteiro esquerdo. Hanna viu o cabelo loiro e seu coração ficou suspenso. *Mona.*

Só que era Spencer. Havia sujeira e lágrimas por todo o seu rosto e mãos, e cortes pelos braços. Seu vestido de seda estava rasgado e ela estava descalça.

— Hanna! – gritou Spencer estendendo a mão em farrapos para ela.

— Você está bem? – Hanna arfou, agachando ao lado dela e tocando em seu ombro. Ela estava fria e úmida.

Spencer chorava tanto que mal podia falar.

— Sinto muito, Hanna. Sinto muito.

— Por quê? – perguntou Hanna, tomando as mãos de Spencer.

— Porque... – Spencer apontou para a beirada da pedreira. – Acho que ela caiu.

Quase instantaneamente a sirene de uma ambulância soou atrás delas, seguida por outro carro de polícia. A equipe de resgate e mais policiais cercaram Spencer.

Hanna se afastou entorpecida enquanto os paramédicos perguntavam a Spencer se ela podia mexer todos os membros, o que doía e o que tinha acontecido.

— Mona estava me ameaçando – Spencer repetia sem parar –, ela estava me estrangulando. Tentei fugir dela, mas lutamos. E depois ela... – e apontou novamente para a beirada da pedreira.

*Mona estava me ameaçando.* Os joelhos de Hanna tremeram. Isso era *real*.

Os policiais haviam vasculhado a pedreira de cima a baixo com pastores alemães, lanternas e armas. Em poucos minutos um deles berrou:

— Achamos algo!

Hanna ficou em pé e correu até o policial. Wilden, que estava próximo, segurou-a por trás.

— Hanna — disse ele em seu ouvido —, não. Você não deve.

— Mas eu tenho que ver! — gritou Hanna.

Wilden a abraçou.

— Fique aqui, está bem? Só fique comigo.

Hanna assistiu a uma equipe de policiais desaparecer atrás da entrada da pedreira e na direção da água corrente.

— Precisamos de uma maca! — gritou um deles.

Mais paramédicos chegaram com suprimentos. Wilden ficou acariciando o cabelo de Hanna, usando uma parte do corpo como escudo para que ela não visse o que acontecia. Mas ela podia *ouvir*. Ela os ouviu dizendo que Mona estava presa entre duas pedras. E que parecia ter quebrado o pescoço. E que precisavam ser muito, muito cuidadosos para tirá-la de lá. Ela ouviu gritos de encorajamento enquanto erguiam Mona para a superfície e a colocavam na maca e, em seguida, na ambulância. Ao passarem, Hanna teve um vislumbre do cabelo loiro claro de Mona. Ela se livrou de Wilden e começou a correr.

— Hanna! — gritou ele. — Não!

Mas ela não foi em direção à ambulância. Foi para o outro lado do carro de Mona, abaixou-se e vomitou. Limpou suas mãos na relva e se encurvou como uma bolinha. As portas da ambulância se fecharam e o motor ligou, mas a sirene não soou. Hanna imaginou se era porque Mona já estava morta.

Ela chorou até parecer que não havia mais lágrimas em seu corpo. Exausta, ela se virou de costas. Algo duro e quadrado pressionou sua coxa. Hanna se sentou e envolveu as mãos em torno. Era um estojo de camurça para celular, que Hanna não reconheceu. Ela o puxou para perto e sentiu seu perfume. Cheirava a Joy de Jean Patou, que havia sido o perfume favorito de Mona por anos.

Só que o telefone dentro dele não era o Sidekick edição limitada da Chanel que Mona tinha implorado ao pai para trazer do Japão, nem tinha o MV incrustado em cristais Swarovski atrás. Esse telefone era um comum e genérico BlackBerry, sem nenhum detalhe.

O coração de Hanna afundou, compreendendo o que esse segundo telefone significava. Tudo de que ela precisava para provar a si mesma que Mona tinha realmente feito isso com elas era ligar o telefone e olhar. O aroma dos arbustos de framboesa da pedreira se fazia sentir, exatamente como há três anos, quando ela e Mona desfilaram de biquíni para os garotos. Era tudo um jogo. Se eles parecessem apenas levemente impressionados, elas perdiam. Se parecessem como cães famintos, cada uma daria à outra um tratamento de spa. Posteriormente, Hanna escolheu o banho de Algas e Jasmim e Mona o de jasmim, cenoura e gergelim.

Hanna escutou passos se aproximando e tocou a vazia e inocente tela do BlackBerry, então, o jogou dentro da sua bolsa de seda, andando desajeitadamente na direção dos outros. As pessoas falavam em volta dela, mas tudo o que ela ouvia era uma voz em sua cabeça gritando: "Mona está morta."

# 38

## A ÚLTIMA PEÇA

Spencer foi mancando até a traseira da viatura com a ajuda de Aria e Wilden. Eles perguntaram várias e várias vezes se ela precisava de uma ambulância. Spencer disse que tinha certeza que não – nada parecia quebrado e, por sorte, ela havia caído na relva, desmaiando por um momento, mas não tinha se machucado. Sentada no banco traseiro, ela balançava as pernas para fora da viatura pela porta aberta enquanto Wilden se agachava em sua frente, gravador e bloco de anotação nas mãos.

– Tem certeza de que quer fazer isso agora?

Spencer assentiu vigorosamente.

Emily, Aria e Hanna se reuniram atrás de Wilden enquanto ele apertava GRAVAR. As luzes de outra viatura faziam um halo em torno deles, iluminando seus vultos em vermelho, o que fez Spencer se lembrar das fogueiras no acampamento de verão, iluminando as silhuetas de seus amigos. Se pelo menos ela estivesse num acampamento de verão, agora.

Wilden inspirou profundamente.

— Certo. Então, você tem *certeza* de que ela lhe disse que Ian Thomas assassinou Ali.

Spencer assentiu.

— Ali tinha dado um ultimato a ele na noite em que desapareceu. Ela queria que eles se encontrassem... E disse que se Ian não terminasse com Melissa antes da viagem dela para Praga, Ali contaria a todos o que estava acontecendo. — Ela tirou o cabelo sujo e cheio de barro do rosto. — Está escrito no diário de Ali, que estava com Mona. Não sei onde, mas...

— Vamos dar uma busca na casa de Mona — interrompeu Wilden, colocando uma mão sobre o joelho de Spencer. — Não se preocupe.

Ele se afastou e falou no seu *walkie-talkie*, instruindo os outros policiais a localizar Ian para interrogá-lo. Spencer ouviu, olhando entorpecidamente para a sujeira sob suas unhas.

Suas amigas ficaram por perto durante um bom longo tempo, atônitas.

— Deus — sussurrou Emily —, *Ian Thomas?* Isso soa tão... doido. Mas acho que faz sentido. Ele era tão mais velho e se ela contasse a todos, bem...

Spencer colocou os braços em volta do próprio corpo, sentindo arrepios. Para ela, Ian *não* fazia sentido. Spencer acreditava que Ali o havia ameaçado e que ele ficara furioso, mas furioso o suficiente para *matá-la?* Era estranho, também, que durante todo aquele tempo que Spencer tinha passado com ele, ela nunca tivesse suspeitado nem um pouco de Ian. Ele não parecera nervoso, nem arrependido ou pensativo quando o assassinato de Ali veio à tona.

Mas talvez ela não tivesse interpretado corretamente os sinais – ela já havia deixado passar muitos outros. Ela entrara no carro com Mona, afinal. Quem sabe o que mais estava diante de seu nariz sem que ela percebesse?

Um *bip* veio do *walkie-talkie* de Wilden.

– O suspeito não está em sua residência – chamou uma voz de policial feminina. – O que quer que façamos?

– Droga. – Wilden olhou para Spencer. – Consegue imaginar onde mais Ian pode estar?

Spencer sacudiu a cabeça, seu cérebro parecendo preso num pântano. Wilden se jogou no banco dianteiro.

– Vou levá-las para casa – disse ele. – Seus pais estão vindo do Country Clube, também.

– Queremos ir até a casa de Spencer com você. – Aria pediu que Spencer desse lugar para que ela, Emily e Hanna se espremessem no banco traseiro. – Não queremos deixá-la sozinha.

– Meninas, vocês não precisam – disse Spencer, suavemente. – E também tem o seu carro, Aria.

Ela falava do Subaru de Aria, que mais parecia afundado na lama.

– Posso deixá-lo até amanhã. – Aria fez uma careta. – Talvez eu tenha sorte e alguém o roube.

Spencer dobrou as mãos sobre o colo, fraca demais para protestar. O carro ficou silencioso enquanto Wilden passava pela placa da pedreira do Homem Flutuante, depois pela trilha estreita que levava até a estrada principal. Era difícil acreditar que apenas uma hora e meia se passara desde que Spencer deixara a festa. As coisas estavam tão diferentes agora.

— Mona estava lá na noite em que machucamos Jenna — murmurou Spencer, distraidamente.

Aria balançou a cabeça.

— É uma longa história, mas na verdade eu falei disso com Jenna esta noite. Jenna sabe o que fizemos. Só que, adivinha só: ela e Ali armaram tudo juntas.

Spencer endireitou-se. Por um momento, ela não conseguia respirar.

— O quê? Por quê?

— Ela disse que tanto ela como Ali tinham problemas com seus irmãos ou algo assim — explicou Aria, sem soar muito confiante na resposta.

— Eu simplesmente não entendo — sussurrou Emily —, eu vi Jason DiLaurentis no jornal outro dia. Ele disse que nem mesmo fala com seus pais depois daquilo e que sua família era problemática. Por que ele diria isso?

— Há muita coisa que não se pode dizer sobre as pessoas julgando só pelas aparências — murmurou Hanna entre lágrimas.

Spencer cobriu seu rosto com as mãos. Havia tanta coisa que ela não compreendia, tanta coisa que não fazia sentido. Ela sabia que as coisas deveriam pelo menos parecer resolvidas agora: A havia realmente desaparecido e o assassino de Ali seria preso logo. Mas ela se sentia mais perdida do que nunca. Ela retirou as mãos, olhando para o brilho da lua no céu.

— Meninas — Spencer quebrou o silêncio —, há algo que preciso contar a vocês.

— Algo *mais*? — gemeu Hanna.

— Algo... Sobre a noite em que Ali desapareceu.

Spencer deslizava sua pulseira da sorte para cima e para baixo no braço, mantendo na voz o tom de sussurro.

– Vocês se lembram de como corri atrás de Ali quando saí do celeiro? E que eu disse que não vi para onde ela tinha ido? Bem... Eu vi. Ela estava naquele caminho. Fui atrás dela e... Nós brigamos. Por causa do Ian. Eu... Eu tinha beijado Ian não muito tempo atrás e Ali me disse que ele só tinha me beijado porque *ela* o incentivou. E como sabia que me incomodava, ela me provocava dizendo que eles estavam realmente apaixonados.

Spencer sentiu os olhares das amigas voltados para ela e reuniu forças para continuar.

– Fiquei enlouquecida... e a empurrei. Ela caiu contra as pedras e houve um barulho horrível de algo se quebrando.

Uma lágrima tremeu no canto do seu olho e se derramou pelo rosto. Ela baixou a cabeça.

– Sinto muito, gente. Eu devia ter contado a vocês. Eu só... Eu não me lembrava e depois, quando me lembrei, fiquei muito assustada.

Quando ela levantou os olhos, suas amigas estavam chocadas. Até mesmo a cabeça de Wilden balançara para trás, como se ele estivesse tentando ouvir. Se quisessem, elas podiam jogar a teoria de que fora Ian pela janela. Elas podiam fazer Wilden parar o carro e obrigar Spencer a repetir exatamente o que tinha acabado de dizer. As coisas podiam tomar um rumo terrível a partir de então.

Emily foi a primeira a pegar a mão de Spencer, depois Hanna colocou as suas sobre a de Emily e Aria apoiou as dela sobre as de Hanna. Isso lembrava a Spencer de quando todas elas costumavam tocar a foto das cinco no saguão de Ali.

— Sabemos que não foi você — sussurrou Emily.

— Foi Ian. Tudo faz sentido — disse Aria, firmemente, olhando dentro dos olhos de Spencer. Parecia que ela acreditava em Spencer total e completamente.

Ao chegarem à rua de Spencer, Wilden estacionou na grande entrada circular para a casa da família. Os pais de Spencer ainda não haviam chegado e a casa estava às escuras.

— Querem que eu fique com vocês até que seus pais cheguem? — perguntou Wilden enquanto as garotas saíam.

— Está tudo bem. — Spencer olhou para as outras, subitamente aliviada por estarem ali.

Wilden voltou pela rua e se virou lentamente no fim da rua sem saída, passando primeiro pela antiga casa dos DiLaurentis, depois pela dos Cavanaugh e então pela casa dos Vanderwaals, a grande monstruosidade com a garagem destacada na rua. Não havia ninguém na casa de Mona, obviamente. Spencer estremeceu.

Um lampejo de luz no quintal chamou a atenção de Spencer. Ela ergueu a cabeça, seu coração acelerando. Ela andou pelo caminho de pedras que levava ao seu quintal e passou as mãos pela parede, também de pedra, que cercava a propriedade. Lá, depois do deque, da piscina cercada de pedras, da borbulhante banheira de água quente, do pátio amplo e mesmo do celeiro renovado, bem no fundo da propriedade, perto de onde Ali havia caído, Spencer viu dois vultos, iluminados somente pela luz da lua. Eles a lembraram de algo.

O vento aumentou, percorrendo as costas de Spencer. Mesmo não sendo a estação certa, o ar de repente cheirava a madressilva, como naquela horrível noite, quatro anos e meio atrás. Ela se lembrou de tudo, de uma só vez. Ela viu Ali cair para trás, batendo a cabeça no muro de pedra. Um estalo soou pelo ar, tão alto quanto sinos de igreja. Quando Spencer ouviu o suspiro feminino em seu ouvido, ela se virou. Não havia ninguém atrás dela. Ninguém estava ali. E quando ela voltou, Ali ainda estava caída contra o muro, mas seus olhos estavam abertos. Então, Ali grunhiu e se pôs de pé.

Ela estava bem.

Ali encarou Spencer, prestes a falar, mas algo no caminho a distraiu. Ela saiu rapidamente, desaparecendo por entre um bosque de árvores. Em segundos, Spencer ouviu a risadinha típica de Ali. Houve um sussurrar e, depois, duas formas distintas. Uma era Ali. Spencer não conseguia dizer quem era a outra pessoa, mas não parecia ser Melissa. Era difícil acreditar que, apenas alguns momentos depois, Ian empurraria Ali para o buraco do gazebo dos DiLaurentis. Ela tinha sido uma vadia, mas não merecia nada daquilo.

– Spencer? – chamou Hanna suavemente, sua voz parecendo distante. – Há algo errado?

Spencer abriu os olhos e estremeceu.

– Não fui eu – disse ela num sussurro.

Os vultos perto do celeiro ficaram sob a luz. A postura de Melissa era rígida e Ian tinha os punhos cerrados. O vento carregava suas vozes para a frente do pátio, e parecia que eles estavam brigando.

Os nervos de Spencer se inflamaram. Ela girou em torno e olhou pela sua rua. O carro de Wilden tinha ido embora. Freneticamente, ela procurou seu telefone no bolso, mas se lembrou: Mona o tinha jogado pela janela.

– Aqui – disse Hanna, sacando seu próprio BlackBerry e discando um número. Ela entregou o telefone a Spencer. *Chamando WILDEN*, dizia a tela.

Spencer teve que segurar o telefone com as duas mãos, seus dedos tremendo terrivelmente. Wilden respondeu depois de dois toques.

– Hanna? – ele soou confuso. – O que foi?

– É Spencer – choramingou ela. – Você vai ter que voltar. Ian está aqui.

# 39

## OS NOVÍSSIMOS MONTGOMERY PERTURBADORES COMO SEMPRE

Na tarde seguinte, Aria se sentou no futon da sala de Meredith, distraída, brincando com o bonequinho cabeçudo de William Shakespeare que Ezra havia lhe dado. Byron e Meredith estavam sentados próximos a ela, vendo televisão. Uma entrevista coletiva sobre a morte de Ali estava sendo exibida. *Ian Thomas preso*, dizia o letreiro na parte de baixo da tela.

– O sr. Thomas deve se apresentar ao juiz nesta terça-feira – disse um repórter, na frente da escadaria de pedra do prédio do Tribunal do Condado de Rosewood. – Nenhum membro desta comunidade imaginaria que um rapaz tão tímido e educado como Ian pudesse estar por trás disso.

Aria encostou os joelhos no peito.

Os policiais tinham ido até a casa dos Vanderwaal naquela manhã e encontrado o diário de Ali escondido debaixo da cama de Mona. Ela havia dito a verdade a Spencer sobre a última coisa que Ali escrevera no diário – ela contava sobre como tinha dado um ultimato a Ian, dizendo que ou ele terminava o namoro com Melissa Hastings, ou ela iria contar a todo mundo sobre eles. A imagem de Ian algemado, sendo levado à delegacia, estava em todos os telejornais. Quando foi pedido que desse uma declaração, Ian respondera:

— Sou inocente. Isso tudo é um engano.

Byron bufou, sem acreditar. Ele alcançou a mão de Aria e a apertou. Depois, como era de se esperar, o telejornal passou para a história seguinte — a morte de Mona. Na tela da televisão podia-se ver a faixa amarela da polícia em volta da pedreira do Homem Flutuante e em seguida uma tomada da casa dos Vanderwaal. O ícone de um telefone Blackberry aleatório aparecia no canto da tela

— A srta. Vanderwaal esteve perseguindo quatro garotas do colégio Rosewood Day por mais de um mês, e as ameaças acabaram se tornando mortais — disse o repórter. — Noite passada, houve uma briga entre a srta. Vanderwaal e outra menor de idade na beira da pedreira. A srta. Vanderwaal acabou escorregando e quebrando o pescoço na queda. A polícia encontrou o Blackberry da srta. Vanderwaal em sua bolsa, no fundo da pedreira, mas ainda procura por um segundo celular, o que ela usava para mandar as mensagens perturbadoras para as meninas que perseguia.

Aria deu mais um peteleco no boneco de Shakespeare. Parecia que sua própria cabeça ia explodir. Tinha acontecido muito coisa no dia anterior e ela não tinha conseguido processar tudo. E seus sentimentos estavam uma confusão. Ela estava péssima pela morte de Mona. E atônita, achando esquisitíssimo e assustador que o acidente de Jenna na verdade não tivesse sido um acidente — e que Jenna e Ali houvessem combinado tudo juntas. E depois de todo esse tempo, o assassino era Ian... O repórter assumiu uma expressão solidária e aliviada e disse:

— Finalmente, a comunidade de Rosewood pode considerar toda essa história horrível como águas passadas. — Isso era algo que estava sendo dito por todo mundo, durante toda a manhã.

Aria caiu no choro. Ela não sentia como se tudo já tivesse passado.

Byron olhou para ela.

— O que foi?

Aria balançou a cabeça, sem conseguir explicar. Ela segurou o brinquedo nas mãos, e suas lágrimas pingaram no topo da cabeça do Shakespeare de plástico.

Byron deu um suspiro de frustração.

— Eu entendo que isso tudo é avassalador. Tinha alguém perseguindo você. Você nunca nos contou nada a respeito. E você *deveria* ter contado. Podemos falar sobre isso agora mesmo.

— Desculpe... — Aria balançou a cabeça. — Eu não posso.

— Mas nós *precisamos*! — Byron se impacientou. — Você precisa colocar isso tudo para fora.

— Byron! — disse Meredith, sem acreditar no que ouvia. — Meu Deus do céu!

— Que foi? — perguntou Byron, erguendo os braços, como quem se rende.

Meredith se colocou entre Aria e seu pai.

— Você e suas discussões intermináveis — disse Meredith. — Será que Aria já não sofreu demais nessas últimas semanas? Dê algum espaço para ela!

Byron deu de ombros, parecendo vencido. O queixo de Aria caiu. Seus olhos encontraram os de Meredith, que sorriu.

Havia um brilho de entendimento nos olhos dela que parecia dizer; *Eu entendi que você passou. E eu sei que não é fácil.* Aria olhou para a tatuagem de teia de aranha cor-de-rosa que Meredith tinha em seu pulso. Ela pensou em como estivera ansiosa para achar alguma coisa ruim para dizer sobre Meredith e aqui estava Meredith, cuidando dela.

O telefone celular de Byron vibrou, se movendo pelo tampo da mesinha de centro. Ele olhou para a tela, franziu a testa e atendeu.

– Ella? – sua voz soou estridente.

Aria ficou tensa. As sobrancelhas de Byron estavam unidas.

– Sim... ela está aqui. – Ele passou o telefone para Aria. – Sua mãe quer falar com você.

Meredith limpou a garganta meio sem jeito, levantou-se e foi ao banheiro. Aria olhou para o telefone como se fosse o pedaço de carne podre de tubarão que certa vez alguém na Islândia a desafiara a provar, já que isso era uma coisa que os vikings costumavam comer. Ela encostou o telefone no ouvido.

– Ella?

– Aria, você está bem? – a voz de Ella estava chorosa do outro lado da linha.

– Eu... Eu estou legal – disse Aria. – Eu não sei. Acho que sim. Não estou machucada, nem nada.

Houve um logo silêncio. Aria puxou a antena do telefone do pai e empurrou-a de volta.

– Eu sinto tanto, querida – disse Ella, emocionada. – Eu não fazia a menor ideia de que você estava passando por tudo isso. Por que você não nos contou que estava sendo ameaçada?

– Porque... – Aria perambulou por seu quartinho no apartamento de Meredith e pegou Pigtunia, sua porquinha de pelúcia. Falar sobre A para Mike não tinha sido fácil. Mas agora que tudo tinha acabado e que Aria não tinha mais que se preocupar com alguma retaliação de A, ela percebeu que a verdadeira razão não importava. – Porque vocês todos estavam envolvidos em seus próprios problemas. – Ela se jogou em sua cama de solteiro encaroçada e o colchão de molas deu uma espécie de gemido. - Mas... E*u sinto muito*, Ella. Por tudo. Foi horrível não te contar o que sabia sobre Byron durante todo esse tempo.

Ella ficou em silêncio. Aria ligou a pequena televisão que ficava sobre o peitoril da janela. As mesmas imagens da entrevista coletiva na tela.

– Eu entendi por que você fez isso – disse Ella, por fim. – E eu deveria ter sido mais compreensiva. Eu fiquei muito, muito brava, foi tudo. – Ela suspirou. – Meu relacionamento com seu pai já não andava bom há muito tempo. A Islândia só adiou o inevitável, nós dois sabíamos que isso ia acontecer.

– Tudo bem – disse Aria, com a voz suave, fazendo cafuné no pelo cor-de-rosa de Pigtunia.

Ella suspirou.

– Desculpe, minha querida. Eu sinto sua falta.

Aria sentiu um bolo enorme se formando em sua garganta. Ela olhou para as baratas que Meredith havia pintado no teto.

– Eu sinto sua falta também.

– Seu quarto está aqui, se você quiser voltar – disse a mãe dela.

Aria estreitou Pigtunia em seu peito.

– Obrigada – sussurrou, e fechou o telefone. Há quanto tempo ela esperava por isso? Que alívio seria dormir em sua própria cama de novo, com seu colchão normal e macio e seus travesseiros de penas. Estar de novo com seus apetrechos de tricô, seus livros, seu irmão e Ella. Mas e Byron? Aria o ouviu tossir no outro cômodo.

—Você precisa de um Kleenex? — perguntou Meredith do banheiro, parecendo preocupada. Ela pensou sobre o cartão que Meredith havia feito para Byron e deixado exposto na cozinha. Era um desenho com um elefante que dizia "Pisando de levinho para que você tenha um dia maravilhoso!". Parecia o tipo de coisa que Byron, ou Aria faria.

Talvez Aria tivesse exagerado. Talvez pudesse convencer Byron a comprar uma cama de casal confortável para seu quarto. Talvez ela pudesse dormir aqui de vez em quando.

Talvez.

Aria deu mais uma olhada para a tela da TV. A entrevista coletiva sobre Ian havia acabado e as pessoas se levantaram para sair. Quando a câmera oscilou, Aria viu uma garota loura, com um rosto bem familiar, em formato de coração. *Ali?* Aria sentou. Ela esfregou os olhos até que eles começassem a doer. Ela obviamente estava tendo uma alucinação por estar há tanto tempo sem dormir.

Ela foi até a sala de novo, ainda carregando Pigtunia. Byron abriu os braços e Aria foi para o colo dele. Seu pai deu um tapinha distraído na cabeça de Pigtunia enquanto eles se ajeitavam, assistindo aos comentários que se seguiram à entrevista coletiva.

Meredith voltou do banheiro, com o rosto meio esverdeado. Byron esticou o braço que estava em volta do ombro de Aria.

—Você ainda está enjoada?

Meredith fez que sim.

— Estou.

Havia um olhar ansioso no rosto dela, como se ela tivesse um segredo e precisasse desabafar. Ela olhou para ambos, os cantos de sua boca tremendo.

— Mas não tem problema nenhum. Porque... eu estou grávida.

# 40

## NEM TUDO O QUE BRILHA É UM ORQUÍDEA DOURADA

Mais tarde, naquela noite, depois que a polícia havia concluído as buscas na mansão Vanderwaal, Wilden chegou à casa dos Hastings para fazer umas últimas perguntas a Melissa. Ela estava sentada no sofá de couro da sala agora, e seus olhos estavam inchados e pareciam cansados. Para falar a verdade, todo mundo parecia cansado – menos a mãe de Spencer, que vestia um vestido curto e encrespado Marc Jacobs. Ela e o pai de Spencer estavam de pé na parte mais afastada da sala, como se suas filhas estivessem cobertas de bactérias.

A voz de Melissa soava monótona.

– Eu não disse a verdade sobre o que aconteceu naquela noite – admitiu ela – Ian e eu havíamos bebido e eu caí no sono. Quando acordei, Ian não estava mais lá. Daí eu caí no sono de novo e quando acordei, ele estava ao meu lado.

– Por que você não falou sobre isso antes? – o pai de Spencer quis saber.

Melissa sacudiu a cabeça.

— Eu fui para Praga na manhã seguinte. Àquela altura, acho que ninguém ainda sabia que Ali tinha desaparecido. Quando voltei, estavam todos fora de si... E eu... bem, eu nunca imaginei que Ian fosse capaz de fazer uma coisa dessas. — Ela mexeu na bainha do capuz de seu moletom amarelo Juicy. — Suspeitei que eles tinham se encontrado em segredo há muitos anos, mas não pensei que fosse tão sério. Não passou pela minha cabeça que Ali tivesse dado um *ultimato* a ele. — Como todo mundo, Melissa agora sabia os motivos de Ian. — Quero dizer, ela era uma menina do *sétimo ano*. — Melissa deu uma olhada para Wilden. — Quando você começou a fazer perguntas essa semana, quando quis saber onde Ian e eu estávamos, comecei a me perguntar se eu não deveria ter dito alguma coisa anos atrás. Mas eu ainda não achava que fosse possível. E não falei nada porque... Porque pensei que, de alguma forma, eu fosse me encrencar por ter escondido a verdade. E, quero dizer, eu não poderia enfrentar isso. O que as pessoas pensariam sobre mim?

Ela fez uma careta. Spencer tentou não parecer tão surpresa. Ela já havia visto sua irmã chorar muitas vezes, mas geralmente de frustração, raiva, ódio ou para manipular os sentimentos alheios e conseguir o que queria. Nunca de medo ou de vergonha.

Spencer esperou que seus pais fossem até Melissa para consolá-la. Mas eles permaneceram onde estavam, com ar de reprovação no rosto. Ela se perguntou se ela e Melissa estiveram, durante todo esse tempo, lidando com os mesmos tipos de problemas. Melissa tinha feito a tarefa de impressionar seus pais parecer tão simples e fácil que Spencer nunca se dera conta de que ela também se sentia agoniada com isso.

Spencer se inclinou na direção da irmã e passou seus braços em volta dos ombros dela.

— Está tudo bem — sussurrou ela no ouvido da irmã. Melissa ergueu a cabeça por um segundo, olhou para Spencer com um ar confuso, depois deitou a cabeça no ombro dela e soluçou.

Wilden estendeu um lenço para Melissa, levantou-se e agradeceu a todos pela cooperação durante todo aquele período confuso. Quando ele estava saindo, o telefone da casa tocou. A sra. Hastings andou toda empertigada até o escritório para atendê-lo. Poucos segundos depois, ela colocou a cabeça para fora.

— Spencer? — ela falou baixinho, seu rosto ainda estava composto, mas seus olhos brilhavam de excitação. — É para você. É o sr. Edwards.

Spencer foi tomada por uma onda de calor e enjoo. O sr. Edwards era o presidente do comitê do Prêmio Orquídea Dourada. Um telefonema pessoal dele queria dizer uma coisa e apenas uma.

Spencer umedeceu seus lábios e depois ficou em pé. O outro lado da sala, onde sua mãe estivera em pé, parecia a muitos quilômetros de distância. Ela se perguntou sobre o que eram os telefonemas secretos de sua mãe, qual era o grande presente que havia comprado para Spencer por ter tanta certeza de que ela venceria o Orquídea Dourada. Ainda que fosse a coisa mais maravilhosa do mundo, Spencer não tinha certeza se poderia aproveitar bem o que iria ganhar.

— Mãe? — Spencer se aproximou da mãe e se apoiou contra a escrivaninha Chippendale, uma antiguidade, que ficava perto do telefone. — Você não acha errado eu ter trapaceado?

A sra. Hastings cobriu rapidamente o bocal do telefone.

— Ora, claro que sim. Mas nós já discutimos isso. — Ela enfiou o telefone na cara de Spencer. — Diga "alô" — rosnou ela, baixinho.

Spencer engoliu em seco.

— Alô? — disse ela, finalmente, com a voz rouca.

— Senhorita Hastings? — perguntou uma voz masculina. — Aqui quem fala é o sr. Edwards, o chefe do comitê do prêmio Orquídea Dourada. Eu sei que é tarde, mas tenho notícias muito animadoras para você. Foi uma decisão muito estudada, já que tivemos duzentos inscritos este ano. Sendo assim, tenho o prazer de dizer que...

Parecia que o sr. Edwards estava falando debaixo d'água, Spencer mal conseguiu ouvir o resto. Ela deu uma olhada para sua irmã, sentada sozinha no sofá. Melissa precisara de muita coragem para admitir que havia mentido. Ela podia muito bem ter dito que não se lembrava de nada, e ninguém teria sabido, mas, em vez disso, ela fizera a coisa certa. Spencer pensou, também, na oferta de Mona para ela — *eu sei o quanto você quer ser perfeita* —, mas o fato é que ser perfeita não significava nada se não fosse verdade.

Spencer colocou a boca de volta ao bocal do telefone. O sr. Edwards fez uma pausa, esperando a resposta de Spencer. Ela respirou fundo, procurando o jeito certo de dizer:

— *Sr. Edwards, tenho uma confissão a fazer.*

Era uma confissão que não iria agradar a ninguém. Mas ela ia conseguir fazer isso. Ela com certeza ia.

# 41

## APRESENTANDO, EM SEU RETORNO A ROSEWOOD, HANNA MARIN

Quinta-feira de manhã, Hanna sentou-se em sua cama, deu um tapinha amistoso no focinho de Dot e olhou-se no espelhinho compacto. Finalmente ela tinha achado a base certa para cobrir seus hematomas e pontos, e queria contar a novidade. Sua primeira reação, é claro, foi ligar para Mona.

Ela viu no espelho quando seu lábio inferior tremeu. Isso ainda não era real.

Ela achava que podia ligar para suas antigas amigas, as quais tinha visto bastante nos últimos dias. Elas não tinham ido à escola no dia anterior e ficaram na hidromassagem de Spencer, lendo artigos da *Us Weekly* sobre Justin Timberlake, que tinha aparecido na festa de Hanna logo depois que ela saiu. Ele e seus amigos tinham ficado presos no trânsito gerado pelo pedágio por duas horas. Quando as meninas foram ler dicas de beleza e estilo, Hanna se lembrou de como Lucas havia lido para ela uma *Teen Vogue* inteira enquanto estava no hospital. Ela sentiu uma pontada de tristeza, imaginando se Lucas sabia o que tinha acontecido com ela nos últimos dias. Ele não havia ligado. Talvez ele nunca mais quisesse falar com ela.

Hanna abaixou o espelho. Subitamente, tão fácil quanto lembrar um fato aleatório, como o nome do advogado de Lindsay Lohan ou a última namorada de Zac Efron, Hanna de um minuto para outro viu algo a mais da noite de seu acidente. Depois que tinha rasgado seu vestido, Lucas tinha aparecido perto dela, entregando sua jaqueta para que ela se cobrisse. Ele a tinha levado até a Sala de Leitura da Faculdade de Hollis e a abraçara enquanto ela chorava de soluçar. Uma coisa levou a outra... e eles começaram a se beijar, tão ardentemente quanto tinham se beijado esta semana.

Hanna ficou sentada em sua cama por muito tempo, entorpecida. Depois disso, pegou o telefone e ligou para Lucas. Caiu direto na caixa postal.

– Oi – disse ela depois do bipe. – É a Hanna. Eu queria ver se... se podíamos conversar. Me liga.

Quando desligou, Hanna acariciou as costas de Dot cobertas por seu suéter de tecido escocês.

– Talvez eu devesse esquecê-lo – sussurrou ela. – Provavelmente há um menino mais legal por aí esperando por mim, você não acha? – Dot levantou a cabeça sem entender, como se não acreditasse nela.

– Hanna? – a voz da senhora Marin ecoou escada acima. – Você pode descer?

Hanna se levantou, ajeitou os ombros. Talvez fosse inapropriado usar um vestido trapézio brilhante de Erin Fetherston na audiência de Ian – como usar uma roupa colorida em um enterro –, mas Hanna precisava de uma corzinha para se animar. Ela colocou uma pulseira dourada, apanhou sua bolsa hobo Longchamp e jogou os cabelos para trás. Na cozinha, seu pai fazia as palavras cruzadas do *Philadelphia Inquirer*. Sua mãe estava sentada perto dele, olhando seus e-mails no laptop. Hanna engoliu em seco. Ela não os via sentados juntos desse jeito desde que eles eram casados.

– Achei que a essa altura você já teria voltado para Annapolis – balbuciou ela.

O sr. Marin soltou sua caneta esferográfica e a mãe de Hanna colocou o laptop de lado.

– Hanna, nós queríamos conversar com você sobre algo importante – seu pai falou.

O coração de Hanna disparou. *Eles estão se reconciliando. Kate e Isabel já eram.*

Sua mãe limpou a garganta.

– Me ofereceram um outro emprego... E eu aceitei. – Ela tamborilou suas longas unhas vermelhas na mesa. – Só que... É em Singapura.

– Singapura? – esganiçou Hanna, despencando em uma cadeira.

– Eu não espero que você vá comigo – sua mãe continuou. – Além do mais, com a quantidade de viagens que terei que fazer, nem sei se você *deveria* ir. Então, aqui estão as opções: Você poderia ir para um colégio interno. Algum próximo daqui, se preferir – ela então estendeu a outra mão –, ou você pode ir morar com seu pai.

O sr. Marin estava brincando de um jeito nervoso com sua caneta.

– Ver você no hospital... Fez com que eu me desse conta de algumas coisas – disse ele, baixinho. – Eu quero estar mais próximo de você, Hanna. Eu preciso ser uma parte maior de sua vida.

— Eu não vou me mudar para Annapolis — soltou Hanna.

—Você não tem que se mudar — disse seu pai, delicadamente. — Eu posso pedir transferência para o escritório daqui. Sua mãe me ofereceu esta casa para morar.

Hanna ficou sem ação. Isso parecia um *reality show* que deu errado.

— Kate e Isabel vão ficar em Annapolis, certo?

Seu pai balançou a cabeça em negativa.

— É muita coisa para pensar. Nós vamos dar um tempo para você decidir. Eu só quero pedir transferência para cá se você for morar aqui. Tudo bem?

Hanna olhou sua cozinha moderna e cintilante, tentando imaginar seu pai e Isabel em frente à bancada fazendo o jantar. Seu pai se sentaria em sua velha cadeira à mesa de jantar, Isabel na de sua mãe. Kate podia ficar com aquela que eles normalmente enchiam de revistas e propagandas.

Hanna ia sentir falta de sua mãe, mas ela não era tão presente de qualquer forma. E Hanna queria muito que seu pai voltasse — só que ela não tinha certeza se queira que fosse *desse jeito*. Se ela permitisse que Kate se mudasse também, seria uma guerra. Kate era loira, magra e bonita. Kate ia entrar em Rosewood e tomar conta.

Mas Kate seria a menina nova. E Hanna... Hanna seria a garota popular.

— Hum, muito bem. Eu vou pensar a respeito. — Hanna levantou, pegou sua bolsa e foi para o banheiro do andar de baixo. Sinceramente, ela sentiu-se meio... revigorada. Talvez isso fosse maravilhoso. *Ela* estava em vantagem. Pelas próximas semanas, ela teria que se assegurar de que seria *a* menina mais popular da escola. Sem Mona, seria fácil.

Hanna enfiou a mão no bolso interno de sua bolsa forrada de seda. Dentro, dois BlackBerries estavam guardados lado a lado – o seu e o de Mona. Ela sabia que os policiais estavam procurando pelo segundo celular de Mona, mas não podia entregá-lo ainda. Ela tinha uma coisa a fazer antes.

Ela respirou fundo, pegou o telefone de capa de camurça marrom e apertou o botão LIGAR. O aparelho voltou à vida. Não havia saudação, nem papel de parede personalizado. Mona usava esse telefone apenas para negócios.

Mona havia salvado todas as mensagens que havia mandado a elas, cada mensagem com uma letra A nítida e singular. Hanna passou por cada uma de suas mensagens, mastigando o lábio com nervosismo. Lá estava a primeira que recebera, quando estava na delegacia de polícia por ter roubado a pulseira e o colar da Tiffany

> Ei, Hanna, como a comida da cadeia engorda, você sabe o que o Sean vai dizer para você? Ele vai dizer "isso não"!

E havia também a última mensagem que Mona havia mandado desse telefone, que incluía essas frases de arrepiar:

> E Mona? Ela também não é sua amiga. Então, fica esperta.

A única mensagem para Hanna que não tinha sido mandada desse telefone era a que dizia:

> Não acredite em tudo que ouve!

Mona acidentalmente mandou de seu próprio telefone. Hanna estremeceu. Ela tinha acabado de comprar um telefone novo naquela noite e ainda não tinha inserido os números de todo mundo. Mona tinha se confundido e Hanna reconheceu o número dela. Se isso não tivesse acontecido, quem sabe por quanto tempo mais aquilo teria continuado?

Hanna apertou o BlackBerry de Mona, querendo esmagá-lo. *Por quê?*, ela queria gritar. Ela sabia que devia desprezar Mona agora – os policiais tinham achado o SUV que Mona usara para atropelar Hanna, que estava escondido na garagem lateral dos Vanderwalls. O carro estava coberto com uma lona, mas o para-choque da frente estava batido e havia sangue – sangue de Hanna – espalhado nos faróis.

Mas Hanna não conseguia odiá-la. Ela simplesmente não conseguia. Se ela fosse capaz de apagar todas as boas lembranças que tinha de Mona – seus ímpetos de fazer compras, seus planos de popularidade triunfantes, seus Amiganiversários. Quem ela iria consultar em uma crise de guarda-roupa? Com quem ia fazer compras? Quem iria se fingir de amiga por ela?

Ela colocou o sabonete de menta para visitas perto do nariz, tentando não chorar para não borrar toda a maquiagem tão cuidadosamente aplicada. Depois de ter cheirado o sabonete algumas vezes para acalmar-se, Hanna olhou para o arquivo de mensagens enviadas de Mona de novo. Ela selecionou cada uma das mensagens que Mona havia mandado como A, e apertou EXCLUIR TODAS. *Você tem certeza que deseja excluir?* uma tela perguntou. Hanna apertou SIM. A tampa de uma lata de lixo abriu e depois fechou. Se ela não podia esquecer a amizade, pelo menos podia apagar seus segredos.

★ ★ ★

Wilden estava esperando na entrada — ele tinha se oferecido para levar Hanna para a audiência. Hanna percebeu que os olhos dele estavam pesados e os cantos de sua boca virados pra baixo. Ela se perguntou se ele estaria exausto por causa da atividade do final de semana, ou se sua mãe tinha acabado de contar a ele sobre o emprego em Singapura.

— Pronta? — perguntou ele a Hanna, baixinho.

Hanna fez que sim.

— Mas antes... — Ela enfiou a mão na bolsa e estendeu o BlackBerry de Mona. — Presente para você.

Wilden pegou o telefone, confuso. Hanna não se incomodou em explicar. Ele era policial. Ele ia entender rapidinho.

Wilden abriu a porta do passageiro do carro de polícia e Hanna entrou. Antes de saírem, Hanna ajeitou os ombros, respirou fundo e verificou seu reflexo no retrovisor. Seus olhos escuros brilhavam, seu cabelo castanho-avermelhado estava encorpado e a base cremosa ainda cobria todos os seus hematomas. Seu rosto era fino, seus dentes alinhados e ela não tinha uma única espinha. A Hanna gorducha do sétimo ano que havia assombrado seu reflexo por semanas estava banida para sempre.

Começando agora.

Ela era Hanna Marin, afinal de contas.

E ela era fabulosa.

# 42

## SONHOS – E PESADELOS – TORNAM-SE REALIDADE

Na terça-feira pela manhã, Emily coçou as costas por cima do vestido de bolinhas e manguinhas cavadas que pegara emprestado com Hanna, desejando que pudesse simplesmente vestir calças. Ao lado dela, Hanna estava toda embonecada, usando um vestido vermelho retrô acinturado e Spencer usava um *tailleur* sóbrio e escuro. Aria vestia uma de suas combinações em camadas: vestido preto balonê de manga curta por cima de uma camiseta de mangas compridas, meias grossas de tricô com botas de cano curto muito chiques que ela dissera ter trazido da Espanha. Elas respiravam o ar frio da manhã perto do tribunal, mas bem afastadas do frenesi de repórteres e câmeras nos degraus do prédio.

– Todas prontas? – perguntou Spencer, olhando para cada uma delas.

– Prontas – disse Emily, em coro com as outras. Devagar, Spencer abriu um enorme saco de lixo Hefty, e as garotas colocaram algumas coisas lá: Aria colocou uma boneca da Rainha Má da Branca de Neve com X sobre seus olhos. Hanna colocou um pedaço de papel amassado que dizia *Sintam pena de mim*. Spencer jogou uma foto de Ali e Ian dentro do saco de lixo. Elas se revezavam jogando lá dentro todos os objetos que A havia mandado para elas. O primeiro instinto das meninas havia sido queimar tudo, mas Wilden precisava dessas coisas como provas.

Quando enfim chegou a vez de Emily, ela olhou para o que havia em suas mãos. Era a carta que ela havia escrito para Ali não muito tempo depois que a beijara na casa da árvore, pouco antes de Ali morrer. Nessa carta, Emily tinha confessado seu grande amor por ela, esvaindo qualquer possibilidade de sentimentos represados dentro de si. A havia escrito na carta:

Pensei que você poderia querer isso de volta.

— Eu acho que quero guardar isto — disse Emily, com calma, dobrando a carta. As outras concordaram. Emily não tinha certeza se elas sabiam o que era, mas sabia que elas pelo menos faziam uma ideia. Ela soltou um longo e sofrido suspiro. Todo esse tempo, houvera uma luzinha brilhando em seu peito. Ela tivera esperança que, de alguma forma, A fosse Ali, e assim, Ali não estaria morta. Ela sabia que não estava sendo racional, sabia que o corpo de Ali havia sido encontrado no quintal dos DiLaurentis, com seu anel exclusivo da Tiffany no dedo. Emily sabia que tinha que deixar Ali partir... mas enquanto ela apertava suas mãos em torno da carta de amor, desejou não ter que fazer isso.

— Nós devemos entrar agora. — Spencer jogou o saco dentro de seu Mercedes, e Emily a seguiu junto com as outras na direção das portas do tribunal. Quando elas entraram no salão abobadado e com paredes de madeira do tribunal, o estômago de Emily se contraiu. Todo mundo de Rosewood estava lá: seus colegas, seus professores, sua técnica de natação, Jenna Cavanaugh e seus pais, todas as meninas do time de hóquei de Ali. E todos as encaravam. A única pessoa que Emily não viu imediatamente foi Maya. Na verdade, ela não ouvia uma palavra de Maya desde a festa de Hanna na sexta-feira à noite.

Emily parou de procurar quando Wilden se materializou no meio de um grupo de policiais e as levou até um banco vazio. O ar estava saturado pela tensão e pelos odores de diferentes perfumes e colônias caros. Depois de mais alguns minutos, as portas bateram. Em seguida, a sala ficou no mais absoluto silêncio, enquanto os carcereiros traziam Ian até a ala central. Emily agarrou a mão de Aria. Hanna passou o braço em volta de Spencer. Ian vestia o uniforme de presidiário, um macacão laranja. O cabelo dele estava despenteado e havia olheiras roxas abaixo de seus olhos.

Ian andou até o banco. O juiz, um homem rígido e careca que usava um enorme anel de formatura de Direito olhou fixamente para Ian.

– Sr. Thomas, como o senhor deseja se declarar?

– Inocente – disse Ian, bem baixinho.

Um murmúrio varreu a sala. Emily mordeu o lado interno de sua boca. Quando fechou os olhos, viu aquelas imagens horrorosas de novo – só que desta vez, estreladas por um novo assassino, um assassino que fazia todo o sentido: Ian. Emily se lembrava de ter visto Ian naquele verão quando foi ao Country Clube de Rosewood como convidada de Spencer, onde Ian costumava trabalhar como salva-vidas. Ele se sentava no topo da plataforma de salva-vidas, apitando feito um louco, como se fosse a coisa mais importante do mundo.

O juiz se inclinou sobre sua bancada alta e encarou Ian.

— Por causa da seriedade deste crime, e porque acreditamos que existia um grande risco de fuga, o senhor deverá permanecer preso até sua audiência de pré-julgamento, sr. Thomas.

— Ele bateu seu martelo e depois enlaçou as mãos. Ian baixou a cabeça, e seu advogado lhe deu um tapinha de consolo no ombro. Em poucos segundos, ele estava sendo levado para fora de novo, algemado. E isso foi tudo.

Os cidadãos de Rosewood se levantaram e saíram. Então, Emily reparou em uma família que ela ainda não havia visto. Os guardas e as câmeras haviam bloqueado sua visão. Ela reconheceu o penteado chique da sra. DiLaurentis e o charme de homem mais velho do sr. DiLaurentis. Jason DiLaurentis estava ao lado deles, vestindo um terno preto de tecido enrugado e uma gravata xadrez escura. Enquanto se abraçava, a família parecia muito, muito aliviada... e talvez também um pouco penitente. Emily pensou sobre o que Jason dissera na televisão:

— Eu não falo muito com minha família. Eles são muito problemáticos.

Talvez todos eles se sentissem culpados por passarem tanto tempo sem falar uns com os outros. Ou talvez Emily estivesse só imaginando coisas.

As pessoas deixaram o tribunal. O tempo não lembrava nem remotamente o belo dia de outono sem nuvens no céu do Memorial de Ali, algumas semanas antes. Agora, havia muitas nuvens pesadas e escuras, que faziam tudo parecer embotado e cheio de sombras. Emily sentiu que alguém colocava a mão em seu braço. Spencer passou seus braços em volta dos ombros de Emily.

– Acabou – sussurrou Spencer.

– Eu sei – disse Emily, abraçando a amiga.

As outras meninas se juntaram ao abraço. Pelo canto do olho, Emily viu o clarão de um flash. Ela já podia até imaginar a manchete do jornal: *As amigas de Alison, abaladas, mas em paz*.

Naquele momento, um Lincoln preto estacionado perto da calçada chamou sua atenção. Um chofer, no assento de passageiro, aguardava. A janela de vidro escuro estava levemente abaixada e Emily viu um par de olhos fixos nela. O queixo de Emily caiu. Ela só vira um par de olhos como aquele uma vez em sua vida.

– Meninas – sussurrou ela, apertando o braço de Spencer com força.

As outras saíram do abraço.

– O que foi? – perguntou Spencer, aflita.

Emily apontou para o sedã. A janela agora estava fechada, e o chofer engrenando a marcha.

– Eu juro por Deus que acabo de ver... – balbuciou ela, mas depois parou de falar. As amigas pensariam que ela estava louca: fantasiar que Ali estava viva era só outra forma lidar com sua morte. Emily engoliu em seco, se endireitando. – Esqueçam. Não era nada – disse ela.

As meninas se separaram, voltando para suas famílias, prometendo ligar umas para as outras. Mas Emily permaneceu onde estava, o coração disparado enquanto o sedan se afastava da calçada. Ela viu quando ele desceu a rua, virou à direita no semáforo e desapareceu. O sangue congelou em suas veias. *Não poderia ser ela,* disse a si mesma.

*Poderia?*

## AGRADECIMENTOS

Primeiro, e acima de tudo, quero agradecer a todos que mencionei na dedicatória, às pessoas que encorajaram Spencer a beijar o namorado de sua irmã, Aria a beijar seu professor de inglês, Emily a beijar uma garota (ou duas) e Hanna a beijar o esquisitão da escola. Às pessoas que ajudaram e até mesmo encorajaram o assassinato de Alison, lembrando-me da frase "Quem não pode com o balde, não pega na rodilha" e que ficaram animadas com esse projeto desde o começo. Estou falando, claro, de meus amigos na Alloy: Lanie Davis, Josh Bank, Les Morgenstein e Sara Shandles. O caminho de um escritor profissional é cheio de obstáculos e eu sou imensamente grata por tudo que vocês fizeram por mim. Tenho muita sorte em trabalhar com vocês e duvido muitíssimo que esses livros seriam a metade do que são sem suas maravilhosas mentes criativas... e seu humor... e, claro, os docinhos. Um brinde a mais surpresas incríveis e finais mirabolantes no futuro!

Sou grata também a todos aqueles na Harper que lutaram por esses livros: Farrin Jacobs, que fez uma leitura cuidadosa dos originais; Kristin Marang, por sua dedicação, atenção e amizade. E sou muito grata a Jennifer Rudolph Walsh, da William Morris, que acreditou muito no futuro da série. Você é mágica.

Amor para o punhado de pessoas que eu menciono em todos os livros: para Joel, meu marido, por sua habilidade em prever o futuro... estranhamente, o futuro para ele sempre envolve cócegas. Para meu pai, Shep, porque você gosta de imitar agentes de viagens franceses, porque nós achamos que você tinha se perdido no deserto em dezembro e porque certa vez você ameaçou abandonar um restaurante que não tinha vinho tinto. Para minha irmã, Ali, por criar o melhor time de todos os tempos (Time da Alison) e por tirar fotos de Squee, a ovelhinha de pelúcia com um cigarro pendurado na boca. E para minha mãe, Mindy: espero que você nunca tome a vacina contra bobeira. Obrigada por sempre ter apoiado tudo o que escrevi.

Também quero agradecer a todos os leitores da série Pretty Little Liars que estão por aí. Eu adoro saber sobre vocês, e estou muito feliz que gostem tanto das personagens quanto eu. Continuem mandando essas cartas incríveis!

E finalmente, muito amor para minha avó, Gloria Shepard. Estou comovida que você tenha lido a série Pretty Little Liars, e estou muito feliz que você ache os livros divertidos. Vou tentar incluir mais piadas sobre pelos nasais no futuro.

O QUE ACONTECE DEPOIS...

Agora que Mona foi embora deste mundo e que Ian foi mandado para a cadeia, nossas Pretty Little Liars finalmente podiam viver em paz. Emily encontrou o amor verdadeiro no Smith College; Hanna virou a abelha rainha de Rosewood Day e se casou com um milionário; Spencer se formou como primeira da classe na Faculdade de Jornalismo da Columbia e foi subindo na carreira até virar a editora-chefe do *New York Times*; Aria se formou na Rhode Island School of Design e se mudou para a Europa com Ezra. Estamos falando de ver o pôr do sol, bebês gorduchinhos e alegrias avassaladoras. Legal, né? Ah, e nenhuma delas jamais mentiu de novo.

Ei, você está de sacanagem? Acorda, Alice! Não existe felicidade eterna em Rosewood Day.

Quero dizer, *você não aprendeu nada*? Uma vez uma Pretty Little Liar, *sempre* uma Pretty Little Liar. É o que Emily, Hanna, Spencer e Aria são e *não conseguem evitar*.

É isso que eu mais amo nelas. Então, quem sou eu? Bem, vamos dizer que há uma nova A no pedaço, e que nossas garotas não vão escapar tão fácil.

Vejo você em breve. E, até lá, tente não ser muito boazinha.

A vida é sempre mais divertida quando temos alguns segredinhos.

Mwah! – A

Impresso na Gráfica JPA Ltda.